Sobo Swobodnik
Fucktown

SOBO SWOBODNIK arbeitet intermedial in den Grenzbereichen und Schnittstellen von Film, Literatur und bildender Kunst. Er schreibt Bücher und Texte, macht Filme und Bilder, wohnt in Berlin und lebt zeitweise auch in Parallelwelten, über die er Bücher schreibt und Texte, Filme macht und Bilder. Er hat keinen Hochschulabschluss, dafür erhielt er zahlreiche Förderungen, Preise und Stipendien.

Netz-Kunst-Kampagne zum Buch:
www.instagram.com/fucktown_berlin

Sobo Swobodnik

FUCKTOWN

Kriminalroman

Jaron Verlag

Sämtliche Figuren dieses Romans sind frei erfunden.

Der besseren Lesbarkeit halber schreiben wir den Genitiv von Bu mit Apostroph.

1. Auflage 2022
Jaron Verlag GmbH, Berlin

www.jaron-verlag.de
Umschlaggestaltung: Bauer+Möhring, Berlin
Satz und Layout: Prill Partners | producing, Barcelona
Lithografie: Bild1Druck GmbH, Berlin
Druck und Bindung: GGP Media GmbH, Pößneck

ISBN 978-3-89773-097-7

»… diese verfickte Stadt bringt euch noch um …«

Graffito an einem Bretterzaun am Holzmarkt,
in unmittelbarer Nähe vom Kater Blau
in Berlin-Friedrichshain

STADT

Stadt sind Zahlen. Fakten. Statistiken. Haushaltspläne.
Und Menschen. Ach ja, auch Menschen.
Ich habe 3,6 Millionen Einwohnerinnen. 32,5 Prozent davon haben einen Migrationshintergrund. 8,1 Prozent ist die Arbeitslosenquote. 13 Millionen Touristinnen kommen im Jahr.
Ein Bruttoinlandsprodukt von 130 Milliarden. Schulden von 57 Milliarden.

Die Stadtplanung und der Städtebau sind die großen Zampanos der Stadt.
Damit die Stadt funktioniert, sind Stadt- und Verkehrsplanung die Steckenpferde. Bebauungs- und Flächennutzungspläne überfluten die Stadt inflationär.
Die optimale Abstimmung von privat, kommerziell und öffentlich genutzten Flächen, Gebäuden und Einrichtungen muten Heilsversprechen an.
Für die Stadtentwicklung sind Stadtentwicklungspläne zuständig.
Sie sollen die Zukunft der Stadt organisieren und lenken.
Was in meinem Fall keineswegs funktioniert.
Oder völlig in die falsche Richtung geht.
Und die Stadt an die Wand fährt.
Die Steckenpferde lahmen, die Zampanos sind Aufschneider, die Heilsversprechen bringen Unheil, und die Nutzungspläne sind das Papier nicht wert, auf dem sie gedruckt sind.

Die Stadt kackt ab.
Die Stadt ist kriminell.
Die Stadt sind 520.500 Straftaten im Jahr.
Davon 3.770 Sexualdelikte und 91 Morde.
61.400 Fälle von Raubstraftaten, Körperverletzungen, Bedrohungen, Nötigungen und Stalking.
228.000 Diebstahldelikte und 92.500 Betrugsfälle.
8.600 Wohnungseinbrüche.
4.200 Raube und räuberische Erpressungen.
2.550 Mal Widerstand gegen die Staatsgewalt.
16.100 Rauschgiftdelikte.
Die Gesamtschadenshöhe liegt bei 700 Millionen Euro im Jahr.
Dabei gibt es 138.000 Tatverdächtige.
Die Aufklärungsquote liegt bei 44 Prozent.
Die Stadt ist Chaos.
Baumelt an der kurzen Leine des Kapitals.
Ist Konkurrenz und Verbrechen.
Aggression und Gewalt.
Abgrund und Untergang.
Die Stadt ist der letzte Scheiß.
Beschissene Lüge. Beschissener Betrug.

Die Stadt ist Tod.
Die Stadt bin ich. (Und das, wovon ich erzähle.)

ICH BIN DIE STADT

FRÜHLING

Irrtum. Alles beginnt mit einem Irrtum. Nein, es ist nicht wirklich Frühling. Es sieht nur so aus. In Teilen hat man den Eindruck, der Frühling wäre eingetroffen, weil ein paar zuvor noch verschlossene mickrige Blüten im Comenius-Garten in Neukölln glauben, sich jetzt öffnen zu müssen. Auch da beginnt es schon mit einer Täuschung. Auch da ist es nicht so, wie es scheint. Oberfläche, eindimensional, dahinter steht noch immer der grausige Winter. Mit seinen in diesem Jahr besonders vielen Grippetoten. Die Toten, dahingerafft vom Fieber, sind verscharrt, und kalendarisch liegt der Mörder hinter uns. Der Matsch ist von den Straßen verschwunden. Die dicken Pullover sind eingemottet. Die langen durch kurze Unterhosen ersetzt. Die ersten Blüten, und nicht nur die im Comenius-Garten, gehen auf. Es liegt ein frühlingshafter Geruch über mir, der Stadt, der an Aufbruch erinnert. An Neuanfang. An Besserung. Wenngleich sich auch der Gestank von Hundescheiße perfide darunter mischt – wie immer unter alles mischt –, als Verdikt des Bestehenden, des Andauernden. Hier erinnert alles immer an Hundescheiße. Es gibt Straßen, vor allem in Neukölln nahe der Sonnenallee, durch die man geht und das Gefühl hat, man spaziere durch den prall gefüllten Darm eines Deutschen Schäferhunds. Der Gestank, der Dreck, der Müll, der Abfall überziehen die Stadt, mich, wie ein ekliger und unheilbar scheinender Hautausschlag. Ein Hautausschlag, der sich von der Oberfläche in die Tiefe frisst, unter die Haut, und langsam und genüsslich alle Organe verschlingt.

Es ist jedes Jahr dasselbe. Jedes Jahr eine Illusion, die schnell zerstört wird. Im März tauchen die ersten Anzeichen von Frühling auf. Im April dann Hagel. Im Mai Schnee. Dann die Sonne, die verarschend vom Himmel provoziert. Es ist kein Aufbruch, es ist kein Neuanfang, es ist die Wiederholung des Immerselben. Kälte verbeißt sich in den Gliedern, den zu luftigen Klamotten trotzt der Frühling. An Sommer ist noch gar nicht zu denken. Der Sommer ist so weit weg, wie ich, die Stadt, von der Normalität einer ganz normalen deutschen Großstadt entfernt bin, sagen wir Hamburg, München, Frankfurt, meinetwegen auch Stuttgart. Ich bin der Ausnahmezustand, jeden Tag von Neuem. Und das seit Menschengedenken. Kein Wunder, dass die gewöhnlichen Bewohnerinnen permanent ins Gras beißen und unzählige Leichen meinen Weg pflastern. Nur der Abschaum, die Ausgestoßenen finden hier ein Zuhause, in dem sie sich wohlzufühlen scheinen, etwas, das für sie euphemistisch nach Heimat klingt.

Ich sehe diese armseligen Kreaturen und weiß, sie können nur hier leben, hier in mir, in dieser kaputten Stadt, mit ihrem kaputten Leben, und nirgendwo anders. Ich sehe ihnen an, wie sie leiden, wie sie verkümmern, wie sie an mir zerbrechen und zugrunde gehen. Ich bin ein Krebsgeschwür, eine eitrige Wunde, die an den Rändern verschorft, aus der die Kranken, die Verwundeten trinken, die Armseligen, die Verrückten, die Wahnsinnigen, die mir, dieser Stadt, nicht entkommen, die an mir hängen wie Junkies mit geschürzten Mündern an ihren entzündeten Venen.

Nur die gut gelaunten Touristinnen aus aller Welt scheinen hier für die Stunden ihres Aufenthalts glücklich. Weil sie von mir wieder weg können, weil sie nur an der Oberfläche dümpeln und nicht in meinen Abgrund gezogen und verschlungen werden. Für sie ist der Darm des Deutschen Schäferhunds ein Teil der groß angelegten, von den Berliner Festspielen inszenierten und von Jonathan Meese und seiner Mutter realisierten Immersion, bei der die hochsubventionierten Herrschaftskünstlerinnen mit ihrer preislich astronomischen Kunst auf die bankrotte Realität treffen. Wo die Realität der Kunst in den Arsch tritt, dass der Schäferhund-Darm platzt und es für alle anderen, für die Immersion nur ein Wort ist, das sie nicht einmal aussprechen können, geschweige denn verstehen, einfach nur bestialisch stinkt, in den Straßen von Neukölln in der Nähe der Sonnenallee.

An den Gestank gewöhnen sie sich, diese Kaputten. An die Sprachlosigkeit nicht.

Ich gebe diesen Ausgestoßenen, diesen Kranken und Verrückten eine Stimme, sie sprechen durch mich. Ohne mich wären sie tot. Mit mir sind sie ein Teil vom desaströsen Ganzen. Wie der Himmel über mir in der Nacht. Sterne, die mahnend wie entzündete Augen auf mich herunterblicken. Der Fernsehturm, der emporragt und rote Signale in die Nacht hinaussendet, die niemand verstehen will, obgleich sie doch eindeutig zu erkennen sind. Sie künden das Unheil an, das immerzu wiederkehrende Unheil, an dem alles zugrunde gehen wird.

BRINGFRIED

Ich beobachte ihn schon lange. Er ist einer von vielen. Einer, der exemplarisch für die vielen verlassenen Seelen steht. Einer, der unscheinbar wirkt, aber auffällig in sich selbst versteckt haust. Er versucht den Eindruck zu erwecken, als wäre er gar nicht da. Als lebe er nicht hier, bei seiner Mutter in dieser Stadt, sondern versteckt woanders – hinterm Mond, am Ende der Welt, im dunklen Schrank zum Beispiel –, wo ihn niemand sieht, vermutet oder aufspürt. Er hat Angst vor mir, der Stadt, vor seiner Mutter, vor dem Leben. Und ein bisschen auch vor sich selbst. Dabei ist er ein Verlierer. Das war er von Anfang an. Aber seine Verlorenheit geht ihm zunehmend auf die Nerven. Ich weiß, er kämpft mit sich, jeden Tag kämpft er mit sich selbst. Ich weiß auch, dass er den Kampf verlieren wird. Vielleicht noch nicht jetzt, aber bald. Ganz sicher. Er ist einer, der letztlich immer verliert, auch wenn er sich noch so sehr dagegen wehrt.

Er könnte aufs Land ziehen, nach Brandenburg, in die Uckermark, irgendwohin, wo er dem ganzen Müll, der Verwahrlosung, der Verrohung und dem Laster nicht mehr ausgesetzt wäre. Er könnte sich entziehen, wegschauen, weggehen. Kann er nicht.

Seine Mutter Brigitte hält ihn hier fest. Er muss sich um sie kümmern. Sie ist bettlägerig, herrschsüchtig und er ihr völlig ausgeliefert. Ihre Rente hält ihn am Leben. Die Pflegestufe der Krankenkasse ermöglicht ihm ein dürftiges Auskommen. Dabei ist der Preis, den er dafür zahlt, hoch, vielleicht zu hoch. Er ist ohne seine Mutter nichts, zumindest gibt sie ihm das permanent zu verstehen. Seine Mutter bestimmt. Schon immer. Über ihn und sein Leben. Von Geburt an. Er als Sohn ist von ihr versklavt. Er als Sohn ist nichts ohne sie. Das jedenfalls vermittelt sie ihm, tagtäglich, sein Leben lang schon.

Außerdem, und das weiß er selbst nicht so genau, scheint das alles in ihm zu sein: der Müll, die Verwahrlosung, die Verrohung und vor allem das Laster. Es ist tief in ihn eingeschrieben, wird in ihm festgehalten, wächst, gedeiht und kann nicht heraus. Er selbst hindert sich daran es herauszulassen. Das wiederum quält ihn am meisten. Ohne dass ihm das bewusst wäre. Hätte er eine Psychiaterin, eine Psychotherapeutin einmal die Woche für fünfzig Minuten vielleicht, wüsste er es. Er hat keine Psychiaterin. Er hat niemanden außer seiner Mutter Brigitte. Aber auch die weiß es nicht. Niemand weiß es. Es ist sein unbekanntes Geheimnis, das er mit sich herumträgt wie die Büchse der Pandora, auf dem Rücken unter die Jacke geschnallt. Es fällt ihm immer schwerer, die Büchse verschlossen zu halten. Sie drückt von hinten, drückt ihn nieder und lastet auf ihm, als wäre sie ein Sack voller düsterer Gedanken, dreckigen Kartoffeln gleich. Um den anschwellenden Trieb in sich zu ersticken, muss er die Hände um den Hals des Lasters anderer legen. Um nicht transgeschlechlichen Thai-Nutten zu verfallen, muss er transgeschlechtliche Thai-Nutten beseitigen. Um nicht der Angst vor den Arabern zu erliegen, muss er die Araber erlegen. Um sich nicht von den stinkenden Pennern die Lust auf stinkende Ärsche schmackhaft zu machen, muss er in selbige hineintreten. Um sich nicht den Drogen konsumierenden, hübschen Hipstern an den Hals zu werfen, muss er ihnen den Hals umdrehen. In Gedanken zumindest. Alles nur in Gedanken, im Jugendbett, in seinem seit der Kindheit unveränderten Zimmer während schlafloser Nächte. Da fluten dann diese bösen Gedanken seinen Kopf. Immer wieder und immerzu schnürt er die Schuhe und bleibt dann doch zaghaft, zaudernd zuhause.

Noch hat er sich im Griff. Noch ist die Theorie eine Handbreit von der Praxis entfernt. Noch ist keine Tat ausgeführt, keine kriminelle Handlung vollzogen, kein Verbrechen in einer Statistik aufgetaucht. Aber er merkt, wie er immer schwächer wird, wie sein Zugriff auf sich selbst nachlässt. Er versucht sich zu disziplinieren, geht nicht mehr aus dem Haus, um möglichst nicht mit der Welt da draußen, mit mir, der Stadt, konfrontiert zu werden. Um bloß nicht in Versuchung zu geraten.

Wie lange wird das wohl noch gut gehen?, denkt er. Ich weiß es: nicht mehr lange.

Bald wird es geschehen. Bald wird er den angestauten, über Jahrzehnte herangereiften Hass und die unstillbare Gier nach Vergeltung herauslassen und zuschlagen. Brutaler und hässlicher, als von ihm gedacht.

BU

Dieses Kloster, dieses benediktinische Paralleluniversum scheint nicht von dieser Welt. In dieser Parallelwelt scheint er ein Fremdkörper zu sein. Der Habit wirkt wie eine Verkleidung. Das baumelnde Kreuz um den Hals wie eine Leine, an der er festgekettet ist. Sähe er sich mit den Augen von früher, wäre er entsetzt und könnte über sich selbst nur spöttisch lächeln. Aber seine Augen sind, seitdem er hier ist, matt, haben ihren geilen Glanz verloren, sehen nur noch, was ihm nicht schaden kann. Es ist ein reduzierter Blick auf eine reduzierte Welt. Die, und das scheint das Absurde, frei machen soll. Frei von den Lasten, den Belastungen, dem Laster, das ihn drohte langsam aber sicher umzubringen. Er entzieht sich, um die Chance auf ein Überleben zu wahren. Lieber beschränkt als tot, denkt er und lässt sich auf der Kirchenbank nieder. Während die anderen beten, sinniert er über das, was ihm abhandengekommen ist.

Jede zufällig Vorbeikommende würde sich zwangsläufig fragen, was dieser wirklich sehr gut aussehende und bestens gebaute junge Mann mit den asiatischen Gesichtszügen in dieser schwarzen Kutte treibt, in diesem schwäbischen Kloster am Arsch der Welt, inmitten dieser fetten, hässlichen und wenig attraktiven anderen Mönche und Klosterbrüder. Und er selbst fragt sich das ebenfalls des Öfteren, wenn er abends in seiner Zelle liegt und vergeblich nach Gott Ausschau hält, dabei nur eine Stechmücke im Hochfrequenzbereich zirpen hört, die ihn in der Nacht wieder mal droht nicht nur um den Schlaf, sondern auch um den Verstand zu bringen.

Selbstschutz, würde er antworten, wenn er gefragt würde. Das Kloster scheint ihm die einzige Möglichkeit zu sein, nicht an seinen Lastern zugrunde zu gehen. Psychiatrie wäre die Alternative. Der zieht er aber das Kloster vor.

Ein Anruf aus dem fernen Berlin an der Klosterpforte kracht wie ein gefällter Baumstamm in sein Stammhirn. Die Parallelwelt splittert und endet mit dem aufgelegten Telefonhörer auf der Gabel; ja, die gibt es da noch als Relikt oder besser als verheißungsvolle Option einer längst vergangenen Zeit, die hier in schwarzes Tuch gehüllt weiter existiert. Von nun an scheint ihn das richtige Leben in falschen Zusammenhängen wieder quälen zu wollen.

BÖHMISCHER PLATZ, RIXDORF, NEUKÖLLN

Traditionell Ursprüngliches muss radikaler Modernisierung weichen. Verdrängung, von den politisch Verantwortlichen gutgeheißen, wird in exemplarischer Form, als wäre es eine Blaupause und wegweisend, vorgeführt. Die Gentrifizierung frisst sich stetig durch mich, die Stadt, hindurch. Die ganzen Verliererinnen, Versagerinnen, Durchhängerinnen, Hartz-4-Bezieherinnen, arbeitslosen Migrantinnen, Araberinnen, Billiglohn- und Kein-Lohn-Empfängerinnen müssen weg, Platz machen für die jungen, weißen, deutschen Familien mit einer fetten Erbschaft im Rücken und die westdeutschen Studentinnen aus wohlhabendem Hause, für gepiercte Hipster aus Übersee und alle, die sich den frisch sanierten und völlig überteuerten Wohnraum als Eigentum leisten können.

Spekulantinnen, sogenannte Investorinnen und Immobilienhaie, machen Reibach und schneiden sich die besten Stücke ohne Narkose aus meinem Fleisch heraus, um sie mit unfassbarer Rendite blutig zu verspeisen.

Der Platz verändert sich, schneller als der Frühling dem Winter weicht. Sommer und Herbst werden übersprungen, wenn das Kapital Morgenluft wittert.

Ein neues Café eröffnet, genau am Platz: Future Breakfast. Der Name ist nicht nur bescheuert, sondern auch Programm. Das Personal spricht englisch. Klar, kommt die Besitzerin doch aus Australien. Tageszeitungen gibt es nicht, braucht es nicht, da die meisten der Gäste ohnehin an ihren Laptops, Smartphones oder Tablets sitzen und sich bei Facebook und Instagram langweilen oder versuchen, bei Tinder für ihre Einsamkeit ein haariges oder rasiertes oder gepierctes Loch zu finden, in dem sie sich verstecken können.

Früher wurde dieser Bezirk schon einmal umbenannt, weil er zu dreckig, zu frivol und heruntergekommen war. Vor mehr als hundert Jahren, 1912 war das. Man wollte mit einem neuen Namen glänzen und den Dreck, die Liederlichkeit und das negative Erscheinungsbild damit überstrahlen. Aus Rixdorf wurde Neukölln. Nun ist es wieder so, zwar nicht mit einer Namensänderung, dafür mit Geld. Viel Geld. Das ist effektiver und führt nicht nur äußerlich zum selben Ergebnis, auch substanziell bleibt kein Stein mehr auf dem anderen. Im wahrsten Sinne. Schlagbohrer, Presslufthämmer, Betonmaschinen und Dampfstrahler brüllen um die Wette. Wer gestern Aufstand schrie, ist heute zwei Tage älter. Das ist die andere Seite der Medaille, die so poliert wird, dass sie blendet und letztlich zur Blindheit führt.

Den ersten Mord plant er nicht. Er widerfährt ihm. Einfach so, aus Zufall. Oder Vorsehung? Er ist zur falschen Zeit am falschen Ort. Die Ringbahn fällt an diesem Abend in beiden Richtungen aus, Personenschaden, auf unbestimmte Zeit. Ersatzbusse sollen bereitgestellt werden, sagen sie durch die blechernen Lautsprecher über die zugigen, menschenüberfüllten Bahnsteige hinweg. Das sagen sie immer in derartigen Situationen. Die Realität sieht dann anders aus. Bis die Ersatzbusse kommen, sind die Strecken meist wieder freigegeben.

Es ist gegen 20 Uhr. Er geht normalerweise abends nicht mehr aus dem Haus. Er geht, wenn es sich vermeiden lässt, überhaupt nicht mehr aus dem Haus. Jetzt lässt es sich nicht vermeiden. Er kommt von der Physiotherapie. Wegen seiner Hüfte. Die Hüfte bereitet ihm Probleme, ein Nerv, der angeblich eingeklemmt war und seitdem in Mitleidenschaft gezogen ist. Kein Wunder bei der permanenten körperlichen Beanspruchung. Immer wieder muss er seine Mutter im Bett umlagern, muss sie hochheben, umdrehen, mehrmals am Tag die achtzig Kilo bewegen. Einmal die Woche ist er seitdem in Behandlung. Seit vier Wochen. Dieses Mal, weil es einfach nicht anders ging, der ungeliebte Abendtermin.

Er steht auf dem S-Bahnhof Beusselstraße, wie auch die anderen ratlosen Fahrgäste, und blickt immer wieder auf die Anzeigetafel, die ununterbrochen dasselbe verkündet: kein Bahnverkehr auf unbestimmte Zeit. Er ruft seine Mutter an, sagt, dass es später wird, wegen der Ringbahn, dem Ausfall, dem Personenschaden. Sie lässt das nicht gelten, macht ihm zuerst Vorwürfe, bezichtigt ihn dann der Lüge, sagt, er solle schleunigst nach Hause kommen. Sofort!

Er entschuldigt sich, versichert, dass er so schnell es ginge komme, und merkt, wie er anfängt zu schwitzen, wie ihm heiß wird, dann kalt, dann wieder heiß, und wie er beginnt zu zittern. Für ein Taxi fehlt ihm das Geld. Er beschließt, nicht zu warten, auch nicht den Ersatzbus zu nehmen, sondern zu Fuß zu gehen. Zumindest bis zum nächsten U-Bahnhof, um von da nach Hause zu fahren. Das ist locker zu schaffen. Auch wenn es länger dauert, als es seiner Mutter recht sein wird, ist er schneller zuhause als mit dem Ersatzverkehr, den Bussen, die womöglich nie kommen. Seine Mutter wird ihn auch noch zuhause für die Verspätung verantwortlich machen, Personenschaden hin oder her, BVG, Ersatzbusse, egal, für sie wird *er* schuld sein, er ganz allein, wie immer, für alles.

Er geht über die Brücke zum Westhafen hinunter. Dann die Westhafenstraße entlang. Es ist dunkel. Dies ist ein Industriegebiet. Ein Recyclingunternehmen taucht linker Hand auf. Es riecht streng. Die Straßenlaternen brennen vereinzelt. Manche sind kaputt, die meisten sind kaputt, wie auch diese Gegend um diese Uhrzeit ziemlich kaputt zu sein scheint. Es ist wenig los auf den Straßen, wie ausgestorben wirkt das Gebiet. Er merkt, wie er sich Schritt für Schritt unwohler fühlt. Er bereut den Entschluss, nicht doch auf den Bus gewartet zu haben. Er spielt mit dem Gedanken umzudrehen und merkt beim Blick zurück, dass ihm jemand folgt. Er schaut sich erneut um, sieht keine zehn Meter hinter sich, gut zu erkennen, weil gerade unter einer Straßenlaterne, zwei Männer. Sie gleichen denen, die immer am Kottbusser Tor herumhängen, im Görlitzer Park, am Stuttgarter Platz. Er ist nie am Kottbusser Tor, auch nicht im Görlitzer Park. Aber im *Kurier* und in der *B.Z.*, beide von seiner Mutter abonniert, ist von ihnen ständig die Rede und nichts Gutes zu lesen. Drogendealerinnen, Junkies, Kriminelle. Er bekommt noch mehr Angst, schwitzt zunehmend, verwirft den Gedanken nach Umkehr und beschleunigt seinen Gang. Sein Atem rast.

Die Männer kommen näher, scheint ihm zumindest bei einem weiteren Blick über die Schulter. In seinem Kopf spult sich im Schnelldurchlauf ganz von allein ein Szenario ab, das ihm bevorsteht und unumgänglich zu widerfahren droht:

Die Männer stoßen ihn zu Boden, rauben ihn aus, das Handy, das bisschen Geld, schlagen auf ihn ein, auf die kaputte Hüfte, ins Gesicht, ein Zahn bricht heraus, er blutet aus dem Mund, wird bewusstlos, während sie ihn erneut zu Boden stoßen, ausrauben, Handy, das bisschen Geld ...

Er biegt um die Ecke, blickt dabei nochmal über die Schulter. Beide sind noch immer da. Er bleibt plötzlich an einem halb eingerüsteten Haus stehen. Aus Angst, aus Verzweiflung fühlt er sich intuitiv zum Handeln verdammt. Vor dem Haus, einer Art Bürokomplex, liegen aufgestapelte Gerüstbretter, Gerüststangen, Streben. Alles läuft jetzt automatisch ab, wie von fremder Hand choreografiert. Er greift nach einer der Gerüststangen, einer Zwischenstrebe. Es ist ein circa zwei Meter langes Stahlrohr, armdick. Es fühlt sich gut an in seinen Händen, kühl, beruhigend, vertrauenserweckend.

Als die beiden Männer um die Ecke biegen, holt er mit dem Stahlrohr leichthändig, als wäre es ein Baseball-Schläger, aus und drischt auf sie ein. Mit voller Wucht trifft er den einen Mann am Kopf, den anderen an der Schulter. Beide gehen zu Boden. Jetzt könnte er das Stahlrohr fallen lassen und davonlaufen. So heftig wie beide getroffen scheinen, entkäme er ihnen locker. So schnell würden beide nicht mehr aufstehen, so leicht könnten sie ihm nicht mehr folgen. Das Handy würde er behalten, das bisschen Geld auch und keine Schläge einstecken, keinen ausgeschlagenen Zahn einbüßen.

Er lässt das Stahlrohr nicht fallen. Er nimmt es im Gegenteil noch fester in beide Hände. Es fühlt sich noch besser an. Noch kühler, noch beruhigender, noch vertrauenerweckender. Und dann schlägt er mit dem Stahlrohr erneut auf einen der am Boden liegenden Männer ein. Er haut mit dem Ende des Rohrs auf seinen Kopf, immer wieder auf den Kopf. Solange bis das gar kein Kopf mehr ist, sondern Matsch, Hackfleisch, blutiges Rührei, ein blutüberströmter Haufen. Mit jedem Schlag auf den Kopf zertrümmert er Bilder in *seinem* Kopf.

Im Schrank eingesperrt als Vierjähriger, als die Mutter den Vater verprügelt, nachdem der, ein Wort ergibt das andere, sich uneinsichtig gezeigt hat. Er hört im dunklen, muffigen Schrank nur die dumpfen Schläge und die Schreie des Vaters und dazwischen immer wieder die vulgären Kraftausdrücke der Mutter.

Im Landschulheim in der achten Klasse, festgehalten von den Mitschülern in der Dusche, die Unterhose heruntergezogen und den kaltem Wasserschlauch in den Anus eingeführt, bis er vor Schmerzen in die seinen Mund zuhaltende Hand eines Mitschülers beißt.

Im Mehrbett-Schlafraum ans Hochbett gefesselt und mit Plastiktüten und Ledergürtel gedemütigt, immer wieder und überall. Auf dem Schulhof, im Klassenzimmer, so lange bis er die Schule wechselt.

Als der Kopf des Mannes völlig zermatscht auf dem Asphalt liegt, schlägt er auf den anderen ein. Ebenso brutal, ebenso hart mit dem Ende des Stahlrohrs direkt auf den Kopf, zehn, zwanzig, dreißig Mal. Und mit ihm auch auf die Bilder.

Zum Beispiel auf das beim Fahrschulunterricht, als er vom Fahrlehrer etwas gefragt wird und die Worte nicht fehlerfrei herausbringt, dadurch immer nervöser wird, bis sein Stottern nicht mehr zu verstehen ist. Die anderen lachen, zeigen mit den Fingern auf ihn, während er an seinen krepierenden Worten zu ersticken droht.

In der Tanzschule, zu der er gar nicht will, zu der ihn aber seine Mutter einfach anmeldet, in der er mit dem dicksten und hässlichsten Mädchen tanzen muss, da alle anderen, die hübscheren, die schlankeren, die klügeren, sich längst für die anderen Jungs entschieden haben und ihm nur diese fette, dumme Hässliche mit der Zahnspange bleibt, die nach Schweiß riecht und so fest zupackt, dass Tage später noch blaue Flecken, die aussehen wie Kotspuren, auf seiner Haut zu sehen sind.

Er schlägt immer heftiger, immer weiter zu, bis er völlig außer Atem und sein gesamter Körper mit einer triefenden Schweißschicht überzogen ist.

Er lässt die Stange fallen und geht langsam los, fast schlendernd und vergnügt geht er zur S-Bahn zurück, zum Ersatzbus, ohne Eile, ohne den Hauch einer Aufregung. Er fühlt sich erschöpft, entkräftet, aber auch gut. Sehr gut sogar. So befreit, so seltsam befreit wie schon lange nicht mehr. So wie noch nie. Er dreht sich nicht um, geht einfach weiter, langsam, Schritt für Schritt, und spürt dabei den leichten kühlen Wind im Gesicht, das sich heiß und nass anfühlt. Auf den Lippen ein Lächeln, die Augen starr und mit entschlossenem Blick nach vorn gerichtet.

MECHTHILD

Auch die Hauptkommissarin hat Probleme. Nachdem sie für längere Zeit die Stadt verlassen hatte, ist sie erst kürzlich freiwillig wieder zurückgekommen. Sie dachte, mit der Rückkehr würde alles besser. Die Arbeit, der Alltag, ihr Leben. Das war ein Fehler. Seit sie wieder hier ist, läuft es nicht rund.

Es machen ihr nicht nur die zunehmenden tagtäglichen

Kapitaldelikte zu schaffen. Mord, Totschlag, Sexualstraftaten Raub, Erpressung, Brandstiftung. Zu jeder Tages- und Nachtzeit bricht das Verbrechen, der Abschaum, der Abgrund wie ein Schwall Kotze in ihr Leben ein. Es gibt noch andere Probleme, die sie nicht mehr schlafen lassen. Probleme, von denen niemand etwas weiß. Außer ihr selbst. Und seit ein paar Wochen ihre Therapeutin. Die rät ihr eine Auszeit zu nehmen. Abstand zu gewinnen.

Abstand?

Eine Auszeit?

Jetzt, wo gerade ein Killer die Stadt in Atem hält, einer, den sie möglichst schnell finden und einbuchten muss? Unmöglich. In solch einer Situation gibt es keinen Abstand, keine Auszeit. Arschbacken zusammenkneifen und durch, wie ihr Ausbilder immer mit einem Hang zum Zynismus gefordert hat. Ihren Arschbacken fehlt es seit Langem an Spannkraft. Sie spürt sie nicht mehr richtig. Nicht nur die Arschbacken. Sie spürt sich selbst nicht mehr richtig. Zwischen ihr und mir, der Stadt, ist eine Wand, eine Wand aus Rigips, durch die alles nur mehr gedämpft und abgefedert zu ihr durchdringt. Auch sie dringt nicht mehr durch. Zu mir, der Stadt, nicht und nicht mehr zu sich selbst.

BRINGFRIED

Erst zuhause merkt er, dass er voller Blut ist. Die Kleider, die Hände, das Gesicht. Während seine Mutter von ihrem Zimmer aus unentwegt nach ihm schreit, wechselt er die Kleidung, wäscht sich die Hände und das Gesicht. Anschließend muss er sich von seiner Mutter eine Standpauke wegen seiner Verspätung anhören, und dass er das bloß nie wieder machen solle. Im gleichen Moment weiß er, er wird es ab jetzt immer wieder machen.

Er bereitet ihr das Essen zu, cremt ihr die Beine ein und wünscht ihr eine gute Nacht. Er geht in sein Zimmer und spürt, bei ausgeschaltetem Licht, die Erregung, die Geilheit, die beim Gedanken an den Westhafen in ihm aufsteigt. Er zieht seine Hose bis zu den Knöcheln herunter und beginnt zu masturbieren, so lange bis er sich in drei ausgebreitete Papiertaschentücher erleichtert, während die Bilder der beiden zermantschten Schädel seinen Kopf fluten.

KOTTBUSSER TOR, KREUZBERG

Hier herrscht Chaos. Hier ist Dreck. Das Tor, nach der Niederlausitzer Stadt benannt, als Eingang zur Hölle. Es ist einer der problematischsten Plätze in mir, der Stadt. Eine forensische Psychiatrie in Freiheit sozusagen. So viele suchtkranke Straftäterinnen auf einem Haufen gibt es nicht mal in einer Maßregelvollzugseinrichtung. Hier wird konsumiert, gedealt, gestohlen, geschlagen, geraubt, betrogen, abgezogen und alles, was verboten und illegal ist, aus tiefster Überzeugung und mit der Entschlossenheit der Aussichtslosen gepflegt. Wer sich hier aufhält, ist entweder ein Teil dieses Abschaums oder einfach nur lebensmüde. Dazwischen verpeilte Touristinnen, die ganz nahe dran sein wollen am rauen Stadtgefühl, Reiseführern vertrauen und dabei ihre Handtaschen verlieren. Hier kann man sehen, wie die Verantwortlichen aus Politik und Gesellschaft scheitern. Tagtäglich und ohne Konsequenzen. Es scheint, als hätten sie aufgegeben. Sie überlassen das Kottbusser Tor sich selbst und denen, die sich daran zugrunde richten. Die Polizei kapituliert und fährt gelegentlich als Alibimaßnahme ihre Runden. Auf dem Gang zum Bahnsteig der U8 versammeln sich die Aborte auf zwei Beinen. So viele Verrückte, Besoffene, Verpeilte, Kranke, Aggressive, Paranoide wie hier auf diesen paar Quadratmetern gibt es in ganz Braunschweig nicht. Das Kottbusser Tor ist das Sinnbild einer verfehlten Stadtpolitik. Und einer verfehlten Drogenpolitik. Bei 1.300 Drogentoten in Deutschland im Jahr und rund 300.000 Straftaten, die aufgrund von Drogen verübt werden, frage ich mich schon, ob es nicht mal an der Zeit wäre, die restriktive Drogenpolitik zu überdenken. Das Kottbusser Tor kann man nur meiden oder wegsprengen und einbetonieren.

Die zwei Männer am Westhafen, Ali und Slawa. Der eine, Ali, ist achtundzwanzig und seit vielen Jahren heroinabhängig. Er wird als Sohn kurdischer Einwandererinnen in der Gropiusstadt geboren. Schon seine Geburt ist eine Katastrophe. Er verkeilt sich und muss per Kaiserschnitt auf den letzten Drücker aus dem Mutterleib geholt werden. Er überlebt, während die Mutter stirbt. Von da an steht sein Leben unter einem ziemlich beschissenen Stern. Seine Kindheit verläuft mit großen Schwierigkeiten. Seine Kindheit *ist* eine einzige Schwierigkeit. Er wird weitestgehend von der neun Jahre älteren Schwester großgezogen, die vom Vater regelmäßig in besoffenem Zustand missbraucht wird und selbst eine Kindheit hat, die man nur in die Tonne treten kann. Schon mit zehn fängt Ali an zu kiffen. Die Leistungen in der Schule werden immer schlechter. Er schwänzt den Unterricht, bis ihn die Polizei zuhause abholt und in die Schule bringt. Er wird gewalttätig, schlägt seine Schwester, die Mitschülerinnen, dann auch die Lehrerinnen. Das erste Mal wird er zu einer Jugendstrafe verurteilt. Als er aus dem Jugendknast kommt, wird alles nur noch schlimmer. Sein Weg scheint jetzt klar vorgezeichnet und mit schnellen Schritten auf den Abgrund zu zu führen. Ab jetzt bestimmen nur noch Kiffen, Dealen und kleinere Straftaten sein Leben. Er zieht Jugendliche in der Nachbarschaft ab, begeht kleinere Ladendiebstähle und größere Überfälle. Ich oder besser ein Teil von mir, nämlich Neukölln, ist seine Tarnung, sein Rückzugsgebiet, hier kennt er sich aus, hier fühlt er sich trotz der ganzen Schwierigkeiten irgendwie zuhause.

Zwei weitere Knastaufenthalte in der JVA Tegel sind ob seiner kriminellen Machenschaften die Folge. Danach nimmt er jedes Mal eine weitere Hürde beim Aufstieg in der kriminellen Karriere. Jetzt konsumiert er auch Kokain, Crystal Meth und schließlich Heroin. Er steigt stärker ins Drogengeschäft ein und finanziert damit nun fast ausschließlich seinen eigenen Drogenkonsum. Seit ihn ein Freund unter seine Fittiche genommen hat, scheint er wieder besser zurechtzukommen. Er arbeitet für ihn als Dealer und konsumiert etwas weniger. Seit Kurzem ist er bis über beide Ohren verliebt und versucht bei einer langjährigen Bekannten zu landen. Die ist aber nur zu einer Partnerschaft bereit, wenn er mit den Drogen aufhört. Zumindest mit den harten. Zum ersten Mal kann er sich tatsächlich vorstellen, vielleicht nicht ganz drogenfrei, aber zumindest ohne Heroin und Crystal Meth zu leben.

Slawa, der andere Mann vom Westhafen, hingegen kann sich ein Leben ohne Drogen nicht vorstellen. Er ist älter und schon wesentlich länger abhängig. Seine kriminelle Karriere hat ähnlich früh begonnen und exakt denselben Verlauf genommen wie bei Ali. Mit dem Unterschied, dass er insgesamt zehn Jahre seiner bereits verlebten vierzig im Knast verbracht hat. Das sieht man ihm an. Schlechte Haut, schlechte Zähne, schlechte Psyche. Eigentlich ein Fall für die Frührente. Oder für den goldenen Schuss.

An der Beusselstraße sind die beiden unterwegs zu einem Stammkunden, der in einem Bürogebäude am Becken zwei des Westhafens auf sie wartet. Als sie von der Beusselstraße in die Westhafenstraße einbiegen und am ziemlich heruntergekommenen Recyclingunternehmen vorbeigehen, riecht es seltsam nach Abgasen. Sie zünden sich einen Joint an und erhöhen die Schrittfolge. Der Gestank ist ja kaum auszuhalten, denken sie und beschleunigen noch mehr.

Als sie am Becken eins die Container links liegen lassen, sind sie bereits ein wenig außer Atem, kichern vom törnenden Joint vor sich hin und sehen, keine zehn Meter vor sich, einen Typen, der sich ständig nach ihnen umdreht. Entweder ein unerfahrener Bulle, vermuten sie, oder ein langjähriger Junkie, und kichern, da ihnen beides keine Angst macht, erneut wie zwei Pennäler. Als sie am eingerüsteten Verwaltungsgebäude um die Ecke biegen, sehen sie nur noch eine große Eisenstange auf sich zukommen, die ihnen für immer das Licht ausknipst.

Der Anblick der Toten hat Mechthild den Rest gegeben. Die beiden Opfer am Westhafen konnten nur über die Fingerabdrücke identifiziert werden. Beide sind in der Datenbank der Polizei alte Bekannte, Stammgäste sozusagen. Beide vorbestraft. Drogendelikte, Einbruch. Beide mit Haftaufenthalten. Dennoch Kleinkriminelle. Mechthild verflucht das Verbrechen und mich, die Stadt, in der derartig bestialische Straftaten möglich sind. Als ob ich was dafür könnte.

Ich kann etwas dafür. Wer, wenn nicht ich, die Stadt?! Ich ziehe das Verbrechen an, die Verbrecherinnen, den Abgrund. Mechthild glaubt, dass die Morde an den beiden keine herkömmlichen Straftaten sind, dafür sind die Opfer zu brutal zugerichtet.

Was für eine Wut, was für einen Hass muss man haben, um jemandem den Kopf derartig zu zertrümmern, fragt sie sich. Das ist mit Eifersucht, Feindschaft oder Streit nicht mehr zu erklären. Da steckt was anderes dahinter. Nur was?

Eine Kriminalpsychologin wird hinzugezogen. Auch Katrin zur Mühlen ist der Auffassung, dass für eine übliche Gewalttat die Opfer zu sehr drangsaliert worden sind.

Wenn ein Mensch mit einem Stahlrohr mindestens zwanzigmal auf einen Kopf eindrischt, dann scheint auch im Kopf des Aggressors etwas kaputt zu sein, sagt sie und sieht dabei aus, als zerbreche sie sich gerade ihren Kopf, was das sein könnte.

Auf dem Stahlrohr waren zwei verschiedene Fingerabdrücke zu finden, die nicht zugeordnet werden konnten. Beide fanden sich nicht in der polizeilichen Straftäterkartei. Der Täter, es muss ob dieser Kraft, ob dieser Gewalt ein Mann sein, stellt die Psychologin zur Mühlen fest, wird wieder zuschlagen. Sie geht von einem Täter aus, der große psychische Probleme hat, vielleicht psychotisch, neurotisch ist, vielleicht ein Kindheitstrauma hat, das jetzt der Ursprung für diese ungeheuerliche Aggression und Brutalität ist.

Vielleicht, sagt Mechthild abschätzig, aber das hilft uns auch nicht weiter. Wir können nicht warten, bis er wieder zuschlägt.

Sie gibt zu bedenken, dass das Verbrechen auch einen ganz anderen Hintergrund haben könnte. Drogenkriminalität, Bandenrivalität. Womöglich soll ein Exempel statuiert, ein Signal an rivalisierende Drogendealer gesendet werden.

Das sieht nach einer Hinrichtung aus, sagt sie, als wäre ihr das eindeutig lieber als ein durchgeknallter Psychopath.

Die Psychologin scheint wenig überzeugt, schüttelt den Kopf, sagt, Glaube ich nicht.

Für den Glauben ist der liebe Gott zuständig, erwidert Mechthild, schüttelt ebenso den Kopf und ruft Bu, einen ehemaligen Kollegen, an, der sich als verdeckter Ermittler in der Drogenkriminalität einen Namen gemacht hat und jetzt in einem schwäbischen Kloster seine Neurosen auskuriert.

MECHTHILD

Ich habe meinen Mann vor einem Jahr verlassen, weil er mich mit einer sehr jungen Frau betrogen hat. Einer Studentin. Er ist Professor an der Universität in Wien. Ich bin wieder zurück nach Berlin, in meine Stadt, in meinen alten Job und lebe seither alleine. Seitdem habe ich ein Gefühl von Leere, eine Art Vakuum in mir. Es ist gar nicht so sehr der Verlust meines Mannes, der mir zusetzt. Ich vermisse vielmehr die Nähe zu jemandem. Ich fühle mich alleine und hilflos, manchmal wie tot.

Mechthild sitzt in einem Ledersessel der Therapeutin, einer Frau in ihrem Alter, gegenüber und fühlt sich unwohl. Sie wollte diesen Termin nicht. Sie wollte keine Therapie, keine Therapeutin. Aber ihre Hausärztin, die sie seit einem Jahrzehnt schon kennt und mit der sie einen freundschaftlichen Umgang pflegt, ließ ihr keine Wahl. Sie müsse sich helfen lassen, beharrte sie. Von jemandem, der das könne. Außerdem habe sie nichts zu verlieren und könne jederzeit die Behandlung abbrechen. Schließlich ließ Mechthild sich darauf ein, auch weil ihre Hausärztin und die Psychotherapeutin ihr zusichern konnten, dass niemand, auch nicht ihr Arbeitgeber, davon etwas erfahren würde.

Kann es sein, dass Sie sich manchmal nicht spüren?, will die Therapeutin wissen.

Ich spüre Trauer, Trostlosigkeit und Angst.

Wovor?

Vor dem Leben. Vor meinem Leben.

Sie merkt, wie die Tränen ihre Augen füllen. Sie greift nach einem Kosmetiktuch in der Spenderbox auf dem niedrigen Tisch neben ihrem Sessel und trocknet die Tränen. Dann schnäuzt sie sich.

Haben Sie niemanden?, fragt die Therapeutin.

Nein.

Haben Sie schon mal daran gedacht, sich ein Tier zuzulegen?

Was?

Einen Hund vielleicht?

Bei meinem Beruf? Unmöglich.

Eine Katze?

Ich hasse Katzen.

Die Trennung von Ihrem Mann scheint mir tatsächlich der Auslöser für Ihre derzeitige psychische Situation zu sein. Ich nehme aber an, dass die Gründe viel tiefer und existenzieller sind. Ich vermute mal, dass es auch schon vorher Momente in Ihrem Leben gegeben hat, in denen Sie sich verlassen fühlten oder, wie Sie sagen, die Leere in sich spürten, nicht wahr?

Mechthild hebt die Schultern.

Ich vermute, das reicht weit in Ihre Kindheit zurück.

Na klar, denkt Mechthild, die Kindheit. Wenn nichts mehr hilft, kommt die Kindheit ins Spiel, Vater, Mutter ...

Meine Kindheit war okay, sagt sie fast schon provokativ.

Erzählen Sie.

CHECKER

Ihn habe ich auch schon länger im Visier. Checker, ein deutsch-libanesischer Drogendealer, Mitte zwanzig, aus zerrütteten Verhältnissen und seit der Pubertät mit dem Gesetz in Konflikt. Kiffer ohne Schulabschluss. Obgleich er es, seit er aus dem Knast in Tegel entlassen worden ist, ruhiger angehen lässt. Die zwei Jahre hinter Gittern haben ihn verändert. Leider nicht zu seinem Vorteil. Hat er früher nur Marihuana und Dope verdealt, in kleinen Mengen, Stuttgarter Platz, Görlitzer Park, ist er jetzt in der Hierarchie nach oben geklettert und nun zuständig für die härteren Sachen. Heroin,

Koks, Crystal Meth. Selbst meidet er die Straße, zieht vielmehr die Fäden im Hintergrund. Er hat einige Jungs, in der Regel selbst abhängig, die für ihn dealen, die das von ihm besorgte Zeug an den Mann, die Frau, die Konsumentinnen bringen. Er hat im Knast viel gelernt und den Schritt vom Kleinkriminellen hin zur organisierten Kriminalität gemacht. Er arbeitet jetzt nicht mehr alleine und für sich, sondern im größeren Stil und für eine Drogenmafia, die sich die Stadt mit anderen Drogenclans aufteilt. Er ist einer der Zwischenhändler, der Kuriere für größere Mengen instruiert und die Straßenverkäufer für die kleineren anleitet. Meist sind das Kumpels von früher, denen er dadurch einen Job verschafft, mit denen sie selbst ihre Drogensucht finanzieren können. Die beiden am Westhafen erschlagenen Typen gehörten auch zu seinen Jungs. Die Brutalität der Tat lässt auch Checker an mehr als nur Mord denken. Das wirkt nicht wie ein hinterhältiger, auch feiger Totschlag. Das ist eindeutig ein Zeichen, denkt er, das die zermanschten Birnen aussenden sollen.

Was auch bestens gelingt. Unruhe verbreitet sich in der Drogenszene. Die Clans sind verunsichert. Jeder verdächtigt jeden. Dabei steht Rache an wem auch immer im Raum.

Checker wird von seinen Chefs einbestellt. Alle sind sich einig, das können sie nicht auf sich sitzen lassen. Jemand schaltet ihre Leute an der Front aus.

Wer steckt dahinter?

Was weiß Checker?

Natürlich weiß er nichts. Aber das kann er nicht zugeben. Es ist immer schlecht, wenn der Eindruck entsteht, er stehe auf dem Schlauch, habe den Kontakt zu seinen Männern verloren. Also konstruiert er locker mit viel Fantasie vor sich hin, ergeht sich in Mutmaßungen, Verdächtigungen, Spekulationen. Der türkische Drogenclan könnte dahinterstecken. Einer seiner toten Dealer war Kurde. Irgendwas Nationalistisches vielleicht. Spannungen gab es schon immer. Vielleicht nicht unter den Chefs, aber unter den Dealern auf der Straße. Was die Chefs verwundert, denn davon wissen sie nichts.

Ich komm ja auch nicht wegen jedem Scheiß zu euch, sagt Checker.

Das ist kein Scheiß, Mann, das sind zwei unserer Männer. Und die sind jetzt tot, verstehst du?

Klar, versteht er. Deswegen redet er ja auch so planlos drauflos.

Die Morde bedürfen einer Reaktion, das ist nicht nur Checker klar. Das Zeichen muss erwidert werden. Und er, Checker, soll das erledigen. Das ist zum einen ein Vertrauensbeweis der Chefs ihm gegenüber. Zum anderen steckt dahinter auch eine Erwartungshaltung, die ihm Angst macht.

Hör dich um, geben sie ihm mit auf den Weg. Aber schnell.

Es klingt wie eine Drohung.

Wenn wir Genaueres wissen, schlagen wir zu, sagen sie und meinen ihn. *Er* soll zuschlagen, *er* soll das Zeichen erwidern.

Klar, Mann, sagt er und weiß, das nimmt alles keinen guten Verlauf.

BU

Ihn, den gutaussehenden polyglotten Deutsch-Vietnamesen, habe ich schon lange ausgespuckt. Er wird von mir über all die Jahre hinweg, in der er in mir, der Stadt, aufwächst und später dann bei der Polizei arbeitet, langsam aber sicher zerstört. Er zerbricht an mir. Als er noch beim Drogendezernat angestellt ist, erhält er tiefe Einblicke in mich, in diesen Abgrund, den Schmutz, das Verbrechen, ist Teil vom Rand der Ränder. Wenn du lange genug in die Schlucht hineinschaust, schaut irgendwann die Schlucht aus dir heraus. Er wird schließlich selbst zum Freund der Drogen. Oder die Drogen werden seine Freunde, die den trüben Himmel rosa färben. Die ihm die Augen zuhalten, bis er das, was er nicht sehen will, auch nicht mehr sieht. Das aber längst in ihm ist und in dem er haust wie ein räudiger Hund im Müll aus Sucht, Abhängigkeit und Delinquenz. Als verdeckter Ermittler überschreitet er mehrmals die Grenze, wird vom Hüter des Gesetzes im Handumdrehen selbst zum Gesetzesbrecher. Mit einer Nase Koks hält auch die Korruption Einzug in seinen Alltag. Nach einer Intrige muss er schließlich den Dienst quittieren, fällt in ein Loch und kommt nicht mehr heraus. Bis er sich aus mir, der Stadt, verabschiedet. Er weiß, was es bedeutet, von mir zugrunde gerichtet zu werden. Aber nun wird er zurückgeholt. Ob er will oder nicht. Er will nicht. Er weiß, dass ich, die Stadt, ihn vernichte, dass ich alle und alles vernichte.

Mechthild ruft ihn in diesem schwäbischen Kloster an, in das er sich zurückgezogen hat, weil er glaubt, nur hier, in dieser Abgeschiedenheit und klösterlichen Klausur, mit sich und der Welt klarzukommen. Sie setzt ihn unter Druck. Sie braucht seine Hilfe. Ohne ihn, so meint sie, sei ihr derzeitiger Fall nicht zu lösen.

Er weigert sich, sagt, sie solle den Scheiß selbst machen, er habe damit nichts mehr zu tun.

Was sie nicht gelten lässt. Eine Rechnung sei noch offen, entgegnet sie, und dass eine Hand die andere wasche.

Du erinnerst dich, dass ich dir den Arsch gerettet habe, in diesem ehemaligen Weinkeller im Burgenland?

Natürlich erinnert er sich. Er ist mittlerweile gar nicht mehr so überzeugt davon, dass diese Rettung vor dem sicheren Tod in letzter Sekunde für ihn von Vorteil war.

Und jetzt erwarte ich, dass *du* mir den Arsch rettest.

Das ist dein Job, Mechthild. Nur ein Job, mehr nicht, versucht ihr Bu zu widersprechen. Wenn du den Fall nicht aufklärst, wirst du nicht entlassen, dann reißt dir niemand den Kopf ab. Wie viele Fälle gibt es, die nicht aufgeklärt werden?

Aber ich kriege die Bilder nicht aus dem Kopf, Bu. Ich kriege sie nur aus dem Kopf, wenn der Fall zu Ende ist. Und er ist nur dann zu Ende, wenn der Täter geschnappt ist, verstehst du das nicht?

Und wieder versteht er und sagt dennoch, Das ist dein Ding, Mechthild, damit habe ich nichts ...

Oh doch, geht sie dazwischen. So einfach kommst du aus der Nummer nicht raus. Ich will, dass du herkommst, sofort. Es klingt verzweifelt, es klingt endgültig.

Und wenn nicht?

Eine kurze Pause entsteht.

Dann ist alles aus.

Was aus sein soll, sagt sie nicht. Aber Bu weiß, dass sie es ernst meint. Und dass das *Aus* nicht nur ihn, sondern auch sie selbst betrifft.

Okay, sagt er und legt auf.

Es ist komisch. Aber niemand hat etwas gesehen, keiner etwas gehört. Es gibt keine Zeuginnen für die beiden Morde am Westhafen. Auch auf die mittlerweile überall in mir, der Stadt, installierte Überwachungstechnik, mit der sie versuchen Sicherheit vorzutäuschen, die es aber gar nicht gibt, nie geben kann, ist nicht zurückzugreifen. Hier im Westhafen gibt es kaum Kameras. Die Toten wurden erst eine halbe Stunde später durch einen zufällig mit seinem Hund Gassi gehenden Anwohner entdeckt. Oder besser, der Hund hat sie entdeckt und musste vom Besitzer daran gehindert werden, von den zermanschten Köpfen zu kosten. Dieses pikante Detail, das der Hundebesitzer der Kriminalpolizei vorenthält, offenbart er freimütig den Boulevardmedien.

Die Spekulation schreibt Geschichten, mit denen zwei Tage später die Hauptstadtzeitungen auf ihren Titelseiten die Leserinnen beunruhigen. Auch hier spielen Psychopathen eine tragende Rolle. Aber auch Krieg im Drogenmilieu steht hoch im Kurs, schürt die Angst und lässt wieder einmal den Ruf nach mehr Kontrolle, Polizei und Sicherheit lauter werden. Die Politik versucht zu beschwichtigen, nennt Zahlen, Statistiken und behauptet, ich, die Stadt, sei so sicher wie schon lange nicht mehr. Gleichzeitig erhöht sie den Druck auf die Ermittlungsbehörden und fordert Ergebnisse. Und zwar schnell.

FLORIAN DIETRICHS

So viele Journalistinnen wie bei mir, in der Stadt, gibt es selten. Und alle gieren nach den Superlativen. Alle wollen die Story ihres Lebens. Und sind im Prinzip nur an Schlagzeilen interessiert. Wenn sich Drogenclans gegenseitig die Birne einschlagen, kommt das gut in der Boulevardpresse an. Psychopathinnen, die unberechenbar morden, verbreiten noch größeren Schauer und werden als Bestien durch das mediale Dorf gejagt wie die perverse Sau. Gerne wird dann auch spekuliert, was das Zeug hält, und dabei gelogen, bis sich die Balken biegen. Es geht nicht um Wahrheit und Aufklärung, sondern um Auflage und Quote. Und dafür hauen die Schmierfinken schon mal ordentlich in die Tasten und stellen lieber einen mehr als einen weniger an den Pranger.

Weniger interessant finden die Journalistinnen die Verstrickungen des Staates und seiner Organe in diverse, meist undurchschaubare, weil geheime Verbrechen. Klar, das macht mehr Arbeit und ist kompliziert zu recherchieren. Doch es gibt einen, der sich darauf spezialisiert hat, nicht die Oberfläche abzuscannen, sondern in der Tiefe zu wühlen, da wo der Dreck lagert, da wo die Geheimdienste, die Gefolgsleute des Staates zum Schutz der nationalen Sicherheit und zur Terrorabwehr Grenzen überschreiten, Grenzen verletzen und in einem in sich geschlossenen System innerhalb des Systems völlig autonom und straffrei operieren.

Florian Dietrichs heißt der Mann, der mir immer wieder auffällt, der sich hervorhebt und unter Pseudonym für diverse Magazine schreibt. Einer, den der Fall der ermordeten Drogendealer weit über die Drogendealer und den Kampf der Drogenclans hinaus denken lässt.

BU

Er ist zurück. Spätabends kommt er mit dem Zug am Hauptbahnhof an. Er fühlt sich wie ein trockener Alkoholiker, der eine Brauerei besichtigt, einen Weinkeller mit Verkostung an jedem Fass besucht. Es kribbelt, er ist nervös, fahrig, die Nerven liegen blank. Keine guten Voraussetzungen für dieses Unternehmen. Vom Hauptbahnhof nimmt er ein Taxi und lässt sich ins Hotel bringen. Der Taxifahrer, der Türöffner zur Hölle. Er sieht ihm an, was er denkt, und er denkt richtig. Mechthild hat das Hotel gebucht. In Lichtenberg. Ein bisschen ab vom Schuss, als habe sie ein schlechtes Gewissen und wolle ihn schützen. Schwachsinn. Du kannst nicht in den Krieg ziehen und denken, dass ein Helm, eine Schutzweste dich vor dem Tod bewahrt. Das Kloster hat ihn abgeschirmt, gefestigt, aufgerichtet. Im Kloster ist es auch viel einfacher, mit dem selbst auferlegten Verzicht umzugehen. Meditation, Enthaltsamkeit, Gelassenheit, Transzendenz, Spiritualität, Ruhe lassen sich im Kloster natürlich viel besser praktizieren als da, wo das dreckige Leben und das liederliche Laster toben. Das Kloster ist verklärter Mythos und eigentlich was für Weicheier, die den Kuschelkurs bevorzugen. Die aufgeklärteren Mönche, die weniger überzeugten Hardliner da drinnen wissen das auch. Pater Benedikt, der einzige, mit dem Bu im Kloster so etwas wie Freundschaft pflegt, sagte ihm, er solle ruhig gehen, das sei eine Chance, ein Gradmesser, der anzeige, wie weit er bereits sei und ob er vielleicht schon ohne die schützenden Klostermauern wieder fähig sei, da draußen zu leben, zu überleben. Er weiß, dass er nie fähig sein wird, ohne Blessuren da draußen zu existieren. Er weiß, dass er den allzeit lauernden Versuchungen kaum widerstehen wird. Er kann nur versuchen, seinen Aufenthalt so kurz wie möglich zu halten und die Mörder so schnell es geht zu finden. Er kann auch versuchen, dem Laster und der Lust nicht unbedingt aus dem Weg zu gehen – was hier ohnehin nicht funktioniert –, sondern sich damit knallhart zu konfrontieren, um selbst die Zügel in der Hand zu behalten. Wenn er schon, auch gegen seinen Willen, in dieses dreckige Spiel hineingeworfen wird, will er zumindest versuchen, selbst Regie zu führen.

Es ist ein heruntergekommenes Hotel. Ost-Standard, Plattenbau. Grau in Grau. Womöglich soll das schon der erste Teil der Tarnung sein. Er kennt Mechthild bisher als gut vorbereitete Kriminalbeamtin, ehrgeizig, akribisch, deren Stärken vor allem in der Recherche, der Zuarbeit, der Auswertung liegen. Weniger im Kampf an der Front. Er wird wie immer undercover ermitteln. Die Hotelrezeption erinnert an ein Stundenhotel in Georgien. Die Frau hinter dem Tresen sieht aus, als ob sie nicht nur Zimmer vermieten wolle, sondern auch sich selbst. Die erste Prüfung, denkt Bu und lächelt. Die Frau lächelt auch. Er weiß in diesem Moment, dass er ihr verfallen wird oder besser seinem Drang nach Austausch von Körperflüssigkeiten und der Lust auf Sex. Vielleicht nicht gerade jetzt, aber in drei, vier Nächten, wenn ich, die Stadt, seine Birne ein Stück weit weich gekocht habe, wird sie den Platz an der Rezeption gegen den in seinem Bett eintauschen.

Gegen ein stattliches Entgelt natürlich. Sie nickt, als wolle sie das bestätigen.

Das Zimmer im zehnten Stock sieht aus wie das Hotel. Heruntergekommen, verlebt, muffig, modrig, vergilbte Raufasertapeten, abgetretener Teppichboden mit faustgroßen Flecken, über deren Entstehung man nichts wissen möchte.

Er öffnet das Fenster und sieht auf mich, die beleuchtete Stadt, herunter wie auf einen Scheißhaufen. Er steckt sich eine Zigarette an und raucht in die sternenlose Nacht hinaus. Die gegenüberliegenden Fenster sind fast alle dunkel. Es scheint sich hier nicht zu lohnen, nachts wach zu bleiben. Warum auch? In einem der Fenster sind die Lichtreflexe eines Fernsehers zu sehen. Womöglich ist der Fernsehzuschauer eingeschlafen, und das Programm spielt solange weiter, bis er am Morgen wieder aufwacht. Genau gegenüber sind die Vorhänge zugezogen. Ein schmaler Lichtstreifen schaut zu ihm herüber, der immer wieder durch Schattenrisse durchbrochen wird. In dieser Wohnung scheint dann doch noch einiges los zu sein. Eine Party vielleicht oder eine Zusammenkunft von Junggesellen, die ihre Einsamkeit nur gemeinsam ertragen. Er hört einen Schuss und weiß, dass der nur in seinem Kopf existiert und den ihm bevorstehenden Start ankündigt. Er schnipst den Zigarettenstummel aus dem Fenster und sieht der schwebenden Glut hinterher.

Scheiße, murmelt er vor sich hin, was für ein Fehler. Verdammte Scheiße.

MECHTHILD

Erzählen Sie.

Es fällt ihr schwer. Sie zögert, windet sich, fängt dann aber doch an, weil sie weiß, dass sie ihre anfängliche Skepsis der

Therapeutin gegenüber ablegen sollte, dass sie offen und vorurteilsfrei der Therapie begegnen muss, wie ihre Hausärztin es fordert, sonst wird das nichts.

Ich bin in der Oberpfalz aufgewachsen. Meine Eltern hatten ein Fliesenfachgeschäft. Ich sollte als Älteste den Betrieb und das Geschäft übernehmen. Ich wollte aber nicht. Ich wollte weder Fliesenlegerin werden noch Einzelhandelskauffrau. Ich wollte Abitur machen. Studieren. Vor allem wollte ich weg aus der Oberpfalz.

Sie starrt vor sich hin, versunken in die eigenen Worte.

Und? Die Therapeutin schiebt sie an.

Ich habe Abitur gemacht und meinen Eltern vorgegaukelt, mit einem BWL-Studium hernach viel besser das Geschäft übernehmen zu können. Ich habe dann weder das Geschäft übernommen noch BWL studiert. Ich bin zur Polizei gegangen mit dem Ziel, Kriminalkommissarin zu werden. Vielleicht habe ich einfach auch nur zu viel *Tatort* geschaut.

Und ihre Eltern?

Die haben mir das nicht verziehen. Sie haben mit mir gebrochen.

Haben Sie Geschwister?

Ja, eine fünf Jahre jüngere Schwester.

Was macht die beruflich?

Prostituierte.

Was? Ein sanfter Aufschrei der Therapeutin. Das ist nicht Ihr Ernst, oder?

Doch.

Wissen das Ihre Eltern?

Klar.

Oh Gott!, dringt es entsetzt aus dem Mund der Therapeutin, wofür sie sich sofort entschuldigt. Verzeihen Sie, aber das muss für Ihre Eltern, ich meine in deren Augen wie eine doppelte Strafe sein. Zuerst Sie, die nicht das Geschäft übernimmt und somit das Erbe der Eltern fortführt, dann Ihre Schwester, die noch eins draufsetzt.

Kann sein. Meine Schwester jedenfalls geht damit sehr offensiv um. Nachdem sie ihr Informatikstudium abgeschlossen hatte, wollte sie nicht zu Siemens in die IT-Abteilung. Was man ja auch verstehen kann. Zuerst hat sie die Sexarbeit nebenher gemacht, seit ein paar Jahren betreibt sie sie als Beruf. Sie scheint in ihrem Job glücklich, verdient ein Vielfaches von dem, was ich verdiene, und kommt in der ganzen Welt herum. Sie arbeitet im Begleitservice und im Hochpreissegment.

HABIBI

Mustafa, auch Habibi genannt. Er steht längst auf dem Zettel der Staatsschützer. Ganz oben steht er als Gefährder. Was nichts heißen muss, wenn man an den Fall Anis Amri denkt. Sie glauben, Habibi plane was Größeres. Durchaus im Ausmaß des Anschlags auf den Breitscheidplatz von Amri. Deshalb haben sie sich auf den Deutsch-Türken auch so eingeschossen. Einen neuen Anschlag zu verhindern könnte sie, die beim Anschlag auf den Weihnachtsmarkt so versagt haben, rehabilitieren. Habibi weiß, dass sie hinter ihm her sind, dass sie ihn auf dem Schirm haben, dass sie ihn überwachen, sein Handy abhören, an seinen Fersen kleben wie Hundescheiße. Was sie vermuten, ist alles richtig. Sie werden es ihm nur nicht beweisen können. Wenn es nach ihm, Habibi, geht. Er ist ein Islamist, ein gefährlicher Islamist, einer der überzeugtesten, der gewaltbereitesten und auch intelligentesten, den der IS in Europa angeheuert hat. Er wird zuschlagen. Und er wird sich von niemandem aufhalten lassen.

LICHTENBERG

Hier zu wohnen ist eine Strafe. Hier zu leben bedeutet Kapitulation. Vor dem Leben. Stadtplanung als Farce. Vor allem die Hochhausbauten in Neu-Hohenschönhausen sind eine Bankrotterklärung an menschenfreundliches Wohnen und Leben. Über 50.000 Menschen müssen sich das tagtäglich antun. Kein Wunder, dass das Ministerium für Staatssicherheit der DDR sein Hauptquartier in Lichtenberg aufgeschlagen hatte. Mehr ist dazu nicht zu sagen.

BU

Er ist müde, erschöpft. Diese ganzen Eindrücke, diese extrem anstrengenden visuellen Reize und der permanente auditive Terror machen ihn fertig. Das ist er nicht mehr gewohnt. Ich, die Stadt, überfordere ihn. Völlig. Das schnelle, das hektische, das kaputte Leben kratzt an seiner labilen Psyche. Die trotz monatelanger Therapie und dem einsamen Klosterleben noch immer extrem verletzlich wirkt. Plötzlich von der heilen Klosterwelt in den aggressiven Großstadtdschungel gekippt, macht er den Eindruck, als verkrafte er das alles nicht mehr.

Die Besprechung mit Mechthild ist anstrengend, nervenzehrend. Sie hat sich an der Drogenvariante des Falls festgebissen. Die Psychologin Katrin zur Mühlen hingegen will nicht so recht daran glauben. Sie vermutet den Täter woanders. Bu hört sich beide Versionen an und dreht sich schon zu Anfang im Kreis, dass ihn schwindelt. Beides scheint möglich. Beides klingt schlüssig und nachvollziehbar. Ein Konflikt im Drogenmilieu oder ein unberechenbarer, paranoider, persönlichkeitsgestörter Täter. Beides nur schwer aufzuklären. Wobei ein Drogenfall mehr Anhaltspunkte böte. Ein Psychopath ist ein schwarzes Loch, schwierig, darin den Zipfel eines Ansatzes zu finden. Dennoch hat die Psychologin die besseren Argumente. Mechthild hingegen vertraut ihrem Bauchgefühl. Er wiederum ist der Spiegel von außen, der die Bilder einsammelt und sich sein eigenes machen soll. Noch passt in diesem Puzzle wenig zusammen, das meiste, fast alles fehlt noch.

Er wird von Mechthild mit allem Notwendigen ausgestattet, Computer, Geld, Waffe, Ausweis, Klamotten zur Tarnung und was sonst noch notwendig ist, um undercover zu ermitteln. Er will sich zunächst die Drogenszene vorknöpfen, auch wenn er der Psychologin ebenso, wenn nicht sogar mehr Glauben schenkt. Vielleicht auch, weil er sie attraktiver findet als Mechthild. Er wird Katrin zur Mühlen in den nächsten Tagen ohne Mechthild aufsuchen und ausloten, was möglich ist, auch wenn er weiß, dass er das besser unterlassen sollte, auch wenn er weiß, dass das gar keine gute Idee ist. Kaum hier, scheint er schon wieder in die alten Verhaltensmuster zu verfallen. Der Schutz des Klosters ist dahin, das Laster lockt. Als wäre es nie weg gewesen. Sex war, neben den Drogen und dem Alkohol, sein größtes Problem in der Vergangenheit. Sex beziehungsweise die Sucht danach.

KATRIN ZUR MÜHLEN

Ihr Verhältnis zur Hauptkommissarin ist von Anfang an gespannt. Dabei geht es nicht nur um Richtungskompetenz, Betrachtungsperspektiven, Falleinschätzungen, sondern auch um Auseinandersetzungen im zwischenmenschlichen Bereich. Es gibt kaum einen Tag, an dem die beiden nicht aneinandergeraten. Manchmal verflucht sich Mechthild dafür, die Kriminalpsychologin überhaupt ins Ermittlungsteam genommen zu haben. Auch Katrin zur Mühlen fragt sich, wenn sie wieder besonders heftig mit der Hauptkommissarin zusammenrasselt, warum sie sich das eigentlich antut.

Trotz aller Schwierigkeiten findet Katrin zur Mühlen Mechthild sehr attraktiv. Wenn sie ehrlich wäre, was sie selten ist, müsste sie sich eingestehen, dass sie sich sogar ein bisschen in die Hauptkommissarin verliebt hat.

BU

Nach kurzer Recherche und dem Aktivieren alter Kontakte ist schnell klar, zu welchem Drogenclan die Dealer Slawa und Ali gehörten. Wie es aussieht, haben die beiden für die Libanesen gearbeitet. In diesem Zusammenhang taucht immer wieder der Name Checker auf. Checker, den Bu noch von früher aus seiner Zeit bei der Drogenfahndung kennt und den er im Knast wähnt, ist tatsächlich auf freiem Fuß. Wegen guter Führung und aussichtsreicher Prognose wurde er vor ein paar Monaten vorzeitig aus der JVA Tegel entlassen, sagt sein ehemaliger Kollege vom Drogendezernat, der ihn in Sachen Drogengeschäft und Checker auf den neuesten Stand bringt und der der einzige ist, mit dem Bu heute noch klarkommt. Sie treffen sich bei Konnopke's Imbiss im Prenzlauer Berg auf eine Currywurst.

Gute Führung?!, sagt Bu. Dass ich nicht lache. Der und gute Führung! Aussichtsreiche Prognose? Das ist ein Witz, oder? Checker ist durch und durch ein Krimineller, ein suchtkranker Krimineller, einer, der mit allen Wassern gewaschen ist. Seine Prognose kennt nur einen Verlauf: immer weiter, immer vorwärts und sich nicht erwischen lassen.

Der Kollege nickt und hebt gleichzeitig die Schultern.

Wo finde ich ihn?

MECHTHILD

Ich leite hier die Ermittlung, verdammt nochmal!

Mechthild schreit. Katrin zur Mühlen zuckt zusammen. Sie versucht es nüchtern, ohne Emotionen.

Okay, das will ich auch gar nicht bezweifeln.

Das ist gut, das ist sehr gut, kommt wieder lauter als der Situation angemessen von Mechthild.

Ich bin aber auch nicht hier abgestellt, um Ihnen nach dem Mund zu reden, verstehen Sie?

Die Kriminalpsychologin sieht die Hauptkommissarin an, als sei diese bei ihr in Behandlung.

Meine Aufgabe ist es, sagt Katrin zur Mühlen, aus kriminalpsychologischer Sicht den Fall zu bewerten und Handlungsmuster und Ermittlungsansätze zu erarbeiten. Dass die manchmal von Ihrer Sicht, Frau Hauptkommissarin, abweichen, ist nicht ungewöhnlich.

Mechthild wirkt jetzt eingeschüchtert. Sofort legt Katrin nach, Ich lasse mir den Mund von Ihnen nicht verbieten.

Das sitzt. Mechthild wirkt angeschlagen, was Katrin ein wenig leid zu tun scheint.

Okay, sagt Mechthild, fast abwesend wirkend, nehmen wir uns beide etwas zurück und konzentrieren uns wieder voll und ganz aufs Wesentliche, okay?

Okay.

Es tut mir leid.

Mir auch.

BU

Er nimmt den Aufzug. Er öffnet die Tür, eine Frau, die im selben Moment das Hotel betritt, eilt herbei und drängt sich ebenfalls in die Aufzugskabine, die für drei Personen zugelassen ist, aber schon bei zweien übervoll wirkt. Auch sie fährt in den zehnten Stock. Sie hat ungefähr Bu's Alter, blonder Pferdeschwanz, lange Nase, ein schönes, wenn auch ein bisschen verlebtes Gesicht. Sie vermeidet den Blickkontakt, gibt sich schüchtern, vielleicht auch eine Spur überheblich und blickt zur Seite an die Wand. Auch Bu ist die Situation unangenehm, so nahe zu sein auf engstem Raum mit einer fremden, schönen Frau. Er traut sich nicht, ihr in die Augen zu sehen. Zu intim, zu eng ist die Aufzugsfahrt nach oben und zu langsam. Viel zu langsam. Es dauert ewig, bis der Aufzug ankommt. Er riecht ihr Parfum. Eternity von Calvin Klein. Er betrachtet sie heimlich und verstohlen im kleinen Spiegel an der Aufzugswand aus Plaste, während sein Gehirn von Stockwerk zu Stockwerk immer schneller rattert und langsam droht durchzudrehen. Das Gesicht, das Gesicht im Spiegel kommt ihm bekannt vor, die Frau ganz nahe neben ihm, der Geruch. Es will ihm aber nicht einfallen von woher. Auch ihr scheint die Fahrt im Aufzug immer unangenehmer zu werden. Die Augen noch immer auf den Boden an die Wand gerichtet, den Mund leicht verkniffen, auf der Stirn Falten. Im zehnten Stock angekommen steigt sie als Erste aus. Er bleibt an der Aufzugstür zurück und sieht ihr hinterher, als es ihm, mit Blick auf den kleinen prallen Hintern, als brächte der die Erkenntnis zurück in sein Hirn, schlagartig wie Schuppen von den Augen fällt.

Luisa?

Es ist kaum zu hören und verkümmert langsam, während der Name auf dem langen Flur wie ein Insekt entlangkriecht. Die Frau bleibt dennoch kurz stehen und dreht ihren Kopf über die Schulter halbherzig zu ihm. Bitte?

Luisa?

Sie sieht ihn kühl, aber nicht unfreundlich an, schüttelt ganz leicht den Kopf, und sagt, Tut mir leid, da müssen Sie sich täuschen.

Sie dreht sich wieder weg und geht langsam, ohne Eile, mit gleichmäßigen Schritten den Flur entlang bis zur letzten Tür, steckt dort den Schlüssel ins Schloss, öffnet die Tür und betritt das Zimmer, ohne sich noch einmal zu ihm umzudrehen.

Er steht noch immer an der offenen Aufzugstür, schaut ihr unverändert hinterher und weiß jetzt, dass er sich nicht täuscht. Hätte sie noch einen kurzen, womöglich auch verstohlenen Blick an der Zimmertür zurück in den Flur geworfen, in seine Richtung, wäre er sich nicht so sicher. Da sie ihm aber diesen letzten Blick verweigert, ist er überzeugt davon, dass das die Frau ist, mit der er vor vielen Jahren zusammen eine polizeiinterne Fachtagung über den Einsatz softwarebasierter Prognosemethoden besucht hat. Eine dreitägige Veranstaltung des BKA in der Zentrale in Wiesbaden. Luisa Verhaag, damals wie er noch nicht so lange im Polizeidienst, fiel ihm während der Tagung gar nicht auf. Erst bei der Abschlussparty in einem Wiesbadener Hotel, in dem er und einige vor allem jüngere Tagungsmitglieder noch weiterfeierten, während der offizielle Teil bereits zu Ende war, nahm er von ihr Notiz. Mehr noch, sie unterhielten sich, tranken zusammen, tanzten zusammen, waren gemeinsam betrunken, kamen sich näher und landeten schließlich gemeinsam in seinem Hotelbett. Das war's. An mehr kann er sich nicht erinnern. Erstaunlich, dass er sich überhaupt an etwas erinnern kann. Bei seinem einst ungeheuren Frauenverschleiß, der seiner damals schon aufkommenden Sexsucht geschuldet war. Seitdem hat er sie nicht mehr gesehen. Auch nichts von ihr gehört.

Und jetzt steigt sie in der Nacht in denselben Aufzug in diesem heruntergekommenen Hotel mit zweifelhaftem Ostcharme in Lichtenberg. Seltsam, denkt Bu und will Zufällen eigentlich nicht den Raum gewähren, der ihnen nicht zusteht. Es gibt sie natürlich, diese Art von Zufällen, bei denen man sich immer wieder die Augen reibt und es einfach nicht glauben möchte, aber das macht sie nicht unbedingt wahrscheinlicher. Luisa Verhaag sah auch nicht so aus, als ob sie in dieses Hotel passen würde. Mit blauem Hosenanzug, weißer Bluse und Stilettos war sie viel zu schick gekleidet für diese abgewrackte, sozialistische Bettenburg.

Luisa Verhaag. Er googelt sie sofort im Hotelzimmer. Bis auf einen Eintrag ist nichts zu finden. Es ist tatsächlich die Tagung in Wiesbaden vor ein paar Jahren, die er im Netz findet, dazu ein Foto, das in einem Polizeimagazin abgedruckt wurde. Auf dem Foto: Luisa Verhaag in der ersten Reihe, schräg dahinter er. Jetzt ist er sich ganz sicher. Die Frau im Hotel und die auf dem Foto sind identisch. Das ist Luisa Verhaag. Seltsam ist, dass sie ansonsten im Internet keine Spuren hinterlassen hat. Bis auf diesen einen Eintrag ist sie in der virtuellen Welt nicht vorhanden. Äußerst seltsam. Es gibt niemanden, den das Internet verschont. Außer man legt es ganz bewusst darauf an, unsichtbar zu bleiben.

CHECKER

Er muss ein Zeichen setzen. Um nicht selbst unter die Räder zu kommen. Das wird von ihm erwartet. Das erwartet er von sich selbst. Ein Zeichen, das Eindruck macht. Die Verhältnisse wieder klar stellt und den Konkurrenten Einhalt gebietet.

Im Görlitzer Park stehen die Afrikaner herum und verdealen Gras und Dope in geringen Mengen. Er konnte die aggressiv dealenden Schwarzen noch nie leiden. Meist sind es Flüchtlinge, die wenig oder nichts zu verlieren haben. Sie machen das Geschäft kaputt, das Klima, die Atmosphäre. Konspiration liegt ihnen fern. Immer wieder benehmen sie sich daneben, funken dazwischen, meist aus Unwissenheit und Dummheit. Ihnen jetzt eine Abreibung zu verpassen, kommt ihm wie gerufen. Zwei Fliegen mit einer Klappe kann er dadurch schlagen. Ein Zeichen der Stärke für die Szene einerseits. Und andererseits bekommen die verhassten Afrikaner eins vor den Bug geknallt.

Sie kennen ihn, die meisten zumindest. Wissen, dass er nicht gut auf sie zu sprechen ist. Wissen auch, dass sie sich mit ihm besser nicht anlegen sollten. Auch sie haben von den beiden toten Drogendealern erfahren. Und haben keine Ahnung, wer sie auf dem Gewissen haben könnte.

Sie fragen sich, was Checker hier will, suchen in ihren vollgedröhnten Köpfen nach Zusammenhängen, die sich, sicher auch vom vielen THC im Blut und in der Birne, nicht ergeben. Im Gegenteil, das fehlende Wissen, den mangelnden Durchblick kompensieren sie durch Feindseligkeit und Aggression. Sie machen sich über Checker lustig, verhöhnen seine toten Dealer. Checker bleibt zunächst ruhig, knöpft sich dann einen der Afrikaner in der Nähe des Ausgangs zur Glogauer Straße in einer dunklen Ecke des Parks vor, umgeben von schützenden Büschen und Hecken. Auch der ist feindselig, beschimpft ihn und sagt, er solle hier verschwinden, das sei nicht sein Revier.

Checker stellt ihn zur Rede, sagt, hier gehe es nicht um Revierfragen oder alberne Kompetenzstreitigkeiten, sondern um Mord. Um zweifachen Mord.

Der Afrikaner lacht, lacht über die Toten, sagt, um die sei es nicht schade.

Checkers Ruhe ist dahin, die geplante Einschüchterung ist im Begriff zu scheitern. Er packt den Schwarzen, der zwar einen Kopf größer, aber in vollgedröhntem Zustand kein ebenbürtiger Gegner ist, am Hals und sagt, dass er ihm gleich den Arsch aufreißen werde. Woraufhin der Afrikaner ein Messer aus der Tasche zieht. Noch ehe er zustoßen kann, schlägt Checker ihm das Messer aus der Hand, greift selbst danach. Der Afrikaner stürzt sich auf ihn und fällt direkt in die Klinge. Sie bohrt sich in seinen Körper genau auf Höhe der Milz. Noch ehe der Kampf richtig begonnen hat, ist er schon zu Ende. Der Afrikaner fällt zu Boden, das Messer noch immer im Körper, und stirbt Sekunden später.

Scheiße.

So war das nicht geplant. Es sollte eine Abreibung werden, und es ist ein Mord geworden. Und dann denkt Checker, selber Schuld. Und: Scheiß Afrikaner.

MECHTHILD

Schöne Scheiße.

Kaum dass Bu die Augen aufgeschlagen hat, steht Mechthild um kurz nach acht in seinem Hotelzimmer.

Tut mir leid, dass ich hier so reinplatze, aber die Scheiße spitzt sich zu.

Bu wälzt sich aus dem Bett, sagt, Gib mir fünf Minuten, stellt sich kurz unter die Dusche, putzt die Zähne und macht sich fertig, während Mechthild ihn auf den neuesten Stand bringt.

Ich glaube, wir haben tatsächlich Krieg im Drogenmilieu. Wenn das so weiter geht, stechen die sich gegenseitig ab. Wenn Katrin recht hat, dann haben wir tatsächlich zwei Fälle. Der Psychopath und die Drogenmafia. Ich bezweifle allerdings, dass es da keinen Zusammenhang gibt. Was meinst du?

Mit Zahnpasta im Mund kommt von Bu nur Unverständliches, was Mechthild als Keine Ahnung oder Ich weiß auch nicht genau, deutet.

An die Dealer ranzukommen, scheint mir noch am einfachsten zu sein, oder was meinst du?

Das kann ich übernehmen, sagt Bu, nachdem er die Zahnpasta im Waschbecken ausgespuckt hat. Da kann ich alte

Kontakte aufleben lassen, sodass auf jeden Fall zu ermitteln sein wird, wer oder was dahintersteckt.

Glaubst du?

Klar. Das heißt dann zwar noch lange nicht, dass wir den oder die Täter haben, aber wir wissen dann, worum es geht, und können Weiteres veranlassen.

Bu ist fertig. Sie verlassen das Hotelzimmer und fahren mit dem Aufzug nach unten, während Mechthild fragt, Sag, wie ist es dir so im Kloster ergangen?

Gut.

Gut?

Ja, eine Welt für sich, in der ich irgendwie weniger Probleme habe, verstehst du?

Sie nickt, als ob sie weniger das Kloster als vielmehr die Probleme verstünde.

Bu?

Ja.

Danke, dass du gekommen bist.

Schon okay.

Er winkt ab.

Das rechne ich dir wirklich hoch an. Ich wüsste gar nicht, wie ich das ohne dich alles bewältigen sollte.

Ach, Mechthild, komm mal runter. Du tust ja gerade so, als ob ich der Heilsbringer wäre.

Er lacht.

Nee, das nicht, aber ein Ermittler, ein verdeckter Ermittler mit wahninnigem Gespür. Intuition, Fantasie, gedankenschnell, immer einen Schritt voraus. Das war früher schon so, wofür dich die anderen immer bewundert haben. Und ich glaube, in diesen Fällen geht es ohne dich nicht.

Ist das jetzt eine Liebeserklärung?

Wieder lacht Bu, jetzt noch dreckiger als zuvor. Der Aufzug hält an. Bu stößt die Tür auf.

Spinner!

Na komm, lass uns gehen. Die Mörder warten nicht.

Auf dem Weg zum Präsidium lässt Mechthild Bu in Kreuzberg aussteigen.

Fangt schon mal ohne mich an, ich habe noch bei meinen alten Freunden im Görlitzer Park was zu erledigen, sagt er und springt aus dem Wagen.

Es dauert nicht lange.

Er hebt die Hand zum Abschied.

GÖRLITZER PARK, KREUZBERG

Eine grüne Oase mitten in Kreuzberg. Vierzehn Hektar groß, auf denen es Sport-, Spiel- und Bolzplätze gibt, einen Kinderbauernhof, zwei Aussichtshügel mit einer Rutsche und einer achtzig Meter langen Rodelbahn, einer Streuobstwiese mit Apfel-, Birnbäumen und Edelpflaumen sowie einen kleinen See. Der Park ist aber auch ein stark frequentierter Drogenumschlagplatz und das Mekka der Drogendealer. Die erst jüngst eingestellten sogenannten Parkläufer, die ein Auge auf die Dealer werfen sollen und eher Dialog statt Repression im Repertoire haben, helfen da wenig. Sie müssen das politische Versagen, die seit Jahrzehnten verfehlte restriktive Drogenpolitik und die ebenso fragwürdige Migrationspolitik ausbaden. Der Park ist in afrikanischer Hand.

Junge schwarze Männer stehen im Park herum, als stünde die Zeit still und als hätte sich seit Jahren nichts verändert. Sie verkaufen im Prinzip alles, was das nach Betäubungsmitteln lechzende Herz begehrt. Vornehmlich aber Dope und Gras; darauf haben sie sich spezialisiert. Sie verstecken es in den Büschen und führen nur geringe Mengen bei sich.

Bu kennt sie noch von früher. Und sie kennen ihn. So viele schlitzäugige Ermittler gibt es nicht. Sie sind früher immer ganz gut miteinander klargekommen. Für ihn sind sie kleine Fische. Arme Schweine, deren Delinquenz ihn schon damals beim Drogendezernat nie wirklich interessiert hat. Ihm ging es schon immer um die, die am großen kriminellen Rad drehen. Die Chefs der Drogenclans, die Bosse der organisierten Drogenmafia. Dabei war es oft hilfreich, sich bei den kleinen Fischen umzuhören.

Wie jetzt. Während Bu mit einer Handvoll Afrikanern gemeinsam einen Joint raucht, versucht er sie zum Mord an ihrem afrikanischen Kollegen zu befragen.

Wurdet ihr von den Bullen nicht vernommen?

Klar.

Sie lachen, und er weiß, dass sie den Bullen nichts sagen. Die Bullen stehen auf der anderen Seite, die Bullen sind Arschlöcher in ihren Augen und Feinde. Dennoch haben auch sie ein Interesse daran, dass der Mörder geschnappt wird. Manche haben auch Angst, dass es nicht bei diesem einen Mordopfer bleiben wird.

Das war doch kein Zufall, oder?

Sie lachen wieder.

Zufall, Mann, am Görli gibt es keine Zufälle. Alles ist in Gottes Hand.

Sie zeigen zum Himmel, an dem die Sonne prahlt, als wolle sie die von Cannabis gestreichelten Nervenbahnen der jungen schwarzen Männer rösten.

Sie lachen wieder, als sei Gott ein Witz. Bu lacht mit.

Was glaubt ihr, wer das war?

Sie sehen sich an, als wüssten sie es längst.

Die Libanesen.

Ihr meint den libanesischen Drogenclan?

Sie nicken.

Und wer ist das, ich meine jetzt konkret?

Kennst du noch den Kleinen, der aussieht wie – sie suchen nach Worten, finden aber nicht die richtigen.

Checker? Meint ihr Checker?

Sie nicken, alle gleichzeitig und synchron, was komisch aussieht.

Der war vor dem Mord öfters hier. Wir haben uns schon gewundert, was der hier will. Das ist unser Revier. Hier haben er und seine Leute nichts verloren. Das weiß er, das wissen sie, das wissen alle. Was hat er also hier gewollt?

Ihre Stirnen sind allesamt gekräuselt.

Jetzt wissen wir es.

Und wo ist er jetzt?

Sie heben die Schultern und lassen den Joint kreisen.

FLORIAN DIETRICHS

Er ist schon lange hier. Ihn habe ich fast ebenso lange auf dem Schirm. Er ist einer, der seine Nase immer wieder in Angelegenheiten steckt, die zuerst ihm, dann vor allem anderen große Schwierigkeiten bereiten. Schon so manchen Skandal, so manche Sauerei hat er durch seine Recherche, durch seinen Journalismus aufgedeckt. Bereits in der Schule war Dietrichs ein Überflieger. Einserabitur in der DDR. Extrem eigenwillig, renitent, schwul. Damals versucht schon die Stasi ihn anzuwerben, später dann der Verfassungsschutz der BRD; beide Male bleibt er standhaft und weigert sich. Auch wenn ihn vor allem die Verfassungsschützer mit den schönsten Jünglingen ködern. Anschließend versuchen sie ihn zur Strecke zu bringen. Einmal mit dem untergeschobenen Versuch von Kinderpornografie, was mächtig in die Hose geht. Das andere Mal mit Steuervergehen, was ebenso kläglich scheitert. Momentan halten sie sich zurück. So lange bis er wieder etwas raushaut. Themen gibt es für ihn genug. Aber vor allem die dreckigen Geschäfte des BKA und der Geheimdienste lassen ihn zu Hochtouren auflaufen. Seit Jahren berichtet er über den rechtsextremistischen NSU-Komplex, vor allem über die mutmaßliche staatliche Verstrickung und das handfeste staatliche Versagen. So mancher Artikel von ihm, oft unter Pseudonym – Aschenbach, Reuther, Liebherr, Gündogans – verfasst, hat führende Verfassungsschützer stolpern lassen, den ein oder anderen auch zum Rücktritt gezwungen. Er gilt in der Szene als der Journalist mit den besten und ergiebigsten Informantinnen. Was sicher auch damit zu tun hat, dass er als absolut integer gilt, zuverlässig und verschwiegen wie ein Grab. Dafür hat er keine Freundinnen. Dietrichs ist ein Einzelgänger, Einzelkämpfer, Außenseiter. Ganz anders als diverse Vorzeigejournalistinnen, die auf den Sofas der Talkshows zu übernachten scheinen, meidet er die Öffentlichkeit konsequent und arbeitet in der Regel völlig im Verborgenen. Selbst zur Verleihung der renommiertesten Journalistinnenpreise, die er für seine Reportagen und Texte regelmäßig einheimst, was natürlich extremen Neid der Kolleginnen nach sich zieht, erscheint er nicht persönlich. Den meisten gilt er als verschroben, nerdig; dabei wissen die wenigsten überhaupt, wie er aussieht. Er scheint ein Phantom zu sein, ein sehr effektives, das so manch einem das Leben zur Hölle macht.

BU

Er klingelt an der Hotelrezeption. Es dauert einige Momente, bis die junge Frau mit den asiatischen Gesichtszügen aus dem angrenzenden Zimmer kommt. Als sie ihn sieht, lächelt sie. Die Gesichtszüge scheinen zu verbinden.

Bitte?

Thailand oder auch Vietnam, denkt er, zweite oder dritte Generation vielleicht, und sieht sie entwaffnend an, fast schon eine Spur zu aufdringlich.

Sie hält seinem Blick stand und fragt nochmals, Was kann ich für Sie tun?

Ich hätte eine Frage.

Ja?

Luisa Verhaag, die Frau im zehnten Stock, Zimmer 234 ...

Wer?

Luisa Verhaag.

Es ist niemand eingecheckt mit diesem Namen.

Ach so. Aber die Frau in Zimmer 234 ... Sie kennen sie?

So wie ich Sie kenne, sagt die Frau hinter dem Hoteltresen und lächelt vielsagend.

Und die heißt nicht Luisa Verhaag?

Zumindest ist sie im Anmeldebogen anders vermerkt.

Wie?

Das darf ich ihnen nicht sagen. Wieder dieses durchdringende Lächeln.

Das ist kein Grund, es nicht doch zu tun.

Warum sollte ich?

Sie haben Recht. Und eigentlich ist es auch gar nicht so wichtig. Bu dreht sich von der Rezeption weg, verharrt kurz und wendet sich erneut der Frau mit den asiatischen Gesichtszügen zu. Er beugt sich etwas über den Tresen, um ihr näher zu sein. Was sie aber keineswegs einzuschüchtern scheint. Auch sie beugt sich nun eine Idee nach vorne. Er kann ihr jetzt ins Dekolleté blicken. Schöne, feste Brüste sind ansatzweise hinter dünnem Stoff zu erahnen.

Gibt es im Haus eine Sauna?

Sie schaut, als hätte er nach ihrem Eisprung gefragt.

Nein, leider.

Natürlich war ihm das auch vorher schon klar. Wäre auch ziemlich vermessen, von einem derartig abgefuckten Ostschuppen eine Wellnessanlage zu erwarten.

Schwimmbad?

Sie grinst etwas verschämt, als wäre es ihr möglich, einen First-Class-Wellnessbereich durch bloßes Lächeln zu ersetzen.

Auch nicht.

Was haben sie sonst an Freizeitangeboten?

Die Frage verändert in ihrem Gesicht etwas. Sie scheint ihre Gedanken zu sortieren und Dinge ins Spiel zu bringen, die bei solchen Fragen eigentlich außen vor bleiben.

Ich meine Wellness und so, setzt Bu nach.

Leider nichts.

Er überlegt, dabei schmeichelt er ihr mit den Augen. Sie schmeichelt zurück. Ihre Augen haben jetzt denselben Blick. Ihre Gehirne scheinen dasselbe zu denken.

Massage?

Jetzt verändert sich ihr Blick noch mehr. Ihre Augen werden beweglich, scannen ihn ab wie einen eingeschweißten Schwarzwälder Schinken an der Supermarktkasse. Sie scheint unschlüssig zu sein, ob sie mit der Tür ins Haus fallen soll oder ob sie ihm das unmoralische Angebot nicht zumuten kann.

Er nickt, als wolle er ihr bedeuten: Scheiß auf die Moral und los, leg die Titten auf den Tresen.

Thaimassage, kommt leise, aber auch geschmeidig über ihre Lippen, als wären Thaimassagen Drogen oder illegale Waffen, aber deswegen nicht minder angenehm.

Eine Stunde fünfzig Euro.

Das klingt gut. Das klingt sehr gut.

In einer halben Stunde. Ich komme auf Ihr Zimmer.

Danke.

Genau dreißig Minuten später ist sie da. Weitere dreißig Minuten später sitzt sie bereits auf ihm, die Massage wird in handfesten Geschlechtsverkehr umgewandelt, bei Aufpreis, versteht sich. Nachdem sie fertig sind, versucht er ihr, sie heißt Phem, ein paar Informationen über Luisa Verhaag aus den schönen Rippen zu leiern. Sie scheint nicht viel zu wissen. Sie sagt, dass das Zimmer von einer Veronika Demme seit Monaten gemietet sei, Frau Demme aber nicht immer da sei und wenn, dann nie frühstücke. Manchmal komme sie auch mit einem Mann.

Ihr Freund?

Phem schüttelt den Kopf.

Das Bett ist nie benutzt.

Was?

Die schlafen da nicht.

Vielleicht vögeln sie im Stehen.

Sie lächelt verhalten.

Was machen sie dann?

Weiß nicht.

Aber das wäre doch auch mal interessant herauszufinden, oder?

Bin mir nicht sicher.

Sie sagt es nicht nur, sie sieht auch so aus.

Ich glaube, manchmal ist es besser, wenn man nicht alles weiß.

Die Asiatin gibt sich philosophisch, denkt Bu, oder vielleicht hat sie auch einfach nur Angst. Wovor?, fragt er sich.

Meinst du, ich könnte mal einen Blick ins Zimmer werfen?

Jetzt betrachtet sie ihn wieder, unschlüssig, ob der Gedanke sie faszinieren oder abstoßen soll.

Vielleicht.

Sagst du mir, wann sie nicht da ist?

Er steckt ihr, um ihr bei der Entscheidung zu helfen, einen Schein zu.

Sie nickt, steckt den Schein ein, steht auf, zieht sich an und verschwindet.

Die Google-Suche nach Veronika Demme ergibt wie erwartet nichts.

BRINGFRIED

Er erwacht als Wurm. Seit den Morden erwacht er immer wieder mitten in der Nacht, als vorzeitiges Ende eines schlechten Traums, als Wurm, als Wurm im Traum. Dann steht er auf, setzt sich an seinen Computer und lässt sich in die Parallelwelt des Darknets fallen. Taucht ein in diese ihm ebenso fremde wie greifbar nahe Welt. Nur auf den scheußlichsten Seiten kommt er langsam, indem er seine Augen mit der Abartigkeit dieser versteckten Realität füllt, zur Ruhe. Hier vergisst er Zeit und Raum, vergisst sich selbst und fühlt sich befreit, wirft alle Fesseln, die ihn quälen, ab. Hier hat niemand mehr Zugriff auf ihn, seine Mutter verschwindet, ihr Einfluss, ihre Autorität ist vergessen. Die Bedrohungen des Alltags, die stetig über ihm hängen wie Kübel voller Kot und nur darauf warten, sich über ihn zu ergießen, lösen sich auf. Der Dreck, der Abfall, der Abgrund wandeln sich, werden produktiv, glänzen im Schwarz und locken die Hormone zu nie gekannten Ausschüttungen. Er wird locker, leicht, schwebt durch diese grausamen Bilder von Folter, Mord, Vergewaltigung und Qual hinweg.

Erst als seine Mutter am Morgen nach ihm ruft wie ein despotischer Herrscher nach seinem Untertan, ist er wieder zurück in der Welt, der er zu entkommen geglaubt hat.

CHECKER

Er wird beglückwünscht. Seine Chefs scheinen zufrieden, klopfen ihm auf die Schulter und stellen ihm eine Art Beförderung in Aussicht. Offenbar haben sie sich nicht in ihm getäuscht. Es scheint Verlass auf ihn zu sein.

Er hingegen weiß, dass sich das alles nicht gut anfühlt.

Nicht weil er Mitleid mit dem getöteten Afrikaner empfände. Scheiß auf den Afrikaner, denkt er.

Nein, er weiß, dass seine Situation dadurch keineswegs einfacher wird.

KRANOLDSTRASSE, NEUKÖLLN

Es ist nur eine kurze SMS. Eine Adresse und *Komm vorbei, dringend, Mechthild.*

Als Bu in der Kranoldstraße eintrifft, ist die Spurensicherung schon fertig. Es ist eine kleine Erdgeschoßwohnung. Nun ja, Wohnung ist vielleicht nicht der richtige Ausdruck. Zwei Zimmer, Küche, Bad. Gewohnt wird vielleicht auch darin, vornehmlich scheint die Wohnung aber für bezahlten Sex genutzt zu werden. Zumindest sehen die beiden Zimmer danach aus. Eines ist rot, das andere blau, beide mit dimmbaren Lichtstrahlern und großen Spiegeln an den Wänden. Im blauen liegt eine Leiche auf dem Bett. Blutüberströmt. Auch die Wände sind von Blutspritzern übersät. Es erinnert an Action Painting. Jackson Pollock hätte es nicht besser hinbekommen.

Sieh dir die Sauerei an, sagt Mechthild, die neben Katrin zur Mühlen steht und auf die nackte tote Frau auf dem Bett zeigt.

Und was ist da in der Mitte?, will Bu wissen und zeigt auf den blutigen Schoß der Leiche.

Er hat ihr den Penis abgeschnitten, kommt von der Psychologin, als wäre es das Normalste von der Welt

Penis? Für Bu scheint das gar nicht normal. Ich dachte, das ist ...

Eine Transfrau.

Was?

Er ist nirgends zu finden, sagt Katrin zur Mühlen.

Wer?

Der Penis, Mann. Mechthilds dünnes Nervenkostüm zeigt Reaktionen.

Soll heißen ...

Er hat ihn mitgenommen.

Das ist doch krank.Wieder Mechthild.

Klar ist das krank, ergänzt die Kriminalpsychologin. Davon kann man tatsächlich ausgehen.

Aber warum macht man so was?

Eine Frage, die kurzzeitig eine bedrohliche Pause entstehen lässt, als wäre die Pause ein Hurrikan, der in Sekundenschnelle eine Schneise in einen Birkenwald schlägt. Und anschließend eine noch bedrohlichere Stille über das abgeholzte Waldstück legt.

Hm, gute Frage. Katrin zur Mühlen pflanzt die beiden Worte in den Raum, als wolle sie sich selbst zu ihrem Mut, die bedrohliche Stille zu durchbrechen, gratulieren.

Eine Antwort ist da aus rationaler Sicht nur schwer möglich, sagt sie. Aber wenn man sich in den Täter hineinversetzt, macht das vielleicht alles Sinn.

Ich will mich nicht in den Täter hineinversetzen, entgegnet Mechthild. In ein so krankes Hirn!

Irgendwie können die anderen beiden sie verstehen. Aber alle drei wissen, dass das notwendig ist, um den Täter, mit oder ohne krankes Hirn, hinter Schloss und Riegel zu bringen.

Wir gehen davon aus, dass die Westhafen-Morde und der hier an einer Transfrau in Zusammenhang stehen, versucht die Psychologin das Gespräch wieder in zielgerichtete Bahnen zurückzuführen.

Warum das denn? Bu hat noch immer Schwierigkeiten, die Fakten zu verstehen.

Die Fingerabdrücke.

Welche Fingerabdrücke?

Die am Stahlrohr vom Westhafen und die hier an der Türklinke sind identisch, sagt Mechthild niedergeschlagen. Auch dieser Mord scheint ihr ziemlich zuzusetzen. Was auch die Psychologin merkt.

Geht's?, fragt sie in einer Mischung aus Fürsorge und Scheinheiligkeit.

Ja doch! Mechthilds Nervenkostüm bekommt weitere Risse.

Du meinst, es war derselbe Täter? Bu hat Probleme, es zu glauben.

Sieht so aus, ja.

Also, Zufall ist das sicher keiner, sagt die Psychologin.

Da ist doch alles zu konstruiert. Auch Mechthild will es nicht glauben. Was haben Drogendealer bitte schön mit Transfrau zu tun?

Auf den ersten Blick vielleicht nichts. Aber für den Mörder scheint es da einen Zusammenhang zu geben.

Und was für einen, bitte schön?

Na, wenn ich das wüsste, sagt Katrin zur Mühlen, dann hätten Sie womöglich den Täter.

Als Bu, Mechthild und die Psychologin die Küche betreten, hat Bu plötzlich das Gefühl, sich im völlig falschen Film mit haarsträubenden Anschlussfehlern zu befinden.

Was machst *du* hier?, fragt er die Frau, die weinend und nur mit einem fast durchsichtigen BH und einem knappen Höschen bekleidet am Küchentisch sitzt.

Ihr kennt euch?, fragt Mechthild.

Ja, vom Hotel. Sie arbeitet da.

Als was?

Wie, als was?

Was macht sie da?

Die Rezeption.

Mechthild verdreht die Augen, als ob jedes weitere Wort von Bu überflüssig wäre.

Tagsüber arbeite ich hier, schaltet sich Phem ein, Thaimassagen. Abends mache ich dann die Rezeption im Hotel.

Und du warst, als der Mord geschah, auch hier?, will Bu wissen.

Ja, ich hatte einen Kunden. Kim hat die Tür geöffnet.

Wer ist Kim?, fragt Bu.

Die Tote, antwortet die Psychologin.

Der Kunde war für sie. Er hat angerufen.

Was?

Wo?

Wann?

Hier. Phem zeigt auf einen Telefonapparat mit Festnetzanschluss, der auf dem Tisch steht.

Plötzlich verfällt Mechthild in ungeahnte Hektik, was ihr einen abfälligen Blick der Kriminalpsychologin einträgt. Mechthild ruft einen der Spurensicherer, die gerade im Flur die schweren Metallkoffer zusammenpacken, zu sich und weist ihn in ziemlich harschem Ton an, die eingehenden Telefonanrufe der letzten Wochen augenblicklich zu ermitteln.

Vielleicht war er ja schon mal hier?

Glaube ich nicht, sagt die Psychologin.

Warum nicht?, fragt Bu, noch ehe Mechthild wieder sagen kann, dass fürs Glauben Gott zuständig sei.

Das passt nicht. Der war das erste Mal hier und zuvor auch noch bei keiner anderen dieser – sie macht eine kurze Pause – na ja, dieser Adressen. Er ist nur hierhergekommen, um zu töten.

Sicher?

Ziemlich.

Und er hat auch keine Angst, Spuren zu hinterlassen. Fingerabdrücke, Zeugen, Telefonanrufe oder dergleichen. Der Mörder bewegt sich in seiner eigenen Welt. Da kommen Fingerabdrücke nicht vor.

Aber Mord, sagt Bu etwas spöttisch.

Deswegen auch der Penis.

Wie meinen Sie das?

Er hat ihn wohlweislich mitgenommen.

Ach so, Sie meinen, es bedeutet ihm mehr, den Penis in einem Gefrierbeutel im Kühlschrank zu haben, fragt Bu, als im Anus?

Wenn Sie so wollen, ja. Die Psychologin fixiert ihn mit diesem kalten, sezierenden Blick.

Es ist eine Trophäe, die ihm mehr gibt, viel mehr als der Sex mit einer Transfrau.

Das können Sie doch gar nicht beurteilen, kommt jetzt von Mechthild in einem Tonfall, in dem ihr ganzer Ärger und ihre Frustration mitschwingen.

Ach so, wie wollen Sie das denn wissen? Ich bin immerhin Psychologin und versuche mich in die Handlungsmuster und Motivationen des Täters hineinzudenken, verstehen Sie? Sie sagt es, als ob Mechthild die Letzte wäre, die es verstünde.

Hatten Sie schon mal Sex mit einer Transfrau? Mechthild gibt sich nicht geschlagen.

Was soll das jetzt? Ein leichter rötlicher Schimmer legt sich auf die Wangen der Psychologin.

Hatten Sie?

Nein, darum geht es auch gar nicht.

Sehen Sie.

Was soll ich sehen? Was soll ich ...

Was ich nicht verstehe, ist – Bu geht dazwischen –, wo die Verbindung der Opfer sein soll?

Es gibt vielleicht keine, sagt Katrin zur Mühlen, woraufhin Mechthild lacht, ganz leise wie für sich.

Die Verbindung ist der Täter. Die Verbindung ist die Stadt.

Von da an fallen alle in Schockstarre. Als wäre ich, die Stadt, das Stichwort. Bu, Mechthild, die Psychologin, der Spurensicherer, der, warum auch immer, gerade das Telefon einpacken will, und Phem. Sie wirken wie ein Bild, ein Stillleben, komponiert aus Einsamkeit und Entfremdung. Bewegungslos, starr, als würden die Welt, die Stadt, ich, die Luft anhalten, für Sekunden, die wie Ewigkeiten wirken.

Die Stadt?, fragt Bu nach dieser Zäsur ungläubig, sich den Schlaf, wenn auch nur für Sekunden, aus den Augen reibend, während er von Mechthild mit, Das wird ja immer kurioser, unterstützt wird. Dabei braucht Bu gar keine Unterstützung. Zunehmend findet er die Psychologin Katrin zur Mühlen in ihrem dunkelblauen Businesskostüm, das ihr mehr die Aura einer Vorstandvorsitzenden eines großen Pharmakonzerns verleiht als den einer schlecht bezahlten Kriminalpsychologin, nicht nur attraktiv, sondern in ihrer kühlen, fast schon überheblich wirkenden Distanz auch sexy und begehrenswert.

Ja, das Abgründige, das Schlechte, der Dreck, sagt Katrin zur Mühlen, als würde sie sagen: Wenn Sie sich anstrengen, dürfen Sie von mir kosten.

Sie meinen also, Transfrauen und Thaimassagen sind Dreck?, sagt Mechthild, während Phem sich den Rotz aus der Nase schnaubt.

Ich nicht, aber vielleicht der Täter.

Vielleicht gibt es ja doch einen Zusammenhang. Es ist der junge Spurensicherer im weißen Overall, der sich jetzt ungefragt einmischt.

Wieder Stille, wieder eine Zäsur, als hätte die Intervention des Spurensicherers alle Personen in der Küche in Schockstarre versetzt, für Momente, bevor Mechthild, Bu und die Psychologin sich das erste Mal gemeinschaftlich zu fragen scheinen, ob dieser junge Overall überhaupt berechtigt sei, sich in diesen Bereich der Ermittlungen einzumischen. Noch ehe jemand antworten kann, sagt der Overall: O.K. – was er wie okay ausspricht.

Organisierte Kriminalität, legt er nach, als stünden die drei auf dem Schlauch, und er, der junge weiße Overall, müsse den alten Hasen erst mal die Grundkenntnisse der Verbrechensbekämpfung vermitteln. Womöglich wittert er in dieser Situation eine Chance zum beruflichen Aufstieg.

Der Drogenmarkt und der Markt für Prostitution sind, wie Sie sicher wissen, in dieser Stadt in kriminellen, aber unterschiedlichen Händen. Der Markt ist in verschiedene Segmente aufgeteilt. Thailändisches Massage-Gewerbe, Bordelle, Straßenstrich einerseits. Türkische Drogenclans, libanesische, afrikanische andererseits. Es gibt aber durchaus Überschneidungen.

Ach, was du nicht sagst?! Mechthild scheint sich nicht entscheiden zu können, ob sie den Overall zusammenfalten oder belächeln soll.

Na, du kennst dich aber aus, versucht es Bu mit Ironie.

Und wer hat den afrikanischen Drogendealer im Görlitzer Park umgebracht?, fragt Mechthild den Overall, der jetzt eingeschüchtert die Schultern hebt.

Gute Frage, antwortet an seiner Stelle die Psychologin. Ich würde mal sagen, ein Trittbrettfahrer.

Das ist nicht Ihr Ernst!

Doch.

Bevor die beiden, Mechthild und die Psychologin, sich gleich die Augen auskratzen, denkt Bu, fasse ich mal die Sachlage zusammen, während der Overall die Fokusverschiebung weg von sich nutzt, um sich hinter dem Rücken der vier mit dem Telefon davonzustehlen.

Also, wenn ich das richtig verstehe, ich gebe zu, es fällt mir nicht leicht, haben wir sozusagen zwei Baustellen. Einen Psychopathen, der Dealer und Prostituierte ermordet und vermutlich bald auch noch Menschen anderer Berufsgruppen. Und einen Mord im Drogenmilieu, der aus den beiden Dealer-Morden sozusagen als Kollateralschaden entstanden ist, richtig?

So könnte man es auf den Punkt bringen.

Und wie kommen wir jetzt an den einen wie den anderen ran? Wie Mechthild es sagt, klingt es wie ein Vorwurf.

Während die Psychologin mit den Schultern zuckt, spürt Bu beim Anblick der leicht bekleideten Phem, deren rechter BH-Träger in der Zwischenzeit vom Schlüsselbein heruntergerutscht ist und jetzt ansatzweise die rechte, wirklich schöne Brust freigibt, wie eine mittelprächtige Erektion seine Hose eng werden lässt.

KATRIN ZUR MÜHLEN

Als Mechthild sie fragte, ob sie schon mal mit einer Transfrau zu tun hatte, hat sie gelogen. Sie hat tatsächlich schon mal eine Nacht mit einer verbracht. Was ihrer aufkommenden und wenig erprobten Bisexualität geschuldet ist. Sie fühlt sich zu Männern und bisweilen auch zu Frauen hingezogen. Je älter sie wird, desto mehr zu Frauen. Dabei ist sie momentan doch im besten Alter. Ende dreißig, kinderlos und mit einem verheirateten Kollegen liiert. Ab und zu hat sie kurze Affären mit Frauen, die meist viel jünger sind als sie, die sie in den Bars von Charlottenburg und Schöneberg, in denen ausnahmslos Lesben verkehren, kennenlernt und mit denen sie meist kurze, aber umso intensivere sexuelle Erfahrungen macht. Das scheint zeitweilig das Interessanteste in ihrem Leben zu sein. Deswegen hat sie auch den gut dotierten Job in einer Psychiatrie aufgegeben und nach einigen Fortbildungsseminaren den eher lausig bezahlten bei der Kriminalpolizei angenommen. Seitdem geht es ihr besser. Seitdem ist sie weniger in den Bars unterwegs. Die Arbeit scheint ihr jetzt den Kick zu verschaffen, den sie so lange vermisst hat und der sie ein Stück weit sich lebendiger fühlen lässt.

Ihre zeitweilig ausgestellte Opposition der Hauptkommissarin gegenüber ist in erster Linie deren Anziehung geschuldet, die sie mit demonstrativer Ablehnung zu kaschieren versucht. Sie fühlte sich von Anfang an zur Hauptkommissarin hingezogen. In manchen Momenten kann sie sich vorstellen, mit ihr ein Verhältnis anzufangen. Oder zumindest mit ihr zu schlafen. In Gedanken hat sie es schon oft mit ihr gemacht. Bu wiederum interessiert sie weniger. Obgleich sie sich durchaus vorstellen kann, auch mit ihm etwas anzufangen.

HABIBI

Er weiß, dass er observiert wird. Er weiß allerdings nicht, dass eine Kamera im gegenüberliegenden Hotel auf ihn gerichtet ist. Er vermutet auch, dass ein Spitzel in seinem Umfeld platziert wurde oder noch wird. Das machen sie immer so. Judasse gibt es genügend. Auch unter ihnen. Er muss also höllisch aufpassen und darf keinen Fehler begehen, um die Aktion, den Anschlag nicht zu gefährden.

Die Auswertung der Anrufe des Telefons der Thaimassage-Klitsche in der Kranoldstraße hat kaum etwas Aufschlussreiches ergeben. Dem kurzen, exakt zwölf Sekunden dauernden Telefonat eines männlichen Anrufers, der eine Terminabsprache zur Tatzeit mit Kim vereinbart, lässt sich wenig entnehmen. Nach der Analyse der Stimme durch Spezialistinnen lässt sich gerade mal das ungefähre Alter des Mannes, zwischen dreißig und vierzig, feststellen. Alles andere ist völlig ungewiss. Die Stimme ist verzerrt, undeutlich und lässt kaum Rückschlüsse auf Herkunft, Dialekt etc. zu. Die Telefonnummer gehört einem Internetcafé in Friedrichshain, bei dem sich niemand an den Anrufer erinnert. Wie auch?

MECHTHILD

Ich habe Angst. Angst zu versagen.

Ich könnte Ihnen Medikamente dagegen verschreiben.

Was für Medikamente?

Benzodiazepine.

Ausgeschlossen. Ich fahre Auto, benutze Waffen, das wäre völlig unverantwortlich.

Sie haben natürlich Recht.

PHEM

Es kotzt sie an, immerzu diese stinkenden Schwänze zu lutschen. Auch wenn sie die zuvor mit feuchten Reinigungstüchern mit Kamille- oder Traubenextrakt intensiv säubert, riechen sie, riechen sie schlecht. Die Massagen sind lediglich der Vorwand. Eigentlich geht es den Männern nur darum, befriedigt zu werden und diese Befriedigung, ob nun als Happy End, Blow Job oder letztlich doch Rein-Raus-Verkehr hinter einer Massage zu verstecken. Thaimassage klingt weniger verfänglich, Rückenbeschwerden, Verspannungen hat heutzutage jeder. Für fünfzig Euro die Stunde freuen sich die Muskeln, und vor allem freut sich der Schwanz, scheinen die Männer zu denken und lassen meist nach zehn Minuten schon die Sau raus. Es kommt kaum bis gar nicht vor, dass Phem nur massiert. Ab und zu verirrt sich auch mal eine Frau zu ihr. Aber auch der, vermutlich lesbisch, reicht das Kneten der Muskeln nicht. Ihr Becken fängt spätestens nach einer halben Stunde an, eindeutige Bewegungen zu machen, sodass Phem zuerst unbedacht über den Schamhügel streicht, und wenn diese Berührung auf eine Reaktion stößt, meist von einem leisen Stöhnen begleitet, schiebt sie langsam und zärtlich ihre Finger in die Muschi der Frau. Wie den Männern reicht auch den Frauen die Hand alleine meistens nicht. Sie verlangen nach mehr, dem Mund, der Muschi. Es läuft bei drei viertel der Massagen letztlich auf Geschlechtsverkehr hinaus.

Wobei die Männer nach der Befriedigung versuchen, möglichst schnell wegzukommen, während die Frauen noch ein wenig kuscheln wollen. Es kam auch schon vor, dass die eine oder andere Frau versuchte, Phem zu befriedigen, was diese dann, zur Freude der Frau, mit einem vorgetäuschten Orgasmus beendete. Zwei Stammkundinnen, vermutlich verheiratete Ehefrauen, die ihre lesbische Neigung bei ihr ausleben, kommen seither immer wieder. Manche männlichen Stammkunden, in der Regel ebenfalls verheiratete Männer, lassen sich ihren meist nicht eingestandenen homophilen Hang mit einer Prostata-Massage befriedigen. Auch die Kriminalpsychologin Katrin zur Mühlen taucht nach dem Mord an der Transfrau, zur völligen Überraschung von Phem, bei ihr in der Kranoldstraße auf und lässt sich massieren. Nun ja, massieren ist auch hier vielleicht nicht ganz der korrekte Begriff. Nach nur fünf Minuten geht die Massage ansatzlos in Sex über.

Der Täter hat das Opfer mit einem Elektroschocker außer Gefecht gesetzt. Dann ihr die Kehle durchgeschnitten und anschließend den Penis abgetrennt. Der Obduktionsbericht lässt keinen Zweifel daran, dass es sich beim Täter um einen kranken Psychopathen handeln muss. Und wenn die beiden toten Drogendealer auch auf sein Konto gehen, wie dieselben Fingerabdrücke an beiden Tatorten nahelegen, dann ist das der Beginn einer Serie, die sicherlich noch nicht zu Ende ist.

Wer einmal anfängt, hört nicht wieder auf, sagt Katrin zur Mühlen und stürzt Mechthild damit in noch tiefere Depressionen.

Auch Bu's Stimmung ist am Tiefpunkt angelangt. Er ärgert sich im Nachhinein, dass er sich von Mechthild in diesen Fall hat hineinziehen lassen. Nur die Psychologin scheint mit sich und dem Verlauf des Falls nicht unzufrieden.

LUISA VERHAAG

Natürlich hat sie ihn erkannt. Sofort. Und ebenso zügig fragt sie sich, was er hier macht. Was er hier will. Dass er privat hier ist, scheint ausgeschlossen. Das kann kein Zufall sein. Sie glaubt nicht an Zufälle. Hat sie noch nie. Sie googelt und findet allerhand über ihn. Er ist kein unbeschriebenes Blatt. Ganz im Gegenteil. Das Netz ist voll von ihm. Vom Helden zum Versager und wieder zurück. In wenigen Jahren. Zwielichtig, undurchschaubar und umstritten. Laut dem letzten Eintrag hat er sich vom Polizeidienst verabschiedet, nachdem er für einen spektakulären Einsatz als verdeckter Ermittler aus der Suspendierung wegen irgendwelcher Drogengeschichten zurückgeholt worden war. Seit längerer Zeit ist nichts mehr über ihn bekannt. Sie ist unsicher, ob sie ihren Vorgesetzten, ob sie Krusenberg informieren oder alleine versuchen soll, mit ihm fertigzuwerden. Vielleicht wäre es besser, sich in der nächsten Zeit von hier fernzuhalten, ihm aus dem Weg zu gehen. Andererseits, wenn es stimmt, was online alles über ihn zu erfahren ist, wird er, wenn er sich denn mit ihr beschäftigt – und das wird er, wenn er sie tatsächlich im Aufzug erkannt hat –, ihr bald erneut begegnen. Sie merkt, dass er sie nach wie vor fasziniert. Sie merkt, wie die Gedanken an ihn sie erregen. Die letzte und einzige Nacht mit ihm wird ihr wieder gegenwärtig. Sie hat sie nach all den Jahren nicht vergessen. Im Gegenteil, sie hat lange davon gezehrt. Gerne hätte sie damals etwas mit ihm angefangen. In ihrer Fantasie hat sie sich unendlich oft ausgemalt, wie es wäre, mit ihm eine Beziehung zu führen. Die Realität war ernüchternd. Sie hat ihn seither nie wieder gesehen. Er hat sich nie bei ihr gemeldet. Und sie hat sich schließlich damit abgefunden.

Und jetzt das! Das kann doch alles nicht wahr sein, denkt sie und sagt sich, Luisa, bleib professionell. Sie weiß, sie ist auch nur ein Mensch, eine Frau, mit Sehnsüchten und der Lust, sie zu befriedigen.

PAUL-LINCKE-UFER, OHLAUER STRASSE, KREUZBERG

Hier finden die wegweisenden Kämpfe einer Stadtentwicklung statt. Die Tech-Industrie fällt hier wie eine Insektenplage ein. Und mit ihr kommen prekäre Jobs, Selbstausbeutung und steigende Mieten. Smart City. Tech-Konzerne versuchen sich einen ganzen Teil von mir, der Stadt, unter den Nagel zu reißen. Die politisch Verantwortlichen lassen sich gerne blenden. Der Bürgermeister wittert das Geschäft. Am alten Umspannwerk in Kreuzberg hat sich Google festgebissen. Der Test-Ballon ist der Campus, der hier entstehen soll, von dem aus sich die schöne neue Google-Welt wie ein Krebsgeschwür immer weiter in den ganzen Kiez hineinfrisst, um ihn letztendlich völlig umzugestalten, sodass die alteingesessenen Bewohnerinnen, für die in der Google-Welt kein Platz mehr ist, sich das Leben hier nicht mehr leisten können. Sie haben gefälligst zu verschwinden. Es ist der siebte Campus in der »Campus Family« des Google-Konzerns. Ein Ort der Vernetzung, des Mentorings und eine Brutstätte großer Ideen für junge Unternehmerinnen und Start-up-People, wie es im Google-Sprech heißt. Was dahinter steckt, lässt sich an den sechs anderen Standorten der Campus Family wie zum Beispiel in London, Warschau oder Madrid ablesen: explodierende Mieten, Verdrängung, Zwangsräumung, Existenzbedrohung, Geschäfte, Gewinne, digitaler Kapitalismus, Datenterror. Gemeinsam mit Google durchstarten, wie der Slogan für wenige propagiert, bedeutet im Umkehrschluss für die meisten: auf der Strecke zu bleiben, auf die Fresse zu fallen und ins Gras zu beißen, während für Google die Bäume in den Himmel wachsen. Willkommen in der smarten neuen Welt. Und willkommen beim Umbau von mir, der Stadt.

BU

Er knöpft sich mit Phems Einverständnis das Zimmer von Luisa Verhaag vor. Sollte sie das Hotel betreten, würde Phem ihm eine SMS schicken.

Das Zimmer riecht seltsam. Das Bett ist unbenutzt. Im Bad sind keine Kosmetikartikel, keine Zahnbürste, nichts.

Hier wohnt niemand, denkt er und sieht am Fenster das Stativ, auf dem eine kleine Kamera montiert ist. Der rote Punkt an der Kamera leuchtet.

Scheiße, denkt Bu, womöglich ist das Mikro an der Kamera an und jedes Geräusch im Zimmer wird aufgenommen. Er sieht durch den Sucher und erkennt, worauf das Objektiv gerichtet ist. Es ist ein Fenster auf der gegenüberliegenden Straßenseite. Luisa Verhaag war damals, als er sie kennenlernte, beim BKA. Womöglich ist sie da immer noch.

Als er das Zimmer wieder verlassen will und gerade die Tür öffnet, hört er, wie der Aufzug am Ende des langen Flurs anhält und sich die Tür öffnet.

Scheiße!

Er schließt die Zimmertür leise von innen, öffnet den leeren Kleiderschrank, quetscht sich hinein und hält die Tür hinter sich zu. Kurz darauf geht die Zimmertür auf. Luisa Verhaag betritt das Hotelzimmer. Er hört, wie sie zum Fenster geht, wie sie die Kamera ausstellt und für einige Momente stehen bleibt. Womöglich beobachtet sie durch das Objektiv das gegenüberliegende Fenster, denkt er im Schrank sitzend, als er hört, dass sie zur Badezimmertür geht, diese öffnet und offenbar wieder schließt. Dann hört er Wasserrauschen in der Dusche.

Bu öffnet leise die Schranktür und blickt in den Lauf einer Pistole.

Flossen hoch!

Er hebt die Hände und lächelt.

Schön, dich wiederzusehen, sagt er und blickt Luisa am Pistolenlauf vorbei direkt ins Gesicht.

Findest du? Es klingt wenig erfreut.

Was willst du hier?

Dasselbe könnte ich dich fragen.

Du bist in meinem Zimmer, nicht ich in deinem.

Nimm die Waffe runter. Ich bin nicht gefährlich.

Ich aber.

Wider Erwarten tut sie es. Sie wirft die Pistole aufs Bett.

Jetzt lachen beide.

Bu steigt aus dem Schrank, und Luisa zieht die Vorhänge ganz zu.

Das alles ist kein Zufall, oder? Bu fragt es, während ihm auffällt, dass ihre Attraktivität in all den Jahren, in denen sie sich nicht gesehen haben, keineswegs gelitten hat. Im Gegenteil, der Verschleiß, das Verbrauchte stehen ihr umso besser.

Weiß nicht, ich glaube ehrlich gesagt nicht an Zufälle.

Was ist es dann?

Sie zuckt mit den Schultern. Sie stehen sich gegenüber, sie am Fenster, er noch immer am Schrank, sie taxieren einander.

Entweder du gehst jetzt sofort und wir sind uns nie begegnet, sagt Luisa und macht eine Pause, in die hinein Bu fragt, Oder?

Sie überlegt kurz, dann geht sie auf ihn zu, langsam, und

kommt immer näher, bis sie keine Handbreit vor ihm stehen bleibt. Sie bewegt langsam ihren Mund auf seinen zu und küsst ihn. Zuerst ganz leicht und zärtlich. Dann läuft das übliche Programm ab. Wie zwei ausgehungerte Tiere fallen sie übereinander her und reißen sich die Klamotten vom Leib. Als er sie aufs Bett ziehen will, zieht sie ihn zu Boden. Dann treiben sie es, auf dem Boden liegend bei ausgeschaltetem Licht und zugezogenen Vorhängen, miteinander. Danach bleiben sie wie erschossen auf dem Teppichboden liegen.

Und jetzt?, fragt Luisa in die Dunkelheit hinein.

Bu atmet tief durch.

Jetzt könnte ich sofort gehen, und wir sind uns nie begegnet. Es klingt erschöpft.

Oder?

Ich erzähle dir, was ich hier mache, und du erzählst mir, was du hier machst.

Und dann?

Vögeln wir wieder.

Abgemacht.

Sie steht auf, geht zum Fenster, zieht den Vorhang einen kleinen Spalt breit auf, sagt, Moment, legt den Zeigefinger auf ihren Mund und schaltet die Kamera ein. Anschließend geht sie zum Koffer und klappt ihn auf. Darin befindet sich ein Aufnahmegerät. Sie drückt auf einen Knopf, sodass jetzt Stimmen zu hören sind. Männerstimmen, die in einer fremden Sprache miteinander sprechen. Arabisch.

ICH, DER MÜLL UND DAS VERBRECHEN

SOMMER

Hitze. Unerträgliche Hitze. Seit Tagen. Dann am Abend der plötzliche Umschwung mit götterdämmernder Dramatik am Himmel über mir. Schwarze Wolken. Donner. Blitze. Gewitter. Regen. Hagel. Sturm. Sturzbachartige Überschwemmungen. Die klimatische Apokalypse bricht sich Bahn und bohrt ihre Finger in die Wunden aus Umweltsünden und menschlicher Arroganz. Der lang verdrängte Klimawandel ist jetzt auch in Berlin und besonders in Neukölln, Friedrichshain und Kreuzberg angekommen. Straßen werden überflutet, Keller laufen voll, die U-Bahnschächte ebenso, aus Kanaldeckeln sprudeln meterhohe Wasserfontänen, der Strom fällt aus, Bäume knicken um, Fahrräder fliegen durch die Luft, und Autos schwimmen wie Boote auf dem Asphalt dahin. Chaos breitet sich aus, Hektik, Hysterie. Notarzteinsätze und Feuerwehrrettungen im unüberschaubaren Bereich. Es fühlt sich ein wenig wie der Weltuntergang an, erster Teil.

Nur die Aussätzigen, die Prekären, die Penner und die Verlierer stehen mit Bierflaschen in der Hand staunend, aber auch lachend im zerschlissenen Unterhemd im Unterstand beim Späti, neben der vom Wind herabgerissenen Markise, und ergötzen sich an dem endzeitgleichen Treiben. Wer nichts mehr zu verlieren hat, den ängstigt auch nicht der Verlust. Nicht einmal des eigenen Lebens. Im Gegenteil, die Schadenfreude und die Lust am Untergang gewinnen die Oberhand. Es macht ihnen Spaß, alles auseinanderfliegen zu sehen. Ab und zu jubelt einer, ein anderer klatscht in die Hände, als wäre sein individuelles Unglück nun in der breiten Masse angekommen. Geschieht ihnen recht, scheinen sie zu denken, und meinen diejenigen, die sie immer schon in ihrem Leid abgrundtief verachtet haben. Nun erwischt das Leid aus den Wolken fallend und himmelschreiend auch die anderen.

Bu ist jetzt über vier Wochen hier bei mir, in der Stadt, und es fühlt sich für ihn so an, als wäre er nie weg gewesen; nie im Kloster, nie auf Entzug und sich seiner Abhängigkeit, seiner Sucht, seiner Sexgier keineswegs mehr bewusst. Kurioserweise geht das Unwetter an ihm völlig vorbei. Während auf den Straßen Sodom und Gomorrha ihren Schabernack treiben, feiert er vollgedröhnt in einem Club im zwölften Stock über dem Alexanderplatz seinen eigenen, sich langsam nähernden Untergang, illustriert vom tobenden Gewitter vor den großen Panoramafenstern. Er tanzt, die Adern voll MDMA, den Kopf in abgefederten wattierten Gedankenbalsam gehüllt, im Stroboskoplicht und sieht die Welt um sich herum in den dauergrinsenden Gesichtern der anderen gespiegelt, hinter denen er sich zu verstecken versucht. Was natürlich nicht gelingt. So viel MDMA gibt es nicht, so viel MDMA kann sein Blutkreislauf gar nicht durch die Adern peitschen. Irgendwann bleibt er erschöpft neben der Tanzfläche sitzen, noch immer debil grinsend und von rosafarbenen Wattebällchen mit riesigen Penissen besprungen, aber bereits mit den Gedanken im Widerstreit. Die einen wollen dies, die anderen das. Und er, Bu, hängt dazwischen wie eine Guillotine, die alles kaltblütig, ohne Mitleid trennt, was ohnehin nicht zusammengehört.

Geht's dir gut? Eine Stimme, ein Gesicht, eine Frau wie aus Filmen mit Engeln und Fabelwesen aus den 50ern.

Er lächelt, Gut, ja, nein, was ist gut, was schlecht, für einen, für dich, mich, wie heißt du?, tanzen Worte aus ihm heraus und wie kleine Derwische völlig außer sich um sie herum.

Luisa, sagt sie und lacht, als wäre es ein Witz.

Der Name irritiert. Er erkennt sie nicht. Glaubt sich aber an etwas zu erinnern, an etwas, das nach Wildem schmeckt, nach Verbotenem, nach dem Hauch eines geheimen Versprechens, das eingelöst tröpfchenweise Lust transpiriert. Während er das alles denkt, hängt sie sich, einer wuchernden Klette gleich, um seinen Hals, wobei er das Gefühl hat, unter dieser Last zu ersticken.

Mechthild hingegen weint. Das Gewitter rührt sie. Sie kann es sich nicht erklären, aber die Tränen fluten ihr Gesicht, und ihr ganzer Körper zittert, als wäre ihre Wohnung nicht brütend heiß, sondern nahe am Gefrierpunkt. Sie fühlt sich alleine, verlassen, jetzt in diesem Augenblick noch mehr als sonst. Sie ruft Bu an. Aber der geht nicht ans Telefon.

Scheißkerl!

Natürlich hat sie ihn nicht nur wegen des ausweglos scheinenden Kriminalfalls nach Berlin gelotst. Nicht nur weil sie weiß, er ist ein hervorragender verdeckter Ermittler, der beste, den sie kennt. Sie mag ihn. Mehr als ihr lieb ist. Sie begehrt ihn, auch wenn er selbst keinen blassen Schimmer davon hat. In ihre Traurigkeit mischt sich jetzt eine Spur Geilheit. Sie sitzt aufgrund des Stromausfalls in ihrer dunklen Wohnung auf dem Sofa, schiebt ihre Hand unter den Rock und streicht zuerst langsam, dann immer schneller über ihre Scham, bis sie sich schließlich, am zur Seite geschobenen Slip vorbei, mit mehreren Fingern gleichzeitig befriedigt. Als sie kommt, geht das Licht wieder an. Hinterher verflucht sie sich, Bu, ihr Leben, mich, die Stadt, und alles, was ihr noch durch den Kopf geht. Dann weint sie wieder. Noch heftiger als zuvor.

Als das Unwetter auf dem Höhepunkt angelangt ist und es kracht, als wolle die Welt sich nun endgültig und für immer verabschieden, liegt Katrin zur Mühlen nur mit einem Büstenhalter bekleidet, ansonsten nackt, auf ihrem Bett. Vor ihr kniet eine schlanke Schöne mit kurzem Pagenschnitt, schweren großen Brüsten und einem schwarzen Strap-on-Dildo um die Hüfte, die es ihr mit harten, schnellen Stößen besorgt, bis Katrin den gewaltigsten Orgasmus erlebt, von dem sie gar nicht wusste, dass es ihn gibt. Sie beißt sich, während sie kommt, voller Lust und Befriedigung in die rechte Hand, dass alle Vorderzähne als Abdruck auf dem Handrücken zurückbleiben, während eiergroße Hagelkörner den Fensterscheiben Schmisse, wie von einer göttlichen Burschenschaft gezeichnet, verpassen.

Wow!, kommt es leise aus ihrem Mund, Das war ...

Erst der Anfang, sagt die blonde Schöne über ihr, die in diesem Augenblick, begleitet von einem gewaltigen Donnerschlag, den Dildo aus ihr herauszieht und mit ihrem Gesicht und ausgestreckter Zunge in Katrins verflüssigte Mitte abtaucht.

Nicht aufhören, bitte, flüstert Katrin zur Mühlen, nie mehr aufhören ...

Auch Checker hat nicht vor aufzuhören, bis der gepflegt aussehende Junkie vor ihm endlich bereit ist zu zahlen. Er schlägt ihm, während es draußen wie bekloppt donnert und blitzt, immer wieder mit einer Handvoll Kabelbindern auf den nackten Oberkörper, sodass rot aufquellende, dicke Striemen auf der Haut zurückbleiben. Manche platzen auf und fangen an zu bluten.

So geht das nicht, Alter. Du kannst dir nicht unser Zeug reinziehen und dann nicht bezahlen. Kapierst du das denn nicht, Digga?!

Ich, ich bezahle ja, aber ... Es klingt verzweifelt, jämmerlich, ohne Würde.

Nichts aber! Checker lässt erneut die Kabelbinder mit voller Wucht auf die Haut sausen, dass der Junkie schmerzverzerrt aufschreit. Blut tropft auf die Jeans, den Boden und saut den Perser ein, der vermutlich nur ein Imitat ist. Es ist kein schöner Anblick, wie dieser vielleicht vierzigjährige Mann, Grafikdesigner von Beruf und angestellt bei einer der führenden Werbeagenturen in Berlin-Mitte, seit Jahren drogenabhängig, kniend und mit auf dem Rücken verschränkten Händen in seiner Eigentumswohnung im Wedding, die er von einer Erbschaft vor zehn Jahren gekauft hat, von einem schmuddeligen libanesischen Drogendealer gedemütigt wird.

Du hast zwei Möglichkeiten, sagt Checker und beugt sich ganz nahe zum schwitzenden Gesicht des Junkies herunter. Entweder ist bis morgen Abend die Kohle da, plus Säumniszuschlag von fünfzig Prozent versteht sich, macht zusammen vier Riesen ...

Er hält kurz inne, holt weit mit den Kabelbindern aus, Oder – er lässt die Plastikschnüre erneut mit voller Wucht auf die Haut des Junkies klatschen. Der Mann schreit auf und wimmert, Du kriegst das Geld, ehrlich, bis morgen, ehrlich, ich schwöre es, ich ...

Checker lässt von dem Mann ab, macht ein paar Schritte im Wohnzimmer, bleibt an einem anthrazitfarbenen Sideboard aus Messing mit dem schönen Namen Elona stehen, nimmt den darauf stehenden Dual-HighEnd-Plattenspieler hoch und wirft ihn, als wäre er ein Gummiball, an die Wand, was nicht nur einen höllischen Krach macht, sondern den Plattenspieler auch zerlegt. Der Tonarm hängt herab, als wäre er der gebrochene Flügel eines zerzausten Vogels. Anschließend geht Checker zurück zum knienden Junkie und pfeffert ihm die Kabelbinder ins Gesicht. Zu guter Letzt versetzt er ihm noch einen Tritt mit der Schuhspitze.

Okay, sagt er, ich verlass mich drauf, Alter. Schönen Abend noch!

Er verlässt, zusammen mit seinen beiden Dealern, die wie austrainierte Bodyguards nicht von seiner Seite weichen, besser gelaunt, als er gekommen ist, die Wohnung des Kunden.

Nach dem Unwetter und den tagelang andauernden Aufräumarbeiten, bei denen auch die Bundewehr zum Einsatz kommt, zeigt sich, dass die Schäden schlimmer sind als erwartet. Existenzen sind vernichtet, Lebensentwürfe abgesoffen und Sachschäden in dreistelliger Millionenhöhe zu verbuchen. Es gab unzählige Verletzte und mehrere Tote durch umstürzende Bäume und durch die Luft fliegende Gegenstände. Der Senat sichert Hilfe zu, die Bundesregierung ebenso, während die Versicherungen, so denn welche abgeschlossen wurden, wie immer um jeden Cent feilschen werden.

In Neukölln offenbaren die Aufräumarbeiten noch eine weitere schreckliche Überraschung. Aus einem vollgelaufenen Keller im Richard-Kiez wurden drei Leichen in den Hinterhof geschwemmt. Die Toten sind junge Männer, allesamt Illegale, die offenbar schon vor dem Unwetter tot im Keller lagen. Das Wasser bringt die grausamen Morde erst ans Tageslicht. Die Obduktion ergibt, dass allen dreien die Kehle durchgeschnitten wurde und dass sie in Plastikfolie und mit extra breitem Klebeband verpackt im Keller gebunkert worden waren. Hätte das Wasser den Keller nicht überschwemmt und die Kellerfenster und Türen durch die Kraft der Wassermassen aus der Verankerung gedrückt, wären sie vermutlich noch lange verborgen geblieben.

BRINGFRIED

Er freut sich. Er freut sich wie schon lange nicht mehr. Über das Unwetter, die Schäden, das Unglück, die Katastrophen und das viele Leid. Die Tageszeitungen sind voll davon. Die

Fernsehsendungen überbieten sich in Sondersendungen rund um die Uhr. Der Boulevard fordert Konsequenzen, sagt aber nicht welche. Er freut sich auch über die drei Toten aus dem Keller. Der Tod scheint sein Freund zu werden. Längst sein Freund zu sein. Die Freude motiviert, lässt ihn sich selbst wieder spüren. Ob er will oder nicht, er weiß, dass er wieder soweit ist, das Begonnene nach Wochen, in denen er sich am eingelegten Penis im Glas ergötzen konnte, fortzusetzen. Er beschließt, den nächsten Schritt zu gehen. Schon der Gedanke versetzt ihn in Euphorie, sein ganzer Körper kribbelt, Wärmewallungen peitschen durch Brust, Bauch und Unterleib, unbeschreibliche Geilheit nistet in jeder Pore und wartet darauf, endlich wieder absolute Befriedigung zu erfahren. Kaum dass die Normalität nach der Katastrophe wieder hergestellt ist, beschließt er, erneut aktiv zu werden und loszuschlagen.

TEMPELHOFER FELD

Das ist einmalig. So etwas gibt es nirgendwo anders. Dieser ehemalige Flughafen, der jetzt als innerstädtische Freifläche genutzt wird, ist weltweit einzigartig. 300 Hektar Freiheit, grenzenlose Weite. Dafür lieben sie mich. Natürlich nicht alle; schon gar nicht die, die das Feld gerne bebaut sehen würden. Offiziell aus städtebaulichen, wohnungsplanerischen Gründen. Aber eigentlich natürlich wegen dem Reibach, dem Profit. Aber die Mehrheit hat den Geldsäcken einen Strich durch die Rechnung gemacht. Der Volksentscheid hat ihrer Gier und ihrem Investorenheil den Stinkefinger gezeigt. Auch der Stadtobere, der ebenfalls aufseiten der Investorinnen kungelte, bekam einen Tritt in den Arsch. Das Feld bleibt unbebaut. Und viele scheinen darüber glücklich. Die, die am Wochenende mit ihren Großfamilien halbe Lämmer auf dem Feld grillen. Die, die ihren Hunden den Auslauf gewähren, den sie sonst nirgends bekommen. Die, die skateboarden, Kite-surfen, radfahren, joggen oder einfach nur spazieren gehen in der unendlich scheinenden Weite. Die, die auf den angelegten Hochbeeten Tomaten anbauen und in Liegestühlen davor in der Sonne Bier trinken. Die, die den Gemeinschafts- und Schaugarten betreiben, die sich an Urban Farming, Transition Town und Permakulturen wie blöd abarbeiten. Alle also, denen ich, die Stadt, mehr bedeute als ein Fleck zum Wohnen, Arbeiten und Geldverdienen. Ungeachtet dessen wird in den Hinterzimmern der Macht, unter Mithilfe der korrupten Stadtbüttel, schon daran gearbeitet, sich das Feld doch noch irgendwie unter den Nagel zu reißen.

Nach dem Unwetter, dem Regen, dem Hagel sind die Gärten zerstört, die Hochbeete platt gemacht und die Liegestühle zerlegt. Was aber die Motivation der Aktiven und Bürgerschaftsbeteiligten keineswegs schmälert. Im Gegenteil. Nach der Sintflut ist vor der Sintflut, scheinen sie zu denken und erhöhen sogar noch die Frequenz ihres Engagements. Ansonsten hat der nach wochenlanger Hitze herbeigesehnte Regen dem Feld, der Erde, dem Boden und dem, was darauf kreucht und fleucht, gut getan.

MECHTHILD

Das darf doch alles nicht wahr sein, ruft Mechthild verzweifelt aus, wobei sie sich in einem schlechten Alptraum wähnt. Dem schlechtesten seit Langem.

Ich fasse es einfach nicht! Bu, hilf mir, das geht doch alles nicht mehr mit rechten Dingen zu, oder?

Ich weiß, dass sie mich, die Stadt, für alles verantwortlich macht. Als wäre ich nicht nur am Unwetter Schuld, sondern auch noch an den drei Toten aus dem Neuköllner Keller. Mal ganz abgesehen von dem Drogenkrieg und den Morden des Psychopathen.

Als würden uns die drei toten Illegalen nicht reichen, sagt Mechthild und fasst sich an den Kopf. Jetzt setzt plötzlich dieser kranke Psychopath nach wochenlanger Pause auch noch seine Mordserie fort, zündet einen Obdachlosen an und macht uns erneut klar, dass wir versagen.

Sie stützt sich auf dem Schreibtisch ab und schüttelt den Kopf.

Das macht einfach keinen Spaß mehr.

Spaß hat es noch nie gemacht, kommt von Bu emotionslos zurück.

Ich schaffe das nicht mehr.

Beruhigen Sie sich. Katrin zur Mühlen gibt jetzt die einfühlsame Psychologin und legt ihre Hand auf Mechthilds Schulter.

Das wird einfach zu viel. Für mich wird das einfach zu viel.

Das verstehe ich, sagt die Psychologin. Das wird für uns alle zu viel.

Ja? Mechthild, noch immer die Hand der Psychologin auf der Schulter, ist einerseits erstaunt. Andererseits haben nicht nur die Hand, sondern vor allem die Worte der Psychologin tatsächlich einen beruhigenden Einfluss auf sie.

Das ist normal, sagt Katrin zur Mühlen, völlig normal, dass Sie sich überfordert fühlen, dass Sie das Gefühl haben zu scheitern, zu versagen. Das geht uns nicht anders, nicht wahr?

Katrin zur Mühlen wendet sich an Bu. Der scheint unaufmerksam zu sein und fragt, Was?

Woraufhin er böse Blicke von der Psychologin erntet.

Ach so, ja, natürlich.

Auch er steht neben sich und mit beiden Beinen auf dem Schlauch. Er ist in Gedanken noch ganz in der letzten Nacht. Er wurde neben Luisa Verhaag in ihrem Hotelzimmer in Lichtenberg ziemlich verkatert wach. Wie er dahin gekommen war, will ihm nicht einfallen. Als er die verklebten Augen aufschlug, sah er in das Objektiv einer Kamera. Dahinter die lachende nackte Luisa.

Willst du's sehen?

Was?

Sie drückte auf den Play-Knopf, und er erblickte auf dem kleinen Display der Kamera sich selbst und Luisa, beide nackt und mit Drogen vollgepumpt, beim Koksen und anschließenden Vögeln. Auch daran kann er sich nicht mehr erinnern.

Und das stellst du jetzt auf Youporn, was?

Nee, xhamster! Sie lachte erneut ziemlich dreckig. Die Gesichter mache ich natürlich unkenntlich.

Super, danke.

Wenn du Sehnsucht hast und ich nicht da bin, einfach anklicken, und der Geilheit sind keine Grenzen gesetzt.

Als Luisa unter der Dusche war, löschte er die Aufnahme und schaute sich im Schnelldurchlauf an, was sonst noch aufgenommen worden war. Es waren die immer selben Szenen. Männer am gegenüberliegenden Fenster. Ausländisch aussehende junge Männer mit Bärten. Schließlich blieb er bei einem hängen, der ihm bekannt vorkam. Das ist Checker, dachte er, der Drogendealer, mit dem er während seiner Zeit als Drogenfahnder zu tun hatte. Es ist der, mit dem er über den Mord an dem Afrikaner ein, zwei Worte reden müsste. Checker, ein hoffnungsloser Fall. Ich sollte ihn mir bald vorknöpfen, dachte er und legte die Kamera zur Seite. Als Luisa zurück aus dem Bad kam, stellte er sich schlafend.

Auch die Szenen im Club über dem Alexanderplatz sind ihm nicht mehr gegenwärtig. Außerdem hat er Schwierigkeiten, sich jetzt auf die Psychologin und Mechthild zu konzentrieren, die völlig durch den Wind im Büro herumtigert.

Schau dir das an! Mechthild spielt ihm auf ihrem Computer eine kurze, undeutliche Videosequenz vor. Darauf erkennt man einen Ladeneingang, aufsteigende Rauchwolken und nach ungefähr einer Minute eine schwarze Gestalt, die das Bild durchquert.

Woher stammen die?

Von einem Elektrogeschäft, antwortet Mechthild, dessen Eingang rund um die Uhr, also auch nachts von einer Videokamera überwacht wird. Der Obdachlose wurde keine drei Meter davon entfernt angesteckt. Man sieht nicht das Opfer, man sieht nur den Rauch und jetzt hier, schau – sie zeigt mit dem Finger auf das Videobild –, wie eine Person das Bild kreuzt. Das ist der Täter.

Mechthild spult mehrmals zurück und wieder vor, wobei jedes Mal die Rauchschwaden auftauchen und anschließend die schwarze Gestalt.

Wie willst du das wissen?

Wer soll es sonst sein?

Irgendein unbeteiligter Passant vielleicht.

Quatsch, es war erstens mitten in der Nacht, sagt Mechthild. Und zweitens geht der doch nicht einfach völlig unbeteiligt vorbei, während ein paar Meter neben ihm ein Mann abfackelt.

Du hast keine Ahnung, wie gefühllos und gleichgültig Menschen sein können.

Außerdem war ich vor Ort und habe alles nachgestellt, sagt Mechthild eine Spur zu triumphierend, als wäre das der letztendliche Beweis. Es muss der Täter sein, der, nachdem er den Obdachlosen angezündet hat, den Tatort ganz unaufgeregt verlässt.

Es ist kaum was darauf zu erkennen, sagt Bu. Für ein Fahndungsfoto reicht es nicht.

Der Gang, mischt sich Katrin zur Mühlen ein.

Was ist damit?

Unrund. Der Mann, es ist aller Wahrscheinlichkeit nach ein Mann, geht unrund. Kaputte Hüfte, zu kurzes Bein, Gehbeschwerden.

Das ist ein Ansatz, stimmt ihr Mechthild zu, als wären beide über Nacht Freundinnen geworden.

Meinst du?, fragt Bu.

Nun, der beste und einzige, den wir haben.

Wollen wir trotzdem einen Fahndungsaufruf mit Foto rausgeben?

Damit er weiß, dass wir ihn auf dem Schirm haben?

Das ist ihm völlig egal. Bei Katrin zur Mühlen scheint die Freundschaftsanfrage nicht so gut anzukommen.

Mir aber nicht, entgegnet Mechthild und scheint erneut mit der Psychologin in ein Duell treten zu wollen.

Zicken, denkt Bu und fragt, Was haben Sie denn da an der Hand? Er zeigt auf den weißen Verband an der Hand der Psychologin.

Ach nichts, nur ein paar Kratzer vom Unwetter.

Wo ist eigentlich der nächste S- oder U-Bahnhof beim Tatort?, fragt Bu.

Irritierte Blicke von Mechthild.

Na, er ist bestimmt nicht mit dem Fahrrad gekommen.

Unwahrscheinlich bei dem Hüftschaden, sagt zur Mühlen.

Weinmeisterstraße, U8. Mechthild denkt nach. Oder S-Bahn Hackescher Markt.

Na dann, Videoauswertung, aber sofort, pronto, pronto, sagt Bu, als wolle er ihr auf die Sprünge helfen.

Keine zwei Stunden später sind die Videobänder um die Tatzeit herum ausgewertet. Der junge Spurensicherer führt den dreien die Szene, die alle begierig zu sehen sind, stolz vor.

Das ist er, von hinten. Er zeigt mit dem Finger auf den Bildschirm.

Eindeutiger Hüftschaden, sagt die Psychologin.

Auf dem Video ist ein leicht hinkender Mann zu sehen, der auf den Bahnsteig zugeht.

Und hier, der Spurensicherer hält das Video an, seht ihr, hier wirft er eine Plastiktüte in den Mülleimer.

Er lässt das Video weiterlaufen, auf dem nun genau das zu sehen ist. Der Täter wirft eine gelbe Plastiktüte in einen Abfalleimer.

Und hier hält er die linke Hand vor den Kopf, sagt Bu, vor das Gesicht, als wäre es eine Replik für die Psychologin, und fügt leicht schmunzelnd hinzu, Vielleicht will er nicht erkannt werden.

Haben wir das auch von vorne?, fragt Mechthild.

Theoretisch ja, entgegnet der Spurensicherer.

Und praktisch?, kommt es barsch und ungeduldig von Mechthild zurück.

Die Videokamera, die den Gegenschuss aufnimmt, war leider defekt.

Nein, ich fasse es nicht. Ich fasse es einfach nicht. Mechthild flippt wieder aus. Das darf doch nicht wahr sein. Funktioniert in dieser Scheiß-Stadt eigentlich irgendwas?!

Er steigt in die Bahn Richtung Gesundbrunnen, sagt Bu, der noch immer die Videoaufzeichnung betrachtet.

Alle Videobänder von den Bahnhöfen der U8 auswerten, schreit Mechthild und meint den Spurensicherer. Irgendwo muss er ausgestiegen sein. Jetzt haben wir ihn!

Es klingt triumphierend und auch ein bisschen hysterisch.

Die Psychologin verzieht skeptisch das Gesicht.

Glauben Sie nicht, was?

Er sitzt in seinem Zimmer vor der aufgeschlagenen *B.Z.* Die Zeitung ist wieder voller Schauergeschichten. Die drei toten Illegalen sind noch immer ein Thema. Allerdings beinahe schon verdrängt von dem angezündeten Obdachlosen. Ein Bulgare.

Er erkennt sich selbst auf dem Bild. Wobei er nur von hinten verschwommen und unscharf zu sehen ist. Wenn man ehrlich ist, muss man sagen, dass eigentlich nichts zu erkennen ist außer einer schwarzen Gestalt, die alle und jeder sein könnte. Er spürt keinerlei Angst, entdeckt zu werden.

Seine Mutter ruft aus dem Schlafzimmer nach ihm. Seit Tagen geht es ihr schlechter. Immer schlechter. Er will einen Arzt rufen, aber sie weigert sich. Bis es anders nicht mehr geht. Er ruft den Notdienst an. Eine halbe Stunde später steht eine junge Ärztin im Schlafzimmer der Mutter. Die Mutter bombardiert sie mit feindseligen Blicken, was der Ärztin aber nichts auszumachen scheint. Sie bleibt professionell und freundlich.

Wundgelegen, sagt sie. Sie müssen ins Krankenhaus. Lieber heute als morgen.

Ich gehe in kein Krankenhaus, widerspricht die Mutter.

Dann müssen wir einen Pflegedienst beauftragen.

Brauchen wir nicht, das macht Bringfried.

Was ist Bringfried von Beruf?, will die Ärztin wissen.

Die Mutter scheint verwirrt. Auch Bringfried, nahe der Tür stehend, weiß mit der Frage nicht so recht etwas anzufangen.

Die Ärztin dreht sich zu ihm um und fragt nun direkt an ihn gewandt, Was machen Sie beruflich?

Nichts.

Sehen Sie, wären sie Krankenpfleger, Arzt, dann würde ich sagen – jetzt wendet sie sich wieder der Mutter zu –,

Bringfried kann das gut machen. Aber da ihr Sohn weder das eine noch das andere ist, müssen wir, ob Sie wollen oder nicht, professionelles Personal, also einen Pflegedienst beauftragen.

Jetzt fängt die Mutter an, die Ärztin zu beschimpfen, sie schreit, sie solle sofort ihre Wohnung verlassen, sonst würde sie augenblicklich die Polizei rufen. Die Ärztin bleibt ruhig und gelassen, meint, sie könne sie verstehen, aber wenn sie wolle, dass es ihr wieder besser gehe, Und das wollen Sie beide doch, oder? – sie blickt jetzt wieder zu Bringfried –, dann bleibe ihnen gar nichts anderes übrig, als ihren Vorschlag anzunehmen.

Beim Rausgehen im Flur knöpft sich die Ärztin noch einmal Bringfried vor. Er wirkt von der resolut auftretenden Ärztin eingeschüchtert, blickt zu Boden, wagt ihr nicht zu widersprechen.

Sie haben keine andere Wahl, sagt sie mit fester Stimme. Auch wenn sich Ihre Mutter sträubt, wir können nicht zuschauen, wie sie langsam stirbt, verstehen Sie das?

Noch immer keine Reaktion von Bringfried.

Ihr Zustand ist kritisch. Sie trinkt zu wenig, bei der Hitze viel zu wenig, ist an mehreren Stellen wundgelegen, hat offene Beine und so weiter. Ich werde jetzt eine medizinische Betreuung veranlassen. Wenn ich das nicht mache, mache ich mich schuldig, womöglich strafbar, verstehen Sie?

Ihre Stimme wirkt jetzt noch resoluter.

Wenn Ihrer Mutter etwas zustößt, dann fragt man sich natürlich, warum ich nicht gehandelt habe. Und für Sie, Bringfried, ist es bestimmt auch eine Erleichterung. Machen Sie es für sich und auch ein bisschen für mich.

Sie legt ihre Hand auf seine Schulter, woraufhin Bringfried zusammenzuckt und einen Schritt zurückweicht. Die Ärztin ist erstaunt ob dieser heftigen Reaktion, sagt, Verzeihen Sie. Und dann, Spätestens übermorgen wird sich der

Pflegenotdienst bei Ihnen melden und sich um Ihre Mutter kümmern.

Fotze, denkt Bringfried, verdammte Fotze, als die Ärztin, ohne dass er sie verabschiedet hat, die Tür hinter sich zuzieht.

HABIBI

Die Stadt ist in Aufruhr, denkt Habibi, Das ist gut, das ist sehr gut. Als vermute er mich, die Stadt, auf seiner Seite. Nicht nur das Unwetter macht ihnen die Hölle heiß, auch die Toten aus dem Keller und ein seit Monaten mordender Serientäter. Die Bullen haben einiges zu tun, weiß er, da fällt es leichter, im Verborgenen, ohne großes Aufsehen auf das Ziel hinzuarbeiten. Obgleich er und seine Unterstützer sicher noch ein paar Wochen benötigen, um so gut vorbereitet zu sein, dass nichts schief gehen kann. Sodass die ganze Welt von diesem gewaltigen Zeichen, das sie über das Regierungsviertel mit blutigem Pinsel schreiben werden, sprechen wird, so wie sie auch heute noch von dem Anschlag auf die Türme in New York von 2001 spricht.

Gleichwohl weiß er auch, dass sie ihn auf dem Schirm haben. Er weiß, dass sie an ihm dran sind, das BKA, der Verfassungsschutz. Sie riechen es, sie riechen ihn, seine Fährte haben sie längst aufgenommen, sie wissen, dass da was kommt, können nur noch nicht sagen, was, wann und wo. Sie können ihm im Prinzip zwar nichts anhaben, aber sie werden versuchen, ihn mit allen Mitteln, erlaubten und unerlaubten, zur Strecke zu bringen. Er war in letzter Zeit völlig unauffällig, ist fast abgetaucht, von der Bildfläche verschwunden und war weder kriminell noch politisch auffallend. Selbst die Moschee, die, wie er weiß, ebenfalls observiert wird, meidet er. Sein Aufenthaltsstatus ist längst geklärt. Bis auf ein kleineres Drogendelikt in der Vergangenheit, für das er für ein paar

Wochen der JVA in Tegel einen Besuch abgestattet hat, ist er sauber und hat sich nichts zuschulden kommen lassen. Habibi ist optimistisch und voller Energie. Bedenken hat er nur bei seinen Mitstreitern. Zunehmend hat er den Eindruck, dass der eine oder andere wankelmütig wird, anfängt zu zweifeln und er sich nicht mehr hundertprozentig auf sie verlassen kann. Vielleicht täuscht er sich aber auch.

Am frühen Vormittag treffen sich Mechthild, Katrin zur Mühlen und Bu erneut im Büro von Mechthild. Die Stimmung ist schlecht, um nicht zu sagen hundsmiserabel, da die Auswertung der Videobänder nichts Aufschlussreiches ergeben hat.

Wir haben ihn nicht gefunden. An keinem U-Bahnhof, bis zur Endstation nach Wittenau nicht.

Wie? Warum das denn?, will Bu wissen. Vielleicht hat er sich umgezogen.

Katrin zur Mühlen schüttelt vehement den Kopf.

Nein, nein, das macht der nicht, so rational geht der nicht vor.

Aber die Hand vor das Gesicht hält er schon, oder? Bu sagt es, als wäre ihm diese Replik ein Vergnügen.

Das ist zwar auch nicht nachvollziehbar, kommt von zur Mühlen kleinlaut zurück, Aber gut, ja, das liegt auch irgendwie nahe.

Und jetzt?, fragt Mechthild sichtlich deprimiert. Was machen wir jetzt?

Vielleicht ist er bis zur Endstation durchgefahren, sagt Bu. Und dann wieder zurück. Und dann irgendwann woanders ausgestiegen.

Ja, oder erneut zur Endstation Hermannstraße und wieder zurück, mit einem Tagesticket ...

Scheiße!

Die Plastiktüte aus dem Mülleimer am U-Bahnhof Weinmeisterstraße hingegen bestätigt, was alle schon wissen. Dass es sich um denselben Täter wie bei den Morden an der Transfrau und den beiden Drogendealern handelt. Die Fingerabdrücke sind identisch. Außerdem fanden sich Reste eines Brandbeschleunigers, eine leere Spiritusflasche in der Tüte. Mehr nicht.

FLORIAN DIETRICHS

Er lässt es dreimal klingeln, dann geht Bu ran.

Man hört, du bist wieder in der Stadt, sagt Dietrichs.

Ja leider, kommt von Bu zurück, als ob er seinen Anruf schon längst erwartet hätte. Dabei haben sich beide seit Jahren nicht mehr gesprochen, geschweige denn gesehen.

Wollen wir uns treffen?

Willst du?

Ja.

Na dann.

Wo?

Wo bist du?

Noch immer in diesem beschissenen Mitte, sagt Dietrichs.

Na, dann im Haliflor, wie immer, okay?

Okay.

Wie hast du eigentlich rausgefunden, dass ich hier bin?

Mensch, Bu, schon vergessen? Ich habe überall meine zuverlässigen Informanten.

Eine Stunde später sitzen beide draußen an einem Tisch in der Schwedter Straße im Prenzlauer Berg und trinken Gin Tonic. Bu ist über den Anblick von Dietrichs erstaunt, oder vielmehr entsetzt. Dietrichs scheint ziemlich abgestürzt zu sein. Er sieht aus, als würde er ziemlich ungesund leben, ist dick geworden, aufgeschwemmt, irgendwie unansehnlich.

Du siehts scheiße aus, sagt Dietrichs, als hätte er dasselbe über Bu gedacht.

Du auch.

Dabei geht es mir ziemlich gut, erwidert Dietrichs, was man von dir nicht so wahrnimmt.

Was nimmt man denn so wahr?

Und dann erzählt Dietrichs all das, was er über Bu weiß bzw. was über ihn in den letzten Jahren so kolportiert worden ist. Was exakt der Realität entspricht.

Alle Achtung!, sagt Bu, ich habe dich womöglich immer schon unterschätzt.

Dietrichs lacht. Das geht den meisten so. Und ehrlich gestanden bin ich darüber auch sehr froh. Das macht das Arbeiten einfacher.

Arbeitest du dich noch immer an den Geheimdiensten ab?

Und wie. Aber seitdem du mir keine Informationen mehr lieferst, ist es schwieriger geworden.

Apropos, sag mal, sagt dir Luisa Verhaag was?

Und ob.

MECHTHILD

Meine Arbeit überfordert mich. Ich schaffe es nicht mehr abzuschalten. Ich bin wie gerädert, komme nicht mehr zur Ruhe, kann nicht schlafen. Liege nächtelang wach.

Und was machen Sie dann?

Wie meinen Sie das?

Ich meine in der Nacht, was machen Sie da?

Ich schaue Fernsehen, versuche mich abzulenken, was allerdings nie gelingt. Manchmal jogge ich auch in der Nacht wie bekloppt durch die Stadt. Nur um erschöpft und müde zu werden, um endlich schlafen zu können, um endlich einschlafen zu können.

Haben Sie keine Angst?

Angst? Mechthild fragt es, als wäre ihr nicht ganz klar, worauf die Therapeutin hinauswill.

Ja, nachts durch die Stadt zu joggen.

Mechthild schüttelt den Kopf.

Sie meinen vor Vergewaltigern und Überfällen?

Die Therapeutin nickt, woraufhin Mechthild ein wenig überheblich lächelt.

Nee, davor nicht. Das sind im Übrigen auch die geringsten Gefahren, die in der Nacht einer Joggerin drohen.

Vielleicht sollten Sie einfach kürzer treten?

Sie sieht die Therapeutin entgeistert an.

Wie stellen Sie sich das vor? Da draußen, sie zeigt Richtung Fenster, geht ein Serienmörder fröhlich spazieren und kann jederzeit erneut zuschlagen. Drei Leichen warten darauf, dass wir ihren Mörder finden. Und ich soll kürzer treten?

Ich verstehe Sie, sagt die Therapeutin.

Aber glauben Sie mir, es ist ihnen nicht geholfen, auch nicht den drei Leichen, höchstens dem Serienmörder, wenn Sie in absehbarer Zeit ganz aus dem Verkehr gezogen sind, weil Sie psychisch so am Ende sind, dass Sie nicht mehr nur kürzer, sondern gar nicht mehr treten, verstehen Sie?

Es ist Mechthild unangenehm und passt im Moment gar nicht zu ihrer psychischen Verfassung. Ihre Beförderungsfeier, die bereits mehrmals aus unterschiedlichen Gründen verschoben werden musste, findet jetzt mit aufgeblasenen Reden und bedeutungsvollen Gesten sowie einem anschließenden Umtrunk im Polizeipräsidium statt. Alle sind da. Auch die, die ihr diese Beförderung keineswegs gönnen.

Auch Katrin zur Mühlen gratuliert ihr und hält nicht nur ihre Hand einen Moment länger gedrückt als üblich. Sie umarmt Mechthild auch liebevoll und streicht ihr dabei mit der Hand über den Rücken, woraufhin diesen eine angenehm kribbelnde Gänsehaut überzieht. Das ist das erste Mal, dass Mechthild zu merken scheint, dass ihr die Psychologin vielleicht gar nicht so feindlich gegenübersteht wie vermutet. Das scheint auch der Grund zu sein, weshalb sich bei ihr im Verlauf des Abends ein imaginärer Schalter im Kopf umlegt und sie sich der Psychologin viel näher wähnt, als sie es jemals für möglich gehalten hätte.

Als sie sich schon ein wenig angetrunken zufällig auf der Toilette treffen, beide scheinbar wie ausgewechselt und euphorisiert, schäkern sie nicht nur miteinander, sondern flirten auch in Ansätzen, indem Mechthild kichernd sagt, als Katrin zur Mühlen am Spiegel ihre Lippen mit Lippenstift nachzieht, dass sie das doch gar nicht nötig habe.

Bei solchen Lippen bedarf es keiner Farbe, sagt sie.

Finden Sie?, entgegnet Katrin etwas unsicher.

Mechthild nimmt ihren Zeigefinger und streicht über Katrins Mund, sodass sich bei der ein rötlicher Schimmer auf die Wangen legt, sie den Mund leicht öffnet und mit der Zunge an Mechthilds Finger leckt. Noch ehe Mechthild darauf reagieren kann – wobei sie in diesem Moment gar nicht weiß, wie sie reagieren soll –, geht die Tür auf, und eine Beamtin von der Spurensicherung torkelt in die Toilette. Wenn Blicke vögeln könnten, müsste die Beamtin jetzt denken, wäre sie nicht zu betrunken. Stattdessen lallt sie nur, Oh Gott, Mädels, hab ich einen Druck auf der Blase, und verschwindet in der Kabine, während Mechthild schon wieder auf dem Flur ist und Katrin sich erneut die Lippen nachzieht.

Wie geht es dir?

Gut, danke.

Ihr ist nicht ganz klar, warum ihr Vorgesetzter von der Abteilung ST – Politischer Staatsschutz sie an diesem Morgen in sein Büro in die Berliner BfV-Zentrale am Treptower Park bestellt hat.

Wirklich?

Natürlich hat sie sich nach seinem Anruf den Kopf zerbrochen, was er wollen könnte. Sie ist nicht drauf gekommen.

Sie lächelt und nickt.

Wie lange kennen wir uns jetzt schon?, fragt er.

Sie muss kurz nachdenken, sagt dann, Ein paar Jahre.

Genau sieben Jahre. Genauso lange arbeitest du für uns, Luisa.

Schon so lange? Es klingt aufrichtig überrascht.

Ja, so lange. Und deshalb solltest du wissen, wie das hier läuft. Aber offenbar weißt du es nicht, sagt Krusenberg und ändert plötzlich den Tonfall. Er klingt jetzt schärfer, bissiger und auch gefährlicher.

Willst du mich verarschen?, fragt er. Es enttäuscht mich, wirklich, Luisa, es kränkt mich, dass du tatsächlich glaubst, ich bin so bescheuert.

Aber ...

Nichts aber!, geht er dazwischen. Was denkst du dir denn dabei, verdammte Scheiße?

Sie sieht ihn an, als denke sie gar nichts.

Luisa, was soll das?, schreit er jetzt, woraufhin sie zusammenzuckt.

Was soll was, denkt sie. Sie hat noch immer keine Ahnung, warum sie jetzt vor Krusenberg steht und der sie anschreit wie ein zwölfjähriges Schulmädchen, das die einfachste Rechenaufgabe nicht beherrscht.

Willst du unsere Ermittlungen gefährden?

Krusenberg tigert auf und ab und scheint sichtlich die Fassung zu verlieren.

Ich habe immer zu dir gehalten, habe immer an dich geglaubt, das weißt du. Und jetzt das, diese verdammte schlitzäugige Scheiße!

Langsam dämmert es Luisa Verhaag, was Krusenberg so in Aufregung versetzt. Gleichzeitig fragt sie sich, woher er das weiß.

Krusenberg bleibt keinen Meter vor ihr stehen, sieht sie an, während seine hohe Stirn zerfurcht wie ein Rübenacker ist. Ganz ruhig und bedacht, wodurch es noch gefährlicher klingt, sagt er, Und das Schlimmste, Luisa, ist, dass du glaubst, du kannst das hinter unserem Rücken machen. Dass du glaubst, wir sind so blöd, das nicht mitzukriegen. Luisa. Er fasst sie mit beiden Händen an den Schultern und schüttelt sie ein bisschen. Was denkst du dir bloß dabei?

Sie sieht zu Boden, er lässt sie los und geht zurück zu seinem Schreibtisch.

Ich hoffe für dich, dass du dir nichts dabei gedacht hast. Gar nichts. Dass es eine völlig bescheuerte Gedankenlosigkeit von dir war. Sonst nichts. Sonst wärst du nicht in diesen Scheißhaufen getreten, nicht wahr?

Krusenberg scheint sich nicht beruhigen zu können. Er kommt wieder näher, legt dieses Mal seine Hand auf ihre Schulter und streicht ihr übers Haar. Leise, ganz eindringlich, als würden seine Worte einen direkten Zugang zu ihrem Entscheidungszentrum suchen, sagt er, Luisa, besinn dich. Du setzt alles aufs Spiel. Deine Karriere, unseren Erfolg, dein Leben, alles, verstehst du das denn nicht? Das kannst du doch nicht wollen nach all den Jahren unserer gemeinsamen Arbeit, so nahe am Ziel.

Er wendet sich erneut ab.

Jetzt wieder etwas lauter, Ich müsste dich von dem Fall

abziehen. Ich müsste dich da rausnehmen. Und wenn du so willst, müsste ich dich eigentlich auch völlig von diesem Arbeitsbereich freistellen. Ab jetzt käme für dich nur mehr der Innendienst in Frage. Willst du das?

Sie schüttelt kaum merklich den Kopf.

Und alles wegen diesem Idioten? Diesem schlitzäugigen Ficker? Diesem vietnamesischen Schwanz?

Es klingt böse, ärgerlich und enttäuscht.

Luisa, du bist klug, rational, du bist eine der besten Ermittlerinnen, die ich kenne. Und du weißt genauso gut wie ich, dass Emotionen in unserem Beruf nichts verloren haben, dass sie dir nur im Weg stehen, dass die Emotionen nichts sind als billige Sentimentalitäten, die alles kaputt machen, alles.

Jetzt nickt sie kaum merklich.

Also besinn dich, Luisa.

Krusenberg schlägt beinahe einen flehentlichen Ton an. So hat sie ihn in den letzten Jahren noch nicht erlebt. Eifersüchtig, denkt sie, er ist einfach nur eifersüchtig, weil er seit Jahren nicht das bekommt, was er von Anfang an erhofft hat: sie.

Es gibt nur eine Möglichkeit für dich, Luisa.

Er macht eine Pause, sieht sie eindringlich an.

Du lässt diesen Bu fallen, sofort. Du triffst ihn nicht wieder, verschwindest aus seinem Leben. Und er aus deinem. Ein für alle Mal. Verstanden?

Sie blickt vor sich hin, ohne Reaktion. Mit nur mehr einem Gedanken im Kopf: Ich könnte Krusenberg das geben, was er will. Was er immer wollte. Ich könnte ihm die Nähe geben, auf die er von Anfang an aus war. Ich könnte ihm einen blasen. Sie lächelt. Krusenberg ist zwar ein schwanzgesteuerter Macho, aber nicht blöd, denkt sie. Womöglich würde er sie durchschauen. Und obgleich er sich das immer gewünscht hat, würde er sie von sich stoßen und das Urteil über sie verhängen. Ihr Lächeln endet.

Den Rest besorgen wir, sagt Krusenberg.

Sie verwirft den Gedanken und bläst ihm keinen, fragt stattdessen, Und wenn nicht?

Er sieht sie an, als wäre sie tot.

Dann bist du erledigt, Luisa. Er singt es fast. Ein für alle Mal erledigt. Das kannst du doch nicht wollen, oder?

Sie schüttelt den Kopf.

Wegen diesem schlitzäugigen Schwanz. Schwänze gibt es überall, sagt er, als wolle er seinen eigenen ins Spiel bringen. Uns gibt es nur einmal. Vergiss das nicht, okay?

Sie nickt.

Okay.

Gut, Luisa, dann übernimmt ab jetzt die Observation von Habibi jemand anderes. Raimund macht das von nun an. Und du kümmerst dich an seiner Stelle um diesen Checker. Setz ihn unter Druck, er muss mehr liefern, sag ihm, dass wir wissen, dass die Planung für den Anschlag in die Endphase geht und er uns mehr Informationen bringen muss, viel mehr, wenn er nicht will, dass er am Arsch ist.

Alles klar. Nun fühlt sie sich wirklich wie das zwölfjährige Schulmädchen.

Okay, dann an die Arbeit, es ist noch genug zu tun.

Bevor sie das Büro von Krusenberg verlässt, legt sie ihre Hand auf seine Schulter und blickt ihm lange in die Augen, wobei ihr scheint, als würde er ein wenig verlegen.

Dann sagt sie, Danke, dreht sich um und verlässt das Büro, während Krusenberg sich an den Schwanz fasst und merkt, dass der ein wenig härter geworden ist.

RUMMELSBURGER BUCHT, FRIEDRICHSHAIN

Hierhin würde ich mich, wenn ich nicht die Stadt wäre, sondern sagen wir mal ein Kohlweißling, zurückziehen. Das ist das Paradies. Der Himmel auf Erden. Für Kohlweißlinge.

Zumindest solange es den Investorinnen noch schwer gemacht wird, ihre hochpreisigen Investment-Immobilien auf diese wundervollen blütenreichen Brachflächen, diese ökologischen Wunderwerke zu platzieren und sie dadurch zu zerstören. Diese Artenvielfalt der Natur, dieses ökologische wie tierische Chaos und die von einigen Freibeuterinnen inszenierte anthropologische Anarchie in dieser Bucht ist den Spießerinnen und Kapitalverwerterinnen längst ein Dorn im Auge, einfach weil es Leben ist, Leben, das ihnen so fremd ist, wie sie sich selbst fremd sind.

Auf dem Wasser in der Bucht sind viele, meist bunte Boote zu Anker gelassen. Einige sind aneinander gezurrt und bilden kleine Bootsinseln wie uneinnehmbare Trutzburgen. Die größte aus nahezu zehn Booten mit einer selbst gebauten zwiebelförmigen Kathedrale aus Holz in der Mitte, in der sich eine Sauna versteckt, nennt sich Lummerland und mutet an, als wäre Jim Knopf nur kurz mal auf dem Klo oder, weil es dort keins gibt, nur eben mal schnell in den See pissen. Junge, gut gebaute Männer mit nackten Oberkörpern, auf denen Tätowierungen von nie erlebten Heldengeschichten erzählen, bohren Löcher in Bretter oder gießen Tomatenpflanzen in großen Kübeln, während barbusige junge Frauen, auch mit beredten Tätowierungen auf der Haut, mit Schlafzimmerblick in Hängematten chillen, Whisky-Cola aus Dosen trinken, rauchen und der gierigen Sonne ihre gierigen Körper anbieten. Dabei stülpt sich über Lummerland eine Dunstglocke aus süßlichem Marihuana-Duft, an dem sich die Möwen im Vorbeifliegen berauschen und die Kohlweißlinge ihr Bewusstsein jenseits der Kohlweißlingsexistenz erweitern. Der Mythos des untergegangenen Atlantis, verknüpft mit einer multikulturellen Utopie, gepaart mit bewusstseinserweiternden Substanzen und einem provokativen Laissez-faire, flackert hier auf dem Wasser, auf dieser Insel voll bekiffter Seliger immer wieder auf. Als wollten sie, angelehnt an den stoizistischen Geist von Herman Melvilles Bartleby, in den sonnigen Himmel über sich mit laut lachender Stimme schreien, I would prefer not to. Woraufhin sie erneut kräftig an einer Tüte ziehen und den Rauch den Worten wie Briefe ohne Absender hinterherschicken.

Ich habe das Gefühl, die Lummerländerinnen und die Kohlweißlinge und alle anderen, deren Lebensphilosophie ihnen ähnlich ist, lassen sich nicht widerstandlos von hier vertreiben, auch wenn die dunklen, gemeinen Wolken der Segregation schon am Horizont aufziehen. Sie werden für diesen und andere einzigartige Flecken kämpfen. Meinen Segen haben sie, auch wenn ich fürchte, dass ihr Kampf aussichtslos sein wird. Sie haben keine Chance, aber sie versuchen sie zu nutzen.

Ich glaube es einfach nicht!

Die Physiotherapeutin platzt beinahe vor Wut in ihrem weißen Jogginganzug.

Der hat jetzt schon den zweiten Termin verstreichen lassen. Der Arsch. Was glaubt der denn? Dass wir nur auf ihn warten?

Die Physiotherapeutin ist außer sich. Auch ein Stück weit hilflos.

Ich rufe den jetzt an und sage ihm, dass wir die verpassten physiotherapeutischen Termine anrechnen werden.

Ihr Blick sucht die Kollegin, als erhoffe sie sich Unterstützung.

Wie viele hat er denn noch?, will diese wissen.

Zwei vom alten Rezept und sechs noch vom neuem.

Allerhand.

Na eben, das können wir uns doch nicht einfach so von diesem Arsch kaputt machen lassen, oder?

Die Kollegin nickt zustimmend, woraufhin die Physiotherapeutin nach dem Telefonhörer greift und Bringfrieds Nummer wählt. Als sie schon nicht mehr damit rechnet, geht er schließlich ran. Nach nicht einmal zwei Minuten, in der die Physiotherapeutin immer wieder versucht zu intervenieren, ist das Gespräch beendet.

Und?, will die Kollegin wissen.

Seltsamer Typ. Er sagt, er komme nicht mehr und wir könnten alle ausstehenden Termine anrechnen.

Hä, warum das denn?

Er behauptet, seine Hüfte wäre wieder gut.

Wunderheilung oder was?

Das habe ich ihm auch gesagt, dann hat er mich angeschrien, ich solle mich um meinen eigenen Scheißdreck kümmern. Hat mich noch mehrmals mit Fotze beschimpft und dann einfach aufgelegt.

Psychopath, kommt von der Kollegin, als wäre es das Normalste von der Welt.

CHECKER

Es war nicht schwer, ihn zu ködern und wie einen selbstverliebten Fisch an die Angel zu nehmen. Er fiel auf die einfachsten Finten herein. Anfänger, denkt Bu, Das war früher auch schon mal besser. Natürlich hat es auch mit Bu's nach wie vor exzellenten Kontakten in die Unterwelt zu tun. Da kommen ihm seine jahrelangen Erfahrungen und Verbindungen bei der Berliner Drogenfahndung zugute. Zuerst nimmt er einen Dealer hoch, dann setzt er ihn unter Druck, damit er Checker unter falschen Vorgaben zu ihm führt. Jetzt sitzt Checker in einem Hotelzimmer am Potsdamer Platz auf dem Stuhl, die Arme an die Lehne gefesselt. Vor ihm liegt ein Gefrierbeutel mit weißem Pulver. Dass der Inhalt Waschmittel ist und nicht Kokain, weiß nur Bu.

Das reicht aus, dich für die nächsten Jahre hinter Gitter zu bringen. Das weißt du, nicht wahr?

Checker schweigt.

Du musst nichts sagen, sagt Bu. Ich rede für dich. Die Schlüsse darfst du dann selbst ziehen. Das kannst du doch, oder?

Wieder keine Reaktion von Checker.

Also, ehrlich gestanden interessierst du mich überhaupt nicht. Ich brauche dich nur, um diese ekelhaften Morde aufzuklären. Und du brauchst mich, um nicht auf Nimmerwiedersehen im Knast zu verschwinden. Das heißt, wir beide brauchen uns gegenseitig. Soweit alles klar?

Checker sagt noch immer nichts und hebt auch nicht die Augen, die er keine zwei Meter vor sich auf den Boden gerichtet hält.

Du verrätst mir, wer den Afrikaner vom Görlitzer Park auf dem Gewissen hat, wenn du es nicht selbst warst, und ich verschaffe dir ein kuscheliges Plätzchen im Zeugenschutzprogramm und eine neue Identität. Klingt gut, oder?

Nun hebt Checker doch die Augen, meidet aber weiterhin Bu's Blick.

Ach, du willst wissen, wenn nicht? Nun, dann lasse ich dich einbuchten. Oder noch besser, ich lasse dich wieder frei und verbreite über alle Kanäle, die mir zur Verfügung stehen, und das sind einige, das kannst du mir glauben, dass du bereitwillig gesungen hast. Dann braucht man dich gar nicht mehr einzubuchten, weil du in kürzester Zeit nicht mehr von dieser Welt sein wirst.

Was soll das, Mann?

Es ist das Erste, was Checker über die spröden Lippen kommt.

Was das soll? Sag mal, bist du so blöd oder tust du nur so? Das ist ein Deal, Mann, der beste, den du dir in deiner Situation vorstellen kannst.

Checker sieht aus, als ob er sich weitaus bessere Deals vorstellen könnte.

Also, überleg es dir. Aber nicht zu lange. Ich stecke dich jetzt in U-Haft. In drei Tagen will ich Ergebnisse sehen, sonst nimmt das Schicksal seinen Lauf.

Bu ruft Mechthild an. In weniger als einer Stunde sitzt Checker in einer Einzelzelle in der JVA Tegel.

MECHTHILD

Es ist diese SMS, die sie völlig durcheinander bringt. *Ich bin im Hotel Estrel, Zimmer 666. Ich warte auf dich. Kati.* Damit hat sie nicht gerechnet. Im Dienst ist Katrin zur Mühlen nichts anzumerken. Ihr Verhältnis zu Mechthild scheint sich für Außenstehende wie zum Beispiel Bu nicht verändert zu haben. Noch immer scheinen sich die beiden Frauen nicht grün zu sein. Dabei ist nach der Szene in der Toilette während der Beförderungsfeier nichts mehr wie zuvor. Die Blicke der beiden Frauen sind, auch wenn es Außenstehenden nicht auffallen will, jetzt völlig anders. Hinter jedem Augenaufschlag ein Universum an Begehrlichkeiten, eine Welt voller Leidenschaften, Lust und Gier. Nicht nur aufseiten der Psychologin. Auch Mechthild, die keine Erfahrung darin hat, scheint diese gleichgeschlechtliche Anziehung, die Begierde einer Frau nicht nur gut zu tun, sondern auch anzustacheln.

Und jetzt diese SMS.

Erst drei Stunden später macht sie sich mit zittrigen Knien und feuchten Handflächen auf zum Hotel nahe der Sonnenallee. Sie fühlt sich wie eine fünfzehnjährige Pennälerin vor dem ersten Sex. Als sie das Hotelzimmer betritt und hinter sich die Tür schließt, lässt sie die gewohnte, sie belastende Welt außen vor. Sie gibt sich ganz der Situation und der nackt auf dem Bett liegenden Katrin zur Mühlen hin. Die beiden Frauen treiben es stundenlang miteinander, ohne ein einziges Wort zu sprechen. Um vier in der Nacht, nachdem Katrin eingeschlafen ist, steht Mechthild auf, zieht sich an und geht. Ebenfalls wortlos.

Von da an geht mindestens einmal die Woche eine SMS bei ihr ein. Mindestens einmal die Woche hat sie Sex mit der Kriminalpsychologin, ohne dass sie auch nur einen einzigen Satz dabei austauschen, als wäre es eine geheime Verabredung. Nach der Devise: Solange nichts gesprochen wird, ummantelt Schweigen den Zauber und lässt die profane Realität außen vor.

BU

Er merkt es. Natürlich merkt er es. Nicht an Katrin zur Mühlen. Sie ist für ihn nur schwer zu durchschauen und einzuschätzen. Aber an Mechthild. Sie kennt er viel besser und länger. Er merkt es vor allem daran, dass sie krampfhaft versucht, es so aussehen zu lassen, als ob nichts wäre.

Bist du verliebt?, fragt er.

Was?

Es wirkt gespielt, während sich ein roter Schimmer auf Mechthilds Wangen legt.

Ich glaube, du bist verliebt.

Schwachsinn! Ich habe gar keine Zeit und Nerven, mich zu verlieben. Ich bin völlig von diesen beschissenen Fällen besetzt, verstehst du? Mechthild empört sich.

Liebe. Dass ich nicht lache.

BRINGFRIED

Der Pflegedienst meldet sich. Der Pflegedienstleiter, ein gepflegt aussehender Mittdreißiger, und ein Gutachter von der Krankenkasse, in ähnlichem Alter und nicht weniger gepflegt wirkend, kommen vorbei. Beide muten in ihren eng geschnittenen Anzügen und den weißen Hemden wie Handelsvertreter an, die mit geschmeidigen Worten und feilgebotenem Charme Bringfried und seiner Mutter etwas verkaufen wollen, was diese gar nicht brauchen. Der Mutter scheint es egal zu sein. Sie gibt sich auffallend handzahm. Was wohl daran liegt, dass sie mit Männern besser kann als mit Frauen. Auch Bringfried ist kooperativ, wenn auch ziemlich eingeschüchtert. Es dauert nicht lange, bis klar ist, dass ab jetzt zweimal täglich eine Pflegekraft ins Haus kommen wird. Morgens und abends. Zumindest solange, bis es der Mutter wieder besser geht. So ließe sich fürs Erste ein Krankenhausaufenthalt verhindern, beteuern die beiden Herren, was für die Mutter das überzeugendste Argument ist. Bringfried dagegen hat extreme Schwierigkeiten sich vorzustellen, dass jetzt ständig ein fremder Mensch, wenn auch nur für ein bis zwei Stunden am Tag, ihre Wohnung betreten soll. Das überfordert ihn. Das überfordert ihn völlig. Er fängt an zu schwitzen, zu zittern, sodass der Pflegedienstleiter fragt, ob alles in Ordnung sei. Er nickt, während seine Mutter despektierlich über ihn herzieht und sagt, dass Bringfried von klein auf schon ein Sensibelchen gewesen sei, eigentlich nicht belastbar und anfällig für alles.

Seine Hüfte hat er sich auch ruiniert, sagt die Mutter abschätzig, als ob daran nicht sie, sondern er selbst schuld sei.

Bringfried läuft rot an, wagt es aber nicht, der Mutter zu widersprechen, auch nicht den beiden Herren seine Sicht der Dinge zu erklären. Der Pflegedienstleiter und der Gutachter, beide offensichtlich jünger als Bringfried, sagen, im gleichen Tonfall wie die Mutter, Na, ja, die Kinder eben.

Woraufhin die Mutter und die beiden kurz, aber heftig lachen.

Auf meine Kosten, denkt Bringfried, immer auf meine Kosten, und verlässt das Schlafzimmer.

Sie muss darüber reden. Auch wenn es ihr schwerfällt. Sie hat niemanden außer ihrer Therapeutin, der sie ihre intimsten Erfahrungen mitteilen kann.

Ich bin durcheinander. Muss ständig daran denken. Und weiß nicht, wie ich das einschätzen soll.

Warum müssen Sie es überhaupt einschätzen?, fragt die Therapeutin und bringt Mechthild damit aus dem Konzept. Sie runzelt die Stirn und fährt schließlich, ohne auf die Frage einzugehen, fort.

Gleichgeschlechtliche Liebe ... Sie zögert erneut und sagt, Ich habe darin keine Erfahrung. Ich dachte bisher immer, ich sei heterosexuell, hatte nur männliche Geschlechtspartner, Beziehungen, war verheiratet, verstehen Sie?

Die Therapeutin nickt, als wäre es das Normalste der Welt.

Was ist daran denn so schlimm?

Schlimm? Ich weiß nicht, ich ... nichts. Aber es irritiert mich, verstehen Sie, es wirft mich, zusätzlich zur Belastung im Beruf, aus der Bahn. Diese Frau ...

Wie heißt sie eigentlich?

Katrin. Von Katrin geht so ein unbeschreiblicher Sog aus, dass ich mich ihr nicht entziehen kann.

Wollen Sie das denn?

Was?

Sich entziehen.

Mechthild hebt die Schultern.

Ich weiß nicht, ich weiß eigentlich gar nichts mehr. Ich weiß nur, dass es einerseits schön ist.

Als Mechthild wieder eine Pause einlegt, fragt die Therapeutin, Und andererseits?

Habe ich Angst.

Wovor?

In eine Abhängigkeit zu geraten, eine Abhängigkeit, die ich nicht mehr kontrollieren kann.

Vielleicht sollten Sie einfach loslassen, sagt die Therapeutin, die Kontrolle aufgeben, sich hingeben und dann einfach schauen, was passiert.

Was soll passieren?

Das weiß ich auch nicht, das wird sich zeigen, sagt die Therapeutin ziemlich gelassen.

Und wenn ich mich ihr völlig ausliefere?

Was ist dann?

Weiß nicht.

Na, sehen Sie, wer weiß das schon.

BRINGFRIED

Er hasst Frauen. Er hasst auch Männer. Er hasst alle. Sein Hass ist das, was ihn antreibt. Er bewundert die Terroristen, die ihrem Hass einen adäquaten schlagkräftigen Ausdruck verleihen. Er wäre auch gerne einer von ihnen. Auch Amokläufer haben es ihm angetan. Menschen, die kompromisslos alles riskieren, bereit sind alles aufzugeben und nicht am eigenen Leben hängen. Er hängt noch zu sehr daran, hat noch zu große Angst, alles hinter sich zu lassen. Er wäre gerne wie sie, die Amokläufer, die Terroristen, die Massenmörder. Er sammelt alle Artikel, die er über das Columbine-High-School-Attentat finden kann, über den Amoklauf in Erfurt 2001, den Terroranschlag am Breitscheidplatz oder den Massenmörder Anders Breivik, der 2012 siebenundsiebzig Menschen in Norwegen ermordet hat. Das sind die Helden, die er verehrt. Er schneidet alle Artikel, die er über sie finden kann, aus und klebt sie fein säuberlich und nach den Anschlagsorten sortiert in linierte Schulhefte ein.

Kaum dass Checker in der Untersuchungshaft sitzt, wendet sich völlig überraschend das Blatt für ihn.

Wir mussten ihn freilassen. Mechthild klingt verzagt, frustriert und auch verärgert.

Was? Warum das denn? Sag, dass das nicht dein Ernst ist. Der Arsch war kurz davor zu gestehen.

Bu ist geschockt, sauer und will es einfach nicht glauben.

Checker hat alles, was er bisher gesagt hat, widerrufen, sagt Mechthild.

Und deshalb ist er frei?

Bu lacht wie über einen ganz, ganz schlechten Witz.

Mechthild zögert einen Moment, scheint zu überlegen und zeigt dann mit dem Zeigefinger an die Decke.

Anweisung von oben, sagt sie. So wie man sagt, Nichts zu machen.

Bu sieht Mechthild an, dann Katrin zur Mühlen, die nicht weit entfernt an der Kaffeemaschine steht.

Ich habe langsam das Gefühl, wir sind in eine Geschichte verwickelt, von der wir keine Ahnung haben.

Was für eine Geschichte?, will die Psychologin wissen.

Wieder macht Bu eine Pause. Dann fragt er, an Mechthild gerichtet, Kann ich offen reden?

Bu schaut erneut zur Psychologin.

Ist sie sauber?

Katrin zur Mühlen lacht laut auf, als amüsiere sie sich über einen Witz, einen ziemlich schlechten. Mechthild nickt und bekräftigt, ebenfalls mit einem Blick zu Katrin zur Mühlen, Ja, klar. Schieß los.

Okay.

Bu dämpft die Stimme, dass es fast konspirativ wirkt, während Katrin zur Mühlen sich nähert.

Ich halte Folgendes fest. Wir nehmen Checker in Gewahrsam, weil wir, oder besser, weil ich überzeugt bin, dass er den afrikanischen Drogendealer vom Görlitzer Park auf dem Gewissen hat. Er scheint sogar einen Tag später kurz vor einem Geständnis zu sein und wird daraufhin, oh Wunder, auf Anweisung von oben, Bu zeichnet mit den Fingern seiner beiden Hände Anführungszeichen in die Luft, wieder freigelassen. Soweit richtig?

Wieder wandern seine Blicke zuerst zu Mechthild, dann zu Katrin zur Mühlen, die, als wolle sie ihn veräppeln, mit dem Daumen nach oben zeigt und dabei frech grinst. Bu lässt sich nicht irritieren und fährt fort.

Ich logiere in einem Hotel in Lichtenberg, das du, Mechthild, mir besorgt hast, in dem ein paar Zimmer weiter, oh Wunder, der Verfassungsschutz rund um die Uhr einen Islamisten im Haus gegenüber observiert. Ich stelle durch Zufall fest, dass Checker bei diesem Islamisten ein- und ausgeht.

Was? Mechthild fällt aus allen Wolken.

Wie, durch Zufall?, kommt von Katrin zur Mühlen.

Ist doch egal!, antwortet Bu. Aber jetzt frage ich dich, Bu wendet sich an Mechthild, Welche Schlüsse würdest du daraus ziehen?

Mechthild muss nichts sagen, er weiß auch so, welche Schlüsse sie daraus zieht.

Interessant, sagt hingegen Katrin zur Mühlen, als wolle sie sich wieder ins Spiel bringen.

Finden Sie? Bu lässt sie abblitzen.

Sie nicht?

Ich weiß nicht, was ich finden soll, sagt Bu. Ich weiß nur, dass man sich mit dem BKA, und in dessen Schlepptau ist, wie wir alle wissen, der Verfassungsschutz nicht weit, nicht anlegen sollte.

Scheiße, bringt es Mechthild auf den Punkt. Verdammte Scheiße.

Sie hat ein schlechtes Gewissen. Bu gegenüber. Sich selbst gegenüber. Und gegenüber Krusenberg. Es ist ein schlechtes Gewissen, gepaart mit windelweichem Verantwortungsgefühl. Eine beschissene Mischung, die in ihrem Job mit ihren Aufgaben keinen Platz hat. Moral, Ethik, Anstand sind Vokabeln, die sie gefälligst zu ignorieren hat, die ihr den Job nur erschweren und nicht das Ergebnis zeitigen, das erwartet wird, das notwendig ist, um erfolgreich zu sein. Sie muss sich einzig an die Regeln halten, die nur für sie gelten, dank derer sie sich im Vakuum eines rechtsfreien Raums bewegen kann.

Wenn man Terroristen, die mit ihren widerlichen Anschlägen alles vernichten wollen, was sie hassen, und das ist viel, zur Strecke bringen will, kann man sich nicht an den Genfer Konventionen orientieren, sagt Krusenberg immer.

Auch mein Herz schlägt für Amnesty International, für Menschenrechte und Gewaltfreiheit, behauptet er. Aber die Befreiung vom Faschismus wurde nicht mit einer Lichterkette errungen, der Sturm auf die Bastille 1789 oder die Oktoberrevolution von 1918 waren keine gewaltfreien Sitzblockaden, verstehst du?

Und sie weiß, aus seiner Perspektive, aus der Sicht des Verfassungsschutzes, hat er Recht. Das wird ihr immer wieder eingebläut. Sie sind etwas Besonderes, ihre Stellung ist herausragend, ihre Aufgabe ist, diesen Staat zu schützen, die Nation, die Verfassung gegen alles, was sie bedroht und zerstören will. Und dazu sind alle Mittel recht. Alle.

Auch wenn ihr eingetrichtert wurde, dass das Gewissen in ihrem Job keine Rolle spielen darf, ist es da. Jetzt mehr denn je. Und das belastet sie.

Verdammte Scheiße, denkt sie, dass das mir passieren muss. Ich fass es nicht!

Vor allem ärgert sie, dass sie Bu in ihre Arbeit eingeweiht

hat. Dass sie ihm, bis auf kleine Details, alles erzählt hat. Aus Stolz und Eitelkeit. Sie wollte sich als besonders leckeren Braten servieren, sie wollte sich interessant machen, aufregend durch den Hauch der undurchschaubaren Exotik einer Verfassungsschützerin.

Und warum?

Um ihm zu imponieren. Einzig und allein, um ihm zu signalisieren: He, schau her, was für eine geile Schnitte ich bin.

Wie lächerlich ist das, wie schwachsinnig, denkt sie jetzt. Wie kindisch. Als hätte ich in den sieben Jahren, die ich in diesem Verein bin, nichts, aber auch gar nichts gelernt. Sie überlegt, ob sie Bu anrufen soll, ihn bitten, alles zu vergessen. Das wäre besser. Für ihn und für sie. Sie hat weder seine Telefonnummer noch die Hoffnung, dass er sich daran halten würde. So naiv ist sie nicht. So verliebt auch nicht. Obgleich ihr die von Krusenberg erzwungene Trennung zusetzt. Natürlich hat sie sich, in dem ein oder anderen schwachen Moment, ausgemalt, wie es wäre, mit ihm, Bu, eine richtige Beziehung anzufangen. Sie ist jetzt Mitte dreißig und über lose Verhältnisse, sexuelle Abenteuer und kurze Affären bisher nie hinausgekommen. Was in erster Linie mit ihrem Beruf zusammenhängt. Der Wunsch nach einer festen Partnerschaft, nach Liebe, Nähe, Zusammensein und Vertrauen wird größer mit jedem Jahr, das sie älter wird. Auch das Thema Kinder, lange erfolgreich verdrängt, schiebt sich immer mehr in ihr Blickfeld. Natürlich macht ihr der Job Spaß. Aber ständig mit falschen Identitäten richtigen Terroristen hinterherzujagen, ist ihr nicht mehr genug. Sie weiß mittlerweile, dass das Leben mehr zu bieten hat. Mehr als die Erfüllung im Job. Die Anerkennung der Kolleginnen. Das ist nur die eine Seite des Lebens. Von der anderen war sie bis jetzt ausgeschlossen: Mann, Ehe, Familie, Kinder, Einfamilienhaus, Urlaub. Sie weiß, dass das spießig klingt, aber selbst wenn sie sich das jahrelang nicht eingestehen wollte, es ist auch verlockend, würde Sicherheit, Zuversicht schaffen und Ruhe in ihr Leben bringen.

Ruhe?, würde jetzt Krusenberg verächtlich sagen, Mensch Luisa, Ruhe ist doch nichts für eine Frau wie dich, du brauchst doch Action. Was klingt, als hätte er zu viel James Bond geguckt.

Vielleicht sollte ich Krusenberg beichten, denkt Luisa, dass Bu in die Ermittlungen eingeweiht ist. Von ihr. Aus beschissener Sentimentalität. Krusenberg würde wissen, was zu tun ist. Krusenberg weiß immer, was zu tun ist. Was ihre Abhängigkeit ihm gegenüber allerdings noch vergrößern würde.

Scheiße.

Sie will ein paar Nächte darüber schlafen und sich dann entscheiden.

FLORIAN DIETRICHS

Dieses Mal ruft Bu ihn an. Und er ist nicht wenig überrascht.

Na, du brauchst mich, was?

Wie weißt du das?

Du rufst mich doch nur an, wenn du mich brauchst, das war schon immer so.

Ja, stimmt, darin unterscheiden wir uns. Aber ich finde, wenn das klar ist, muss man sich auch nichts vormachen.

Romantiker!

Hör zu. Lass uns treffen, ich habe was für dich.

Hört sich gut an.

In einer Stunde im Roses in der Oranienstraße.

Okay.

Bevor beide dann in der kleinen Bar aus Plüsch und Kitsch abstürzen, erzählt Bu Dietrichs, was ihm im Zuge seiner Ermittlungen alles widerfahren ist, von Luisa Verhaag, Checker und der Wohnung in Lichtenberg. Bis sich herausstellt, dass Dietrichs das alles längst weiß. Er hat nicht nur den Rechtsextremismus und die Geheimdienste seit langer Zeit auf seiner Liste, sondern ist auch dem Islamismus auf der Spur.

Und dann erzählt Dietrichs von Krusenberg, Habibi, Raimund, Checker, während beide mächtig Gin Tonic in sich hineinschütten. Er ist überzeugt, dass etwas in der Luft liegt.

Und wann erscheint die nächste Story?, fragt Bu.

Bald. Sehr bald.

Und dann?

Dann setz ich mich ab, sagt Dietrichs. Vielleicht ins Kloster. Wie sieht es da eigentlich mit der Homophilie aus? Ist es so, wie man hört?

Besser.

Beide lachen und trinken bis in die frühen Morgenstunden weiter.

Als die Sonne bereits aufgeht, torkeln sie eingehakt über den Heinrichplatz und brüllen, Fick den Verfassungsschutz, in den frischen, warmen Morgen.

CHECKER

Er fühlt sich unwohl, angeschlagen, benutzt. Will aussteigen. Und merkt, es gibt keinen Weg zurück. Er weiß, dass er es dem BKA, dem Verfassungsschutz zu verdanken hat, dass er wieder auf freiem Fuß ist. Er weiß aber auch, dass diese Freiheit schnell zu Ende sein wird, wenn sie ihn nicht mehr brauchen oder wenn er für sie nichts mehr tun kann. Es ist ein Scheißspiel, auf das er sich niemals hätte einlassen sollen.

Ich Idiot, ich verdammter Idiot!

Wie ein schlechtes Omen klingelt in diesem Augenblick sein Verfassungsschutz-Handy. Er hat keine Lust ranzugehen. Er will mit den Arschlöchern nichts mehr zu tun haben.

Gleichzeitig weiß er, dass er aus der Nummer nicht so schnell wieder rauskommt.

Ja?

Lust zu joggen?

Hä? Was soll das?

Checker ist irritiert. Es ist eine Frauenstimme und nicht die gewohnte von Raimund, seinem Kontaktmann vom BfV.

Ob du Lust zum Joggen hast, will ich wissen.

Wer will das wissen?

Ich! Eine kurze Pause entsteht. Dann, Nenn mich Veronika. Ich bin ab jetzt für dich zuständig.

Veronika, denkt Checker, oh Gott, was für ein beschissener Name, und fragt, Wo ist Raimund?

Vergiss Raimund. Es hat sich einiges verändert, Checker. Jetzt bin ich deine Ansprechpartnerin, verstanden?!

Wieder entsteht eine Pause.

Checker?!, kommt fordernd aus dem Hörer.

Ja.

Also, hast du Lust zu joggen?

Nee.

Egal, wir treffen uns am Samstag um 15 Uhr im Treptower Park am Sowjetischen Ehrenmal. Das kennst du doch, oder?

Keine Antwort.

Sei pünktlich, verstanden?! Und vergiss deine Joggingklamotten nicht.

Ich habe keine.

Dann besorg dir welche, Mann.

Wie erkenne ich dich?

Ach, Checker, stell dich nicht blöder, als du bist. Wenn ich joggen sage, meine ich joggen. Ich werde dich in Joggingklamotten empfangen. Ganz sportlich. Ende.

Sie legt einfach auf.

Schlampe, flucht er ins Handy und weiß, dass das alles nichts Gutes bedeutet.

GROPIUSSTADT, NEUKÖLLN

Ein Ghetto. Fast zwanzigtausend Sozialwohnungen auf einem Haufen. In den 60er- und 70er-Jahren im Auftrag der städtischen Wohnungsbaugesellschaften mit großen Versprechungen entstanden, am Reisbrett, am grünen Tisch entworfen nach der Direktive, Elemente des herkömmlichen Stadtlebens mit den modernen Methoden des Städtebaus zu verknüpfen, ist es zum sozialen Brennpunkt verkommen, mit dunklen Ecken voller Angsträume, hoher Mieterfluktuation, vermindertem sozialem Leben, erhöhten sozialen Problemen und dem Verlust von Urbanität. Ein weiteres Beispiel, wie eine im Prinzip gut klingende Idee an die Wand gefahren wird. Und mit ihr die Menschen, die dort leben. Ein Leben, aus dem der eine oder andere einen Ausgang sucht, einen Ausweg findet in der Kriminalität, im Drogenhandel. Wie Checker und Konsorten. Auf legale Art diesem Sumpf, in den man hineingeboren wird, zu entkommen, scheint aussichtslos. Einmal am Arsch, immer am Arsch. Oder du wischst dir selbigen mit einer Portion Mut, Entschlossenheit und Furchtlosigkeit ab, weil du weißt, dass du nichts zu verlieren hast. Gar nichts.

BU

Als Bu ins Hotel in Lichtenberg zurückkommt, merkt er, dass Luisa verschwunden ist. Ihm fällt auf, dass er gar keine Telefonnummer von ihr hat. Natürlich gäbe es auch andere Wege, mit ihr in Verbindung zu treten.

Aber warum?, fragt er sich. Warum soll er ihr hinterherlaufen, wenn sie beschließt wegzurennen. Sicher hat sie Gründe. Er weiß auch, was das für Gründe sind. Wer in dieser Organisation arbeitet, wer sein Leben in den Dienst dieses verfassungsschützenden Organs stellt, der ist fürs normale Leben verloren. Der hat unwidersprochen alles den Aufgaben, die von ihm verlangt werden, unterzuordnen. Und wird dabei mit großer Macht und uneingeschränkten Befugnissen, außerhalb des Rechtssystems des Staates, den er schützen soll, ausgestattet.

Da verliert man schon mal den Überblick, denkt Bu, über das, was außerhalb dieser geschlossenen Welt vor sich geht. Man bewegt sich im hermetisch abgezirkelten Kreis. Er weiß es, weil er selbst mal die Nase in diesen Kreis hineingesteckt und sich einen blutigen Zinken geholt hat.

An diese blutige Nase erinnert er sich jetzt wieder und daran, wie der Verfassungsschutz in solchen Fällen operiert. Wenn Luisa ihnen erzählt, was sie mir alles erzählt hat, denkt Bu, dann wird es brenzlig. Für sie. Und vor allem für mich.

Mit den Schlapphüten ist nicht zu spaßen.

Phem berichtet ihm, dass Luisa ausgecheckt habe. Dass statt ihrer ein Mann das Zimmer bezogen habe. Sie sagt auch, dass das Bett in der letzten Zeit von Luisas Anwesenheit benutzt worden sei.

Ich weiß.

Ob es da einen Zusammenhang gibt?, fragt sie.

Einen Zusammenhang?

Ja, zwischen Auszug und Bettbenutzung.

Bist du bei der Polizei oder ich?

Sie lächelt. Ein schönes Lächeln, denkt Bu, erschöpft und müde.

Ich könnte dich massieren, wenn du willst.

Sie zwinkert ihm zu.

Nee, lass mal.

HABIBI

Er vertraut ihm nicht. Irgendetwas stimmt mit Checker nicht. Er hat sich verändert, wirkt fahrig, unkonzentriert, als ob ihn etwas Schwerwiegendes belaste. In letzter Zeit vertraut Habibi niemandem mehr. Überall vermutet er Verräterinnen, Gegnerinnen, sieht Fallen. Je näher er dem Anschlag kommt, je mehr der Druck steigt, umso aufgeregter wird er. Das ist nicht gut, denkt er, das ist überhaupt nicht gut. Wer aufgeregt ist, macht Fehler. Wer Fehler macht, gefährdet das Ziel.

Chill mal, sagen die anderen, denen Habibis Angespanntheit nicht verborgen bleibt.

Er besorgt sich bei Checker ein paar chemische Drogen, um ein wenig runterzukommen. Die Drogen wirken. Er kann abschalten, für Momente, und sich danach wieder auf das Wesentliche konzentrieren.

BU

Es ist wieder so ein Abend wie viele, seit er hier ist, der mit Anlauf da endet, wo es weh tut. Womöglich ist es auch der stetig zunehmende Ermittlungsdruck, mit dem Bu nicht mehr umzugehen weiß. Auch die permanent spürbare Erfolglosigkeit bei der Aufklärung der Kriminalfälle scheint nicht nur Mechthild, sondern auch ihm zuzusetzen. Hinzu kommen die Abhängigkeit von Alkohol, Drogen und Sex, die ihn längst wieder im Griff hat, sowie der manische Drang, sich verausgaben zu müssen. Mir, der Stadt, der er früher schon verfallen war, mir, die ich ihn damals schon mit meiner Präsenz und meinen Verlockungen beinahe um den Verstand gebracht habe, mir scheint er sich nun abermals und beinahe willenlos auszuliefern. Diese teuflische Mischung aus Druck, Abhängigkeiten und meinem flirrenden Sound lockt ihn immer wieder in den nächtlichen Abgrund. Nicht nur an den Wochenenden. Dieses Mal ist er im Kater Blau gestrandet. Offiziell ist er dem Mord an den Drogendealern vom Westhafen und dem vom Görlitzer Park auf der Spur. Was dienstlich unter kriminalistischer Recherche läuft, sieht für andere so aus, als gäbe sich Bu unter Zuhilfenahme von Ecstasy und Gin Tonic dem unkontrollierten Rausch hin. Und in diesem Rausch taucht ein Gesicht auf, das er auf dem Videomaterial von Luisa Verhaag gesehen hat. Einer von Checkers Männern, der, wie es scheint, hier offenbar seiner Arbeit nachgeht und Drogen, vor allem Amphetamine, Opioide und Narkotika, verkauft: Ecstasy, MDMA, Chrytal Meth, Ketamin, Kokain, LSD-Pillen und das ganze Zeug. Bu kauft sich für einen Zehner ein paar MDMA-Kristalle und versucht den Typ dabei in ein Gespräch zu verwickeln, was nicht gerade gut gelingt. Der Typ gibt sich wortkarg und tut so, als könne er nicht zwei und zwei zusammenzählen. Als er etwas später auf dem Klo verschwindet, folgt ihm Bu. Nun lässt er die verschlüsselten Worte weniger verschlüsselt klingen, packt ihn am Kragen und nimmt ihn in der Toilettenkabine in den Schwitzkasten.

Hör mal zu, du kleine Kanaille, sag deinem Boss, er soll sich bloß nicht zu sicher fühlen.

Die kleine Kanaille sieht aus, als könne sie nicht nur nicht zwei und zwei zusammenzählen, sondern hätte generell eine kaum zu behebende Rechenschwäche.

Sag Checker, ich werde weiterhin ein Auge auf ihn haben und ihm bei der nächsten Gelegenheit den Arsch aufreißen. Und mit ihm allen anderen auch, verstanden? Auch dir, du kleine stinkende Ratte. Er lässt ihn los, verpasst ihm noch ein paar Arschritte und gibt ihm, Und jetzt verschwinde von hier, du Wichser, mit auf den Weg.

Er tanzt, er flirtet, er trinkt. Er sieht im bunten Licht der Scheinwerfer Szenen wie verunglückte Scherenschnitte aus seinem Leben aufflackern, die ihm wenig bis gar nichts sagen. Die unangenehme Empfindungen in ihm zurücklassen, die ihn sich hilflos und benommen fühlen lassen. Um den Fußabdruck der Vergangenheit in seinem Hirn möglichst klein zu halten, wirft er sich erneut ein paar Kristalle ein und spült mit Gin Tonic nach. Gesichter lächeln ihm zu, Menschen sprechen zu ihm, Stimmen hören sich bekannt an, Physiognomien stellen sich vor, wie aus einem Fotoalbum, auf dessen Cover *Erloschene Lieben* steht, umrandet von gemalten welk aussehenden Blumen, in diesem Fall Vergissmeinnicht.

Bu?

Eine Stimme, mit der er im Duett die Himmelsleiter von Oktave zu Oktave nach oben klettern und von ganz oben, Hand in Hand, wieder herunterspringen möchte. Ein Gesicht, in das er wie in eine Regenpfütze einzutauchen gedenkt. Untertauchen, wegtauchen, davonschwimmen, denkt er, oder vielmehr materialisieren sich seine Gedanken, als er die Frau sieht, die jetzt auf ihn wie auf eine Warze einredet, die ihn anscheinend kennt, umarmt, küsst.

Wer ist das?, denkt er, wer ist diese Frau, dieses Gesicht, diese bunte Blüte, die so gut duftet und strahlt. Er kommt nicht drauf.

Ich bin Greta, sagt sie immer wieder, als wäre Greta ein Mantra und mit ihm der Eintritt in eine ganz andere, neue Welt möglich. Greta, mit der er, Jahre ist es schon her, für kurze Zeit, wenn man ihr Glauben schenken darf, ein Verhältnis hatte.

Greta. Er spricht das Wort immer wieder aus und vor sich hin und kaut darauf herum, als wäre es kein Mantra, sondern ein süßes Lutschbonbon. Solange bis von ihm eine euphorisierende Wirkung ausgeht, die Bu veranlasst, Greta auch zu umarmen und zu küssen.

Mit Greta feiert er bis in die frühen Morgenstunden hinein, während die Erinnerungen allmählich zurückkehren und er die Gegenwart dabei vergisst.

Als er gegen Mittag in einem fremden Bett mit roten Striemen auf Bauch und Armen aufwacht, ist Greta verschwunden, und er fühlt sich, als sei er sich wieder etwas mehr abhandengekommen.

Der Sommer ist fast zu Ende. Das Astronomie-Ereignis des Jahres, die Mondfinsternis, der Blutmond, war kurz da und ist längst wieder verschwunden. Man konnte ihn von mir aus, weil wolkenfrei, gut sehen. Er erschien dann aber doch nicht so spektakulär, wie es den Menschen zuvor von den Medien eingeredet worden war. Erst in hundertfünf Jahren kehrt der Blutmond zurück. Meinetwegen.

Die Schweinehitze ist ebenfalls vorbei.

Bu's Verfall ist inzwischen, nach zwei Monaten hier bei mir in der Stadt, unübersehbar. Er kämpft. Er kämpft mit sich, den Drogen, der Abhängigkeit, dem Hang zu sexuellen Ausschweifungen, der Sucht. Und mit mir, der Stadt. Er weiß, je länger er bei mir bleibt, umso mehr wird er einbüßen. Stück für Stück setzt er alles aufs Spiel, um es zu verlieren. Ist er zu lange hier, sogar sich selbst.

BRINGFRIED

Er hat Angst. Psychiaterinnen würden das vielleicht generalisierte Angststörung nennen. Aber Psychiaterinnen sind in seinem Fall nicht gefragt. Die Angst bleibt.

Vor mir. Und den anderen. Vor allen. Und allem.

Er hat Angst vor Ausländerinnen. Vor den vielen Flüchtlingen, die mich, die Stadt, in seinen Augen überschwemmen und überfluten. Er fürchtet sich vor ihren schwarzen Augen. Der dunklen Haut. Den Bärten. Den schwarzen Haaren. Wobei er kaum welche kennt: Ausländerinnen, Flüchtlinge, Fremde. Was er in den Boulevardzeitungen liest, reicht ihm. Überzeugt ihn. Was die Politikerinnen vor allem der konservativen Parteien verkünden, reicht aus, seine Angst wachsen zu lassen. Auch die Angst vor dem Fremden, dem Unbekannten in ihm selbst. Die in einer verborgenen, dunklen Ecke kauert wie ein verletztes Tier und wartet. Solange wartet, bis sie im richtigen Moment aus der Deckung kommt und zuschlägt. Sein Rassismus, seine Angst vor Fremden, ist auch seine Angst vor dem Fremden in ihm selbst.

Jetzt, nach vier Morden, fühlt er sich stärker, kräftiger und auch ein Stück weit euphorisiert. Sein grauer eintöniger Alltag, dominiert von der bettlägerigen, despotischen Mutter, hat ein Gegengewicht erhalten. Eines, das sein Leben, wie er findet, wieder lebenswerter macht. Das Leben ist, wie nach einer langen beschwerlichen Reise, endlich wieder zu ihm zurückgekehrt. Und er ist ein Teil von ihm.

Der abgetrennte Penis, in einem Einmachglas mit Schraubverschluss in achtzigprozentigem Alkohol eingelegt, gibt ihm Kraft.

Er weiß, dass er die Angst nur bekämpfen kann, wenn er sich ihr stellt. Wenn er sie bezwingt. Wenn er sich mit den Ausländerinnen, den Flüchtlingen, den Fremden konfrontiert und ihnen die Stirn bietet. Wenn er einen von ihnen, stellvertretend für viele, für alle, erledigt. Allein der Gedanke daran beschwingt und erregt ihn. Alles dreht sich nur noch darum: Wann, wo, wie?

Ungeahnte Energie erfüllt ihn. Er plant, entwirft, bereitet sich vor und dann, dann zieht er los.

ICH, DIE STADT, UND ALLES ANDERE

HERBST

Es ist um Mitternacht herum. Es ist für diese Jahreszeit zu kalt, windig und leicht regnerisch. Dennoch stehen sich in einem bestimmten Teil des Großen Tiergartens, dieses über zwei Quadratkilometer großen Parks mitten in mir, der Stadt, zwischen Hansaviertel und der Straße des 17. Juni, meist junge Männer in engen Jeans die Beine in den Bauch und warten auf Freier. Die, man will es kaum glauben, trotz der Arschkälte kommen. Die Gier nach schnellem, billigem Sex scheint keine Temperaturen zu kennen. Es ist in diesem Teil des Parks sehr dunkel, ein leichter Wind weht von der Kirche herüber, die Bäume bieten Schutz vor neugierigen Blicken, vor der Polizei, den hier vereinzelt kampierenden Obdachlosen, den rivalisierenden Drogenbanden. Nicht weit von der Kaiser-Friedrich-Gedächtniskirche entfernt lungern auf den verstreuten Parkbänken junge Männer aus dem Nahen Osten, dem Irak, Iran, Pakistan oder Afghanistan herum, rauchen, trinken warmes Bier aus Dosen und sind bereit, sich für wenig Geld, manchmal sind es nur zehn oder zwanzig Euro, zu prostituieren.

YOUSSEF

Stricher wie Youssef zum Beispiel, der Anfang zwanzig ist, aus Afghanistan stammt, aber bis vor zwei Jahren noch in Teheran gelebt hat. Im Iran war der junge Afghane illegal und wie alle illegalen Afghanen bei den Einheimischen nicht gern gesehen. Was Iranerinnen und Afghaninnen verbindet, ist einzig die Sprache. Sonst haben sie nicht viel miteinander gemein. Schon sein Vater hat vor langer Zeit seine Heimat Afghanistan verlassen, um im Iran mit illegaler Arbeit seine Familie und Verwandten zu ernähren. Youssef will es ihm nachmachen und wird darin von seiner Familie bestärkt. So bricht er nach Europa auf, um dort das zu finden, was er im Iran, geschweige denn in Afghanistan nicht zu finden glaubt. Youssef lässt sich von Schleppern auf einem kleinen Boot in einer lebensgefährlichen Fahrt übers Mittelmeer bringen, gelangt anschließend zu Fuß von Italien nach Österreich und schafft es schließlich bis hierher nach Deutschland. Das in seinen Augen gelobte Land stellt sich bald als wenig lobenswert dar. Seine Erwartungen werden von der Realität geschliffen. Er wohnt in der Flüchtlingsunterkunft im alten Flughafen Tempelhof, langweilt sich meistens, macht Deutschkurse und hat mittlerweile eine Aufenthaltserlaubnis. Seiner Familie im Iran erzählt er nur in den buntesten Farben von seiner neuen Heimat. Er berichtet in den wöchentlichen Telefonaten davon, dass er in einem Restaurant arbeite und alles gut sei. Was keineswegs stimmt. Nichts ist gut. Sein Geld verdient er nicht mit dem Servieren von Getränken oder Speisen, sondern mit seinem Körper, in erster Linie, um seine Drogensucht, die er aus dem Iran mitgebracht hat, zu finanzieren. Heroin. Er streut es auf eine Alufolie, erhitzt es mit einem Feuerzeug und inhaliert den Rauch. Nach ein paar Zügen fühlt er sich gut, besser und ist bereit.

Auch Bringfried hat sich auf den Weg gemacht. Er ist gut vorbereitet. Aber auch aufgeregt. Er kann es kaum erwarten, nach den vielen Wochen wieder zur Tat zu schreiten. Er steigt am U-Bahnhof Hansaplatz aus, geht mit schnellen Schritten, als hätte er es besonders eilig, die Klopstockstraße entlang, biegt in die Händelallee ab und kommt schwitzend und ein wenig erschöpft an der evangelischen Kirche an, wo er in den Park wie in ein fremdes Land eindringt. Der Große Tiergarten ist dunkel. Ab und an sind Geräusche zu hören. Schritte, ein Zischeln, ein paar Vögel, die zwitschern, gedämpfte Stimmen. Er sieht junge Männer, kaum erwachsen, drei in einer Gruppe, an einer Parkbank auf- und abgehen oder wie unruhige Fohlen auf der Stelle treten. Einer von ihnen spricht ihn in gebrochenem Deutsch an. Bringfried winkt ab, geht schnell weiter, ist aufgewühlt, aber seltsamerweise gar nicht ängstlich. Der junge Mann ruft ihm etwas hinterher, was er nicht versteht, er denkt Scheiß-Nutte und schaut nicht zurück. Nicht viel weiter und außer Sichtweite der drei sieht er einen einzelnen Mann auf einer Parkbank sitzen. Es ist Youssef, der gerade sein Heroin inhaliert hat und den Fetzen Alufolie hinter die Bank wirft. Bringfried bleibt neben ihm stehen und weiß in diesem Augenblick: Der ist es. Mit ihm selbst scheint auch die Zeit stehen zu bleiben. Ab jetzt läuft alles wie in Zeitlupe ab, verlangsamt und abgedämpft, als wäre die Welt in Watte gepackt. Gleichzeitig verdichtet und konzentriert sich alles wie durch ein Brennglas betrachtet. Er ist ganz bei Youssef, sieht sein Gesicht, seine Augen, dunkel, blinzelnd, seine weißen Zähne, die, so kommt es ihm vor, fast leuchten, betrachtet seinen Mund, der sich öffnet und schließt, immer wieder öffnet und schließt. Bringfried lässt sich fallen, lässt sich auffangen von der Situation, von Youssef, von der Situation mit Youssef und blendet alles andere um sich herum aus. Die Kälte, den leichten Regen, die Geräusche, die Gefahr, die Angst, alles. Youssef redet leise, aber bestimmt auf ihn ein. Bringfried kann die Worte nicht verstehen, sieht nur den Mund, diesen schönen Mund mit den weißen Zähnen, der auf- und zugeht, hört nur ein Summen, ein Zwitschern, das ihn fortzutragen droht. Er greift in die Tasche und hält Youssef einen Geldschein hin, worauf der Mund sich schließt, die Stimme versiegt. Youssef steckt den Schein ein, zieht Bringfried weg von der Parkbank und hinein ins Gebüsch, wo es noch dunkler ist. Es riecht nach Erde, nach Gras, auch ein wenig nach Hundescheiße, kommt es Bringfried vor, und nach Schweiß, nach dem warmen Schweiß dieses jungen Mannes vor ihm, der jetzt Bringfrieds Hose öffnen will. Bringfried hält ihn davon ab, sagt, Ich, wie man sagt, Ab jetzt bestimme ich, und öffnet Youssefs Hose.

Die Jeans bis zu den Fesseln heruntergezogen steht Youssef breitbeinig vor Bringfried, der nun auf die Knie sinkt und sein Glied mit der linken Hand masturbiert. Leises Stöhnen dringt in den Tiergarten, hoch unter die Baumwipfel, wo die Vögel mit dem Schlaf kämpfen; vereinzelt zwitschert einer noch müde. Youssef schließt die Augen. Bilder fluten seinen Kopf, die ihn weit von hier forttragen, nach Teheran zu Maryam, die er noch immer glaubt zu lieben, mit der er aber nie über die ersten ungeschickten Küsse hinausgekommen ist. Dennoch ist das die Frau, für die es sich lohnen würde, ein neues Leben jenseits von Drogen und Prostitution zu beginnen, denkt er, das Gesicht mit geschlossenen Augen in Richtung Baumwipfel zu den schlafenden Vögeln hinauf gewendet. Das ist die Frau, die er gerne irgendwann, nach Möglichkeit bald, hierher holen möchte, um mit ihr eine Familie zu gründen, Kinder zu zeugen, eine Zukunft zu haben. Er denkt an ihren Mund, ihre samtene Haut, ihre kleinen festen Brüste ...

Als Youssef kurz vor der Ejakulation steht, greift Bringfried in seine Jackentasche, zieht im Schutz der Dunkelheit das lange Küchenmesser heraus und sticht zu. Das Stöhnen wird zum Schrei. Die Vögel in der Baumkrone werden aus dem leichten Schlaf gerissen und fliegen auf. Youssef sinkt zu Boden, während Bringfried erneut mehrmals, so kräftig er kann, zustößt, bis kein Mucks mehr aus dem schönen Mund dringt und die weißen Zähne sich rot färben. Dann steht Bringfried auf, während Youssef blutüberströmt und tot auf der Erde liegen bleibt. Bringfried packt das Messer zurück in die Jackentasche und geht langsam, fast schlendernd, als hätte er alle Zeit der Welt, davon. Die Vögel im Baumwipfel sind wieder zurück und kämpfen erneut mit dem Schlaf.

MECHTHILD

Es ist das erste Mal seit wirklich sehr, sehr langer Zeit, dass ich einem Menschen so dermaßen verfallen bin. Ich weiß nicht, ob das der richtige Ausdruck ist, aber es fühlt sich zumindest so an.

Mechthild sitzt wieder im Sessel ihrer Therapeutin gegenüber und wirkt sichtlich aufgelöst.

Seit dem Spätsommer haben wir ein Verhältnis. Eines, das geheim ist, von dem niemand weiß. In dem kein Wort gesprochen wird und das in einem geschützten Raum, einem Hotelzimmer stattfindet.

Was findet da statt?, will die Therapeutin wissen.

Mechthild zögert. Es ist ihr anzusehen, dass sie sich geniert, dass sie nicht weiß, wie sie es in Worte fassen soll. Die Therapeutin hilft ihr. Sie können es mir ruhig sagen. Oder besser, Sie können es sich selbst sagen. Indem Sie es benennen, indem Sie es aussprechen, wird es noch greifbarer für Sie.

Mechthild denkt nach und sagt, offenbar von den Worten der Therapeutin motiviert, Nähe, Intimität, Sex. Wir schlafen miteinander, manchmal über Stunden hinweg, immer wieder bis zur totalen Erschöpfung.

Schön.

Wie die Therapeutin das sagt, klingt es fast ein bisschen neidisch.

Ja, es ist schön, und es tut mir gut, es tut mir so unglaublich gut.

Die Therapeutin nickt aufmunternd und bedeutet ihr weiterzusprechen.

Es ist eine körperliche Nähe. Eine, die es mir erlaubt, mich in ihr zu verlieren, in ihr aufzugehen. Gleichzeitig merke ich aber auch, wie mich aus diesem Raum, aus dieser beschützen Zone heraus, die Verbindung zu dieser Frau bis in den Alltag hinein beeinflusst, in das Leben außerhalb dieses Hotelzimmers, in die Normalität. Ich spüre neben der Obsession, dem Verlangen nach Befriedigung, auch eine Abhängigkeit.

Sie meinen, sie hat Sie in gewisser Weise auch in der Hand?

Die Therapeutin formuliert es vorsichtig, dennoch erschrickt Mechthild ein wenig.

Ich weiß nicht, ob man das so nennen kann. Aber ja, Sie haben Recht, ich glaube tatsächlich mittlerweile, ohne sie nicht mehr sein zu können.

Mechthild atmet tief durch, schnaubt in eines der auf dem Tischchen neben dem Sessel bereitliegenden Kosmetiktücher und sagt, Ich merke, dass es mir schwerfällt, darüber zu sprechen.

Das ist ganz normal. Aber Sie müssen hier keine Hemmungen haben, Sie müssen sich hier nicht zurücknehmen. Auch das hier ist ein geschützter Raum.

Gut. Das ist gut.

Sie schnaubt noch einmal.

Und was ist mit diesem Bu?

Was soll mit ihm sein?

Ich hatte das Gefühl, dass Sie sich auch zu ihm hingezogen fühlen.

Noch ehe Mechthild antworten kann, klingelt das Mobiltelefon in ihrer Tasche neben dem Sessel.

Wieder erschrickt Mechthild, während die Therapeutin eher verärgert aussieht.

Entschuldigen Sie, aber ich muss leider rangehen. Jemand wie ich ist bedauerlicherweise immer im Dienst.

Die Therapeutin nickt.

Mechthild hört beinahe eine halbe Minute schweigend zu und sagt dann, Scheiße. Verdammte Scheiße.

Dann legt sie auf.

BU

Es ist nicht gerade eine vorteilhafte Position, in der er sich befindet. Er ist nackt, gefesselt, mit Schnüren verknotet und hängt knapp über dem Boden an einem Seil, das mit einem Karabinerhaken an der Decke befestigt ist. Und das alles freiwillig. Es erinnert eindeutig an sado-masochistische Praktiken. Oder besser an Bondage. Aber nicht die von Laien, sondern die von ausgewiesenen Profis. Während Bu so kunstvoll verschnürt von der Decke hängt wie ein Schwarzwälder Schinken in der Räucherkammer, schießen ihm eigenartige Gedanken durch den Kopf. Nicht Geilheit oder Erregung, die ihn erst in diese unzweckmäßige und nicht alltägliche Position gebracht haben, dominieren jetzt sein Hirn, sondern die Frage, ob diese Art Symbol der Unterdrückung und Machtdominanz nicht nur für Intensität, Zärtlichkeit, Vertrauen und Hingabe steht wie im Fall von Bondage, sondern neuerdings auch für eine Art Missbrauch, der in Zeiten von #metoo in aller Munde ist. Als er sich auf diesen gedanklichen Abwegen ganz zu verlieren droht, schneiden ihm die Seile, die das zu spüren scheinen, noch stärker ins Fleisch. Er verliert die Gedanken wie die Hoffnung auf dem Weg in den Tod, lässt sich in seine körperliche Passivität fallen, liefert sich aus, kommt zur Ruhe und konzentriert sich einzig auf den Schmerz, der zunimmt und in seinem zentralen Nervensystem Hormone im Überfluss ausschüttet, die ihn wiederum in einen Zustand versetzen, der auch mit zunehmender Lust, Erregung und der Vorfreude auf Befriedigung einhergeht. Greta, die für dieses japanische Bondage-Kunstwerk verantwortlich ist, steht neben dem verschnürten Bu, ebenfalls nackt, und scheint auch ohne verknotete Seile um den Körper Lust und Vorfreude zu empfinden. Sie schaukelt den von der Decke baumelnden Bu, als wäre er ein Baby in der Wiege, vor und zurück, während sie sich über ihn beugt und ihren nackten, durchtrainierten Körper an seinem reibt, dabei immer wieder mit ihren spitzen Brüsten seinen zwar noch etwas schlaffen, aber mit jeder Berührung härter werdenden Schwanz stimuliert. Schmerz und Erregung nähern sich an, vereinen sich schließlich und lassen den jetzt um sich selbst kreisenden Bu fliegen. Einen Meter über dem Boden hebt er in Regionen ab, die sein zentrales Nervensystem für ihn bereitwillig öffnet, sodass er darin fast bis zur Besinnungslosigkeit herumzugleiten vermag. Bevor er in das Gefühl grenzenloser Freiheit eintauchen kann, bohrt sich ein ätzender Klingelton in seine Sinne. Es ist das Handy in der Tasche seiner Hose, das nach Aufmerksamkeit schreit. Als es keinerlei Anstalten macht aufzugeben, nimmt Greta schließlich, ziemlich verärgert, weil die Bondage-Performance damit am Arsch ist, den Anruf entgegen.

COMENIUS-GARTEN, NEUKÖLLN

Auch das ist ein unfassbares Kleinod. Mitten in Neukölln, im Böhmischen Dorf, nahe dem Richardplatz. Teich, Wasserbecken, Wiesen, Beete, Bäume, Sträucher, Hecken, eine Allee, eine Laube. Dazu Rosensträucher, Beeren, Wild- und Heilkräuter und sogar Gemüse. Zur vielfältigen Vegetation kommt noch eine ebensolche Fauna hinzu, die aus Insekten, Bienen, Vögeln, Libellen und sogar Molchen besteht. Zusammengenommen ergibt das eine Oase aus Grün, als wäre man nicht mitten in mir, der abgefuckten Großstadt, sondern auf dem Land, wo die Welt noch in Ordnung zu sein scheint, in der Uckermark oder in Mecklenburg – wenn da nur nicht so viele Neonazis wären. Ein alter Mann mit weißem Bart wacht über diesen schmucken Garten, meist griesgrämig dreinblickend, als sähe er Menschen hier weniger gern als Tiere und Pflanzen. Was auch verständlich ist. Wenn die Sonne scheint, sind vor allem junge Mütter mit ihren Kleinkindern zu sehen, viele mit migrantischem Hintergrund, auch Kopftuchträgerinnen sind häufig darunter. Aber auch gut situierte Hipster-Mütter, denen der Prenzlauer Berg offenbar zu teuer geworden ist, sitzen auf Tüchern leichtbekleidet mit ihren noch von der Schwangerschaft gezeichneten Bäuchen auf dem Rasen, während ihre Nachkommenschaft im Kinderwagen ganz Neukölln zusammenbrüllt. Drogendealerinnen gibt es hier in der Regel nicht, darauf achtet schon der bärtige Mann. Obgleich auch Checker den Garten als ideal für seine Drogengeschäfte ausgespäht hat. Viele Büsche, keine Bullen, ein Ambiente, das über jeden kriminellen Verdacht erhaben ist. Dazu die vielen Migrantinnen, unter denen ein Libanese wie Checker nicht auffällt. Hier könnten größere Drogenübergaben unbeobachtet stattfinden, denkt er. Wäre da nicht dieser bärtige Mann, in dessen grimmigem Blick sich längt so eine Ahnung eingenistet zu haben scheint. Weshalb er, ähnlich der bronzenen Comenius-Statue am Rand dieser grünen Fläche, anscheinend immer im Garten an seinem Holztischchen sitzt. Wenn er nicht gerade wie ein Ein-Mann-Spähtrupp durch die fast eineinhalb Hektar patrouilliert.

KATRIN ZUR MÜHLEN

Auch sie wirkt durch ihre überraschende Zuneigung zu Mechthild verändert. Sie kann es selbst nur schwer einschätzen, was das Verhältnis zur Hauptkommissarin, das sich vom bloßen Begehren zu einer geheimen sexuellen Beziehung entwickelt hat, mit ihr macht. Sie hat keine Therapeutin wie Mechthild, mit der sie darüber sprechen könnte. Auch sonst ist da niemand, dem sie diese intimsten Überlegungen anvertraut. Sie merkt, wie ihre Gedanken unaufhörlich und zunehmend um Mechthild kreisen, sie einnehmen, leiten, führen und auf angenehme Weise, als wäre es ein warmer Sommerregen, umhüllen. Sie will ihr nahe sein, und nicht nur in diesem Hotelzimmer im Estrel, wo alles schon fast irreal wirkt, sondern auch im Alltag und im Dienst. Sie wünscht sich, dass das auf die sexuelle Begegnung reduzierte Verhältnis endlich in eine richtige Beziehung übergeht. Obschon sie davor auch ein wenig Angst hat. Vorerst erweckt sie in Gegenwart anderer, vor allem Bu's, den Anschein, dass in ihrem Verhältnis zur Kriminalhauptkommissarin nichts als beruflicher Pragmatismus herrscht, was sie Mechthild gegenüber unerreichbar und kühl wirken lässt. Manchmal, in unbeobachteten Momenten, sucht sie aber doch eine wie zufällige Berührung, die sie dann geradezu elektrisiert und ihr für Augenblicke die Konzentration auf die Arbeit, die anstrengenden Fälle raubt. Einmal scheint es auch Bu aufzufallen, als er amüsiert lächelnd sagt, Na, ist die Kriminalpsychologin heute nicht ganz bei der Sache?

Woraufhin ihn Mechthild ermahnt, sich zusammenzureißen und die Spielchen, wie sie sich ausdrückt, sein zu lassen.

Als Katrin und Bu nicht viel später auf dem Hof zusammen eine rauchen, fragt er sie wie nebenbei und scheinbar absichtslos, ob sie eigentlich verheiratet sei. Sie merkt, wie die Frage sie verunsichert, versucht aber betont nüchtern zu reagieren.

Wie kommen Sie darauf?

Eine Frau wie Sie ist bestimmt in festen Händen.

Sie lacht, irritiert, aber auch berührt ob des Kompliments.

Sie meinen, da lohnt es nicht, den Bagger auszufahren?

Bu schüttelt den Kopf, zieht an seiner Zigarette und lässt gemeinsam mit dem Rauch die Worte aus dem Mund strömen, Oder erst recht.

Jetzt lachen beide. Das erste Mal haben sie das Gefühl, dass das Eis zwischen ihnen auftaut.

Und Sie?, fragt Katrin.

Was und ich?

Sind Sie, sie zeichnet mit beiden Händen Anführungszeichen in die Luft, in festen Händen?

Manchmal. Manchmal sind sie so fest, dass es weh tut.

Oh.

Oh?, fragt Bu. Oder Olala?

Das scheint abhängig von der Situation, antwortet Katrin zur Mühlen und merkt, wie sie ein wenig verlegen wird, was Bu wiederum zu genießen scheint.

Stimmt, für jedes Oh gibt es eine Situation und ebenso für das Olala, legt er nach. Und wenn Sie sich darauf einlassen, können Sie sich das eine wie das andere vorstellen, nicht wahr? Ich meine, Sie als Psychologin?

Was Sie nicht sagen, versucht Katrin die Worte von Bu ein wenig ins Lächerliche zu ziehen. Was ihr nicht wirklich gelingt, schon gar nicht in Bu's Augen. Sie kann sich in diesem Moment sowohl die eine wie auch die andere Situation nicht nur vorstellen, sie sehnt sie sogar herbei. Und zwar mit Bu.

Als Bu seine Zigarette im Aschenbecher ausdrückt und Katrin den letzten Zug von ihrer nimmt, spürt sie plötzlich, dass die beeindruckende Anziehungskraft, die von diesem deutsch-vietnamesischen verdeckten Ermittler ausgeht, sie könnte auch Charisma dazu sagen, längst auch auf sie zu wirken begonnen hat.

Auch sie drückt jetzt die Zigarettenkippe aus und berührt Bu dabei leicht wie durch Zufall an der Schulter.

Verzeihung, sagt sie.

Er verharrt, blickt ihr direkt in die Augen und erwidert seltsam emotionslos, Ich werde gerne berührt.

Im Nachhinein kommt Katrin zur Mühlen der kurze Dialog wie ein Flirt vor, der nach mehr verlangt. Nach viel mehr. Das ist das zweite Mal, dass sie sich vorstellen kann, mit Bu etwas anzufangen. Als sie nicht viel später andeutungsweise Mechthild davon erzählt, sagt die zwischen Belustigung und Betroffenheit changierend nur, Du spinnst doch!

LUISA VERHAAG

Sie ist bereits eine Viertelstunde vor der Zeit am Sowjetischen Ehrenmal im Treptower Park. Von Checker keine Spur. Als von ihm fünf Minuten nach dem Termin noch immer nichts zu sehen ist, kriechen Groll und Ärger in Luisas Speiseröhre hoch. Sie flucht vor sich hin, Dieser kleine Scheißer, was glaubt der eigentlich?!

Als sie schon nach ihrem Handy greifen will, um ihn anzurufen, kommt er schlendernd, als wäre er bei einem Sonntagnachmittagsspaziergang, die Treppen des Hügels zum Denkmal hoch. Sie muss die Augen mehrmals zusammenkneifen, um ihn überhaupt zu erkennen. Checker trägt einen roten, ziemlich neu aussehenden Jogginganzug und extravagante Nike-Sneakers mit der Bezeichnung Flight Bonafide, die eigentlich für Basketballspieler gedacht sind und in der Kombination mit dem Jogginganzug völlig daneben aussehen. Ihr Groll lässt bei diesem Anblick etwas nach.

Hast du den Jogginganzug von deiner Schwester geklaut?, empfängt sie ihn und lacht eine Spur zu herablassend.

Ich habe keine Schwester.

Ich weiß. Er steht dir trotzdem nicht. Sieht irgendwie schwul aus.

Checker, bei dem nun anscheinend ähnlicher Groll entsteht, sagt nur, Was willst du, verdammte Scheiße?

Laufen wir eine Runde.

Luisa trabt los, nimmt dabei zwei Stufen auf einmal und ist bereits unten am Treppenabsatz angekommen, während Checker noch immer wie bestellt und nicht abgeholt oben steht.

Na los, komm schon.

Jetzt setzt auch er sich in Bewegung, was in den neuen Sneakers ziemlich behindert aussieht. Offenbar sind sie eine Nummer zu klein. Luisa wartet, bis Checker aufgeschlossen hat, und trabt dann leichtfüßig weiter die asphaltierte Hauptachse der Anlage entlang am symbolischen Gräberfeld vorbei.

Wie geht es Habibi?

Keine Ahnung.

Checker gibt sich schmallippig und kämpft schon nach nur wenigen Metern mit der Erschöpfung.

Schlecht, ganz schlecht, Checker. Es wäre besser für dich, du wüsstest es.

Was soll das?

Luisa bleibt abrupt an einem der Sarkophage aus Kalkstein stehen. Checker rennt zwei, drei Schritte weiter und stoppt dann ebenfalls.

Hör mal zu. Luisa stemmt die Hände in die Hüften, während sie diese kreisen lässt.

Das ist zu wenig, was du lieferst, Checker. Viel zu wenig.

Aber Raimund ...

Vergiss Raimund! Sie stoppt ihre kreisenden Hüftbewegungen.

Ich will verlässliche Informationen von dir. Tatort, Tatzeit, solche Dinge. Nicht nur belangloses Herumgequatsche, verstehst du?

Luisa steht jetzt breitbeinig und bis in den letzten Muskel ihres Körpers in Spannung vor Checker. Das sieht weniger nach Gymnastik aus als nach der Vorbereitung auf Kampfsport, Boxen oder Judo.

Checker verschränkt die Arme vor der Brust. Das weiß ich aber nicht.

Dann finde es heraus, Mann! Luisa wird lauter. Wofür bezahlen wir dich eigentlich, hä?

Sie löst die Kampfstellung auf und setzt sich wieder in Bewegung, während sie weiter spricht. Checker hat Schwierigkeiten zu folgen, sowohl körperlich als auch akustisch.

Was glaubst du, warum wir dich aus dem Knast geholt haben? Wegen diesem bescheuerten Jogginganzug?

Ich habe doch Raimund schon gesagt, dass Habibi immer von schöner Bescherung spricht, und deshalb meinte Raimund ...

Vergiss Raimund, verdammte Scheiße!

Dieses Mal kommt es noch resoluter von Luisa als zuvor.

Hör zu, Checker, wenn du nicht bis Ende des Monats etwas Verwertbares lieferst, bist du erledigt.

Was soll das heißen? Jetzt hält Checker an einem der Sarkophage an. Auch Luisa stoppt und baut sich vor ihm auf.

Dann lassen wir dich fallen. Das heißt es. Dann ziehen wir die schützende Hand von dir weg. Was das dann bedeutet, kannst du dir, selbst mit deiner reduzierten Hirnmasse, sicher denken, nicht wahr?

Checker fängt jetzt an, sie zu hassen.

Und noch was! Meide diesen schlitzäugigen Ermittler, klar?

Wen?

Du weißt ganz genau, wen ich meine. Das ist ein Befehl, Checker.

Das ist jetzt zu viel, denkt er, nicht nur, dass diese Verfassungsschutz-Fotze mich beleidigt, jetzt will die kleine Schlampe auch noch befehlen. In diesem Moment beschließt er, dass er ihr nichts, aber auch gar nichts liefern wird. Nicht einmal den verkrusteten Dreck unter seinen Fingernägeln.

Eine Krisensitzung ist kurzfristig anberaumt. Alle Ermittlerinnen, von der Spurensicherung und vom Erkennungsdienst, vom MEK und KDD sowie die Computer-Forensikerinnen, Psychologinnen und Pathologinnen sind im Besprechungszimmer versammelt. Auch die Staatsanwältin ist dieses Mal mit dabei. Es sind so viele, dass die Luft in dem viel zu kleinen Raum schnell stickig wird.

Was für ein Auftrieb, denkt Bu, als er sich erschöpft und von den anstrengenden Nächten gezeichnet neben Katrin zur Mühlen auf einem Stuhl niederlässt.

Der Druck steigt, sagt Mechthild zur Eröffnung. Der Polizeipräsident war gerade an der Strippe. Mein Ohr schmerzt noch immer. So ein Mord passt offenbar überhaupt nicht in die momentane Stimmungslage.

Wann passt ein Mord denn überhaupt in eine Stimmungslage?, meint Katrin zur Mühlen. Einige Beamtinnen lachen, die Staatsanwältin verdreht die Augen, und Bu kämpft mit der Müdigkeit.

Ruhe! Mechthild geht entschlossen dazwischen. Ihre Nerven scheinen wieder einmal ziemlich blank zu liegen.

Kann mal jemand das Fenster aufmachen?, sagt die Staatsanwältin, woraufhin sich ein Spurensicherer bequemt und zwei Fensterflügel kippt.

Ich interpretiere den Polizeipräsidenten so, sagt Mechthild, dass der Innenminister, der im Zusammenhang mit Flüchtlingen gerne von Tätern, Asyltouristen und Kriminellen spricht, von dem Mord an einem Flüchtling wenig erfreut sein wird, wenn also die angeblichen Täter zu Opfern werden.

Katrin zur Mühlen ergänzt ungefragt, was Bu ein wenig dreist findet, Ich höre schon den bayerischen Brachial-Rhetoriker aufstöhnen und womöglich die Opposition dafür verantwortlich machen.

Sie meinen eine politisch motivierte Tat?, fragt Mechthild irritiert.

Das war ein Witz, sagt Katrin zur Mühlen, woraufhin nur Mechthild lacht, sonst niemand, ganz kurz, um dann schnell fortzufahren.

Die Boulevardzeitungen wittern im Übrigen hinter der Prostitution von Asylbewerbern ein organisiertes Geschäft. Hinter dem wiederum, will man den Zeitungen glauben, ebenfalls Ausländer, meist sogar welche aus demselben Heimatland, stecken.

Die Opfer sind alle Ausländer. Bu sagt es, als müsse er Mechthilds Stichwort nutzen, um von der übergeordneten Debatte wieder hin auf die konkreten Fälle zu kommen.

Die beiden Drogendealer, der obdachlose Bulgare, die thailändische Transfrau und jetzt der afghanische Stricher.

Vielleicht ausländerfeindlich motivierte Taten?

Die Staatsanwältin horcht auf. Katrin zur Mühlen hingegen schüttelt den Kopf, so heftig, dass er abzufallen droht.

Vielleicht ist es gar kein Psychopath, sondern ein Rassist?, fügt Bu hinzu, als wolle er die Staatsanwältin aufmuntern und gleichzeitig die Psychologin provozieren.

Wie passt dann da die Transfrau rein? Mechthild fährt ihm in die Parade, was Bu nun wieder seltsam findet. So viel Einigkeit kennt er von den beiden, Katrin und Mechthild, nicht.

Keine Ahnung, sagt er und sieht dabei Katrin zur Mühlen, als genieße sie diesen stillen Triumph, lächeln.

Was haben wir? Mechthild beendet die kleine Auseinandersetzung und wendet sich an den Erkennungsdienst, die Spurensicherung und die Pathologie.

Nicht viel, kommt es unisono zurück.

Und von dem Wenigen?

Der Pathologe, ein untersetzter Mann kurz vor der Rente, der die ganze Zeit den Eindruck macht, bereits eingeschlafen zu sein, beginnt mit schleppender, ziemlich müder Stimme zu reden.

Die Obduktion hat ergeben, dass das Opfer, der afghanische Stricher, unmittelbar bevor es getötet wurde, keinen Geschlechtsverkehr hatte. Ich meine, er hatte keinen Samenerguss. Es kann natürlich auch sein, dass er den Täter oral befriedigte, wobei auch kein Sperma in seinem Mund, auch nicht an Händen oder woanders zu finden war.

Auch in unmittelbarer Umgebung haben wir kein benutztes Kondom gefunden, ergänzt einer der Spurensicherer.

Es entsteht eine kurze Pause, offenbar ist unklar, ob nun der Spurensicherer oder der Pathologe weitermachen soll, bis schließlich der Pathologe, nach einem langen Blickwechsel, während die Staatsanwältin sichtlich ungeduldig wird, wieder behäbig das Wort ergreift.

Dem Opfer wurden acht tiefe Messerstiche versetzt. Tödlich war nach der Rekonstruktion mit großer Wahrscheinlichkeit der sechste Messerstich ins Herz. Ich gehe davon aus, dass der Täter das Opfer, womöglich vor ihm kniend, oral befriedigte. Das würde einerseits den entblößten Unterleib des Opfers erklären und andererseits auch die Messerstiche in Bauch, Unterleib und Brust des Opfers nachvollziehbar machen.

Danke, Richard.

Mechthild nickt anerkennend dem Pathologen zu, was der mit einem Gesichtsausdruck, als wolle er sich sofort wieder dem Schlaf hingeben, beantwortet.

Wenn es tatsächlich unser Psychopath ist, nimmt jetzt einer der Overalls von der Spurensicherung den Ball auf, der hier erneut zugeschlagen hat, dann scheint er nicht nur Drogendealer, Obdachlose und Transfrauen zu hassen, sondern auch Flüchtlinge.

Das klingt wenig neu, scheinen alle anderen zu denken.

Alles, was also Abschaum in seinen Augen ist, mischt sich

die Psychologin wieder ein. Insofern passt das in sein Täterprofil, sagt sie, was sich anhört wie *in mein Täterprofil.*

Okay. Mechthild stimmt ihr dieses Mal zu, was Bu erneut verwundert. Das führt uns aber nicht zu ihm.

Stimmt.

Aber was verdammt nochmal führt uns zu ihm?

Ratlose Gesichter in der Runde.

Vielleicht die U-Bahn, meldet sich die Kollegin von der Spurensicherung, die bei Mechthilds Beförderungsfeier torkelnd in die Toilette gestürzt war, als wäre sie noch immer betrunken. Abermaliges Gelächter einiger Beamtinnen.

Mechthild ist sich nicht sicher, ob sie die Kollegin vor versammelter Mannschaft zusammenfalten soll oder ...

Gute Idee! Bu geht eine Spur gedankenschneller dazwischen. Wo ist die nächste U-Bahnstation vom Tatort?

Hansaplatz.

Ist das die U9?

Exakt.

Okay, dann hier alle Videokameras auswerten, wirft Mechthild plötzlich wie euphorisiert in die Runde. So schnell wie möglich, bitte. Dieses Mal ist hoffentlich keine kaputt.

Dann ist die Chance groß, sagt Bu mit einem verkniffenen Lächeln auf den Lippen, den Drecksack auch von vorne zu sehen.

An die Arbeit! Die Staatsanwältin gibt es völlig überflüssig und so, als wolle sie jetzt auch mal etwas sagen, allen mit auf den Weg.

AGNIESZKA

Sie fasziniert mich. Warum, kann ich gar nicht genau sagen. Vielleicht ist es ihr grenzenloser Optimismus, trotz der nicht gerade verheißungsvollen Situation, in der sie sich befindet, der mir imponiert. Ihre ungetrübte Lebensfreude, auch ihre Lebensbejahung, ihre Empathie alles und allem gegenüber nimmt mich für sie ein. Sie ist, wie man so schön zu sagen pflegt, ein herzensguter Mensch.

Mit dem Geld, dass sie beim Pflegedienst verdient, ernährt sie ihre komplette Familie in Polen. Sie schuftet zwölf Stunden am Tag, acht Wochen lang und fährt dann über ein verlängertes Wochenende nach Hause in die Nähe von Lublin. Hier bei mir, in der Stadt, wohnt sie mit drei weiteren Pflegekräften zusammen in einem Stockbettzimmer unterm Dach des Hauses, in dem auch der Pflegedienst untergebracht ist. Komfort gibt es keinen. Im Sommer ist es brütend heiß, im Winter zu kalt. Agnieszka hat sich daran gewöhnt. Sie versucht so wenig Geld wie möglich auszugeben, um das meiste nach Hause schicken zu können. Wenn es nach ihr geht, wird sie die Arbeit im Pflegedienst vielleicht noch zehn Jahre weiter machen, um dann endgültig nach Polen zurückzukehren, eine Familie zu gründen und Kinder in die Welt zu setzen. Jetzt ist sie vierundzwanzig und gilt bei der Pflegeleitung als sehr belastbar, freundlich, verlässlich und äußerst kooperativ, sodass sie meistens bei den eher schwierigen Patientinnen eingesetzt wird.

BRINGFRIED

Seine Mutter mag sie nicht. Sie redet, selbst in ihrer Gegenwart, wahlweise nur von der Dicken, der Fetten oder der Polackin. Er hingegen ist ihr von Anfang an zugeneigt, man könnte fast sagen, er ist ihr verfallen. Dabei spielt das Aussehen für ihn keine Rolle. Das runde Gesicht erinnert ihn an den Mond. Ihre dicken Beine und Schenkel, die aneinander scheuern, wenn sie geht, lassen ihn an alte Baumstämme denken, an denen er sich reiben möchte. Und die Finger sehen aus wie dicke Debreziner, in die er beißen und die er aufessen könnte. Wenn sie mit ihrem festen Händedruck seine eher zierliche Hand zur Begrüßung oder Verabschiedung drückt, hat er jedes Mal das Gefühl, seine Hand wäre in einen Schraubstock geraten, dessen Druck sich in Wellen durch seinen ganzen Körper ausbreitet. Schmerzhaft, aber auch schön. Das Faszinierendste für ihn ist aber Agnieszkas Geruch, der ihn ganz kirre macht. Solch einen Geruch kennt er nicht. Agnieszka riecht einerseits nach einem schweren, süßlichen Parfüm. Andererseits aber auch nach einem in der Sonne liegenden feuchten Heuhaufen, und zudem nach verschwitzten Polyesterblusen. Was in dieser Mischung auf Bringfried unwiderstehlich wirkt.

Auch Agnieszka kann die Mutter nicht leiden. Sie erkennt sofort, dass sie herrschsüchtig und in Bezug auf ihren Sohn eifersüchtig ist. Für Bringfried hingegen empfindet sie Mitleid, so wie man vielleicht einem verletzten Tier Mitleid entgegenbringt. Einem Tier – einem Hund oder einer Katze –, dem man über das strubblige, warme Fell streichen und das man in die Arme nehmen möchte.

KURFÜRSTENDAMM, CHARLOTTENBURG

Hier ist Schlabberland. Hier manifestiert sich die kranke Psyche der Großstadtbewohnerinnen in Mode oder vielmehr Nichtmode. Hier regiert der Bequem-Look. Von den Menschen, die unterwegs vom Büro nach Hause, zum Shoppen oder auf dem Weg in die Bars und Restaurants sind, stellen die große Mehrheit die Turnschuh-, Flipflop- und Segeltuchschläppchenträgerinnen. Dazu Hosen wie Offenbarungseide: schlecht sitzende, meist viel zu enge Jeans, Cargo-Shorts, Track Pants, Dreiviertelhosen mit Tunnelzug und

Leggins, die man früher nicht mal im Bett oder höchstens zum Beine-Bauch-Po-Kurs anzuziehen wagte. Überall Stretch und Elastan, soweit das Auge reicht; soweit das Auge beleidigt wird. Farben und Muster wie ein blutiges Gemetzel, bei dem es nur Opfer und Verlierer gibt. Eleganz und Schönheit sind im Sommerurlaub geblieben oder haben aufgrund des grauenvollen Geschmacks ihrer Trägerinnen Asyl in der Dritten Welt beantragt. Offenbar geht es den Menschen hier nur mehr darum, den Körper zu bedecken, sich bequem zu fühlen. Die Fußgängerzone, der öffentliche Raum, ist zur Erweiterung des häuslichen Sofas geworden. Alles kann, nichts muss, scheint die Devise, die dem Leben mit ihren Turnschuhen, Cargo-Hosen und T-Shirts in den Unterleib tritt. Es ist eine Körpervergessenheit, die in dieser Kleidung steckt, die offenbar nur noch die Grundbedürfnisse erfüllen soll: essen, trinken, schlafen, kacken und sich fortpflanzen. Körpervergessenheit, die zu einer Lebensvergessenheit verkommt.

Ich schäme mich. Ich schäme mich für die, die mit ihren Funktionshosen und Teva-Sandalen, mit ihren Stretch- und Schlabber-Attitüden die Mode mit Füßen treten und uns allen mit einem Zeitalter des Hässlichen strafen. Ein berühmter Modedesigner fällt mir ein, der behauptet: Wer Jogginghosen trägt, hat die Kontrolle über sein Leben verloren. Recht hat er.

Hast du den Brief der Krankenkasse gelesen?

Die Physiotherapeutin, die ebenfalls eine Jogginghose trägt, in weiß, fragt ihre ältere Kollegin, auch mit weißer Jogginghose, und wundert sich gleichzeitig.

Das sind ganz neue Töne, sagt sie. Sie weigern sich zu zahlen, solange sich der Patient nicht äußert. Angeblich haben sie ihn schon mehrmals davon in Kenntnis gesetzt, aber er schweigt.

Idioten!

Der war mir von Anfang an nicht koscher. Kannst du dich erinnern?, will die jüngere Kollegin wissen.

Hallo, wer kann sich an den nicht erinnern? Schon allein sein Anblick ist eine Bankrotterklärung.

Die Kollegin lacht.

Wenn du den bloß angefasst hast, ist er zusammengezuckt, als hätte er in eine Steckdose gegriffen.

Ich nehme mal an, so oft wird der nicht angefasst.

Wieder lacht die Kollegin.

Da ist jede Berührung eine geile Explosion.

Jetzt lachen beide, laut und anhaltend.

Keine Ahnung, ich weiß nicht, was der für ein Problem hat, aber dass er eins hat, und zwar ein ziemlich großes, steht fest.

Vielleicht sollten wir ihn nochmal anrufen?

Die junge Kollegin sieht aus, als verstünde sie nicht.

Wegen der Krankenkasse.

Wir?, sagt sie. Vergiss es. Ich rufe den nicht nochmal an und lass mich wieder beleidigen. Außerdem glaube ich, dass anrufen bei dem nichts bringt.

Wo wohnt der eigentlich?

Ich glaube in Friedrichshain. Schau in der Patientendatei nach.

Nachdem die ältere Kollegin die Datei geöffnet hat, sagt sie, Tatsächlich, das ist gar nicht weit von mir entfernt. Ich gehe die Tage nach Feierabend mal bei ihm vorbei, okay?

Na, dann viel Spaß.

Oder willst du?

Nee danke, mit dem will ich nichts mehr zu tun haben.

Das ist er!

Es klingt erleichtert, es klingt auch eine Spur zu euphorisch. Mechthild klatscht in die Hände und zeigt auf den Computerbildschirm.

Schau dir das an. Das ist das Schwein. Damit kriegen wir ihn.

Auf dem ausgewerteten Videomaterial der Kameras vom U-Bahnhof Hansaplatz ist ein hinkender, vielleicht vierzigjähriger Mann zu sehen. Von hinten. Und von vorne. Er ist eindeutig identisch mit dem von der Weinmeisterstraße.

Wir haben ihn!

Mechthild und Katrin zur Mühlen jubeln wie Mädchen beim Volleyball nach einem Punktgewinn. Beide klatschen sich ab, was Bu seltsam vorkommt. Er scheint der Einzige zu sein, der die Freude der beiden nicht gänzlich teilt.

Also ganz ehrlich, Mechthild, so richtig scharf ist das aber nicht.

Auch er zeigt jetzt auf das Standbild des Computers.

Was willst du damit sagen?

Wenn es ein Einzelgänger ist, sagt Bu, von dem wir, oder besser Sie, liebe Frau zur Mühlen, ausgehen, dann hat er bestimmt wenig Außenkontakt. Soll heißen, den Mann kennt vermutlich keine Sau. Deswegen könnte es durchaus schwierig sein, ihn damit, er zeigt erneut auf das Videobild, zu identifizieren.

Als breche für Mechthild ein mühselig aufgebautes Kartenhaus bei einem lauen Windstoß wieder zusammen, sagt sie, Sei doch nicht immer so destruktiv!

Ich bin nicht destruktiv, schon gar nicht immer. Ich bin nur realistisch.

Ist doch egal, versuchen wir es einfach. Katrin zur Mühlen mischt sich ein, als wolle sie schlichten.

Ganz neue Töne von ihr, denkt Bu und pflichtet bei.

Meinetwegen.

Leute, alle mal herhören, ruft Mechthild an die Kolleginnen gewandt, gebt das Foto sofort zur Fahndung raus. Am besten über die Bildschirme des Berliner Fensters in den U-Bahnen. Heute noch. Und morgen in die Zeitungen und zum RBB, verstanden?

FLUGHAFEN BER

Das bin auch ich. Leider. Oder das, was aus mir gemacht wird. Nochmals leider. Das ist das leibhaftige Abbild der Kapitulation vor der Vernunft. Die in Beton gegossene Dummheit. Das anschauliche Scheitern von Idiotinnen, das personifizierte Unvermögen, der himmelschreiende Dilettantismus, kurz: Pfusch am Bau. Hier haben sich Menschen an einem Vorhaben schadhaft gehalten, die nichts anderes im Sinn haben, als sich selbst zu bereichern. Eine unendliche Geschichte des Versagens als Inbegriff der Unfähigkeit Weniger. Hier werde ich, die Stadt, missbraucht, benutzt, gedemütigt, jahrelang mit den Füßen getreten und dem Gespött ausgesetzt, auf das man mit dem Finger zeigt wie auf eine abscheuliche Missgeburt. Danke, Senat, danke, Landesregierung, danke, Bundesregierung, danke, Ihr Idiotinnen, für diese Schmach. In der Hoffnung, dass dieses Schandmal nie fertiggestellt und wieder abgerissen wird. Oder als Denkmal für den Irrsinn der menschlichen Spezies langsam verfällt.

BU

Die Fahndung bringt, wie von Bu befürchtet, nicht den erwarteten Erfolg. Es gehen zwar eine Menge Hinweise ein – offenbar wird jeder unsympathische Nachbar jetzt zum möglichen Täter gemacht, auch wenn er kaum Ähnlichkeit mit dem Typen auf dem Fahndungsfoto hat. Der entscheidende Tipp, der zum Täter führt, ist aber nicht dabei.

Können Sie mal kurz rausgehen?

Katrin zur Mühlen versteht Mechthilds Aufforderung nicht.

Ich muss mit Bu alleine reden.

Oh, spannend, seit wann die Geheimnisse?

Bitte.

Die Psychologin hebt wie zur Kapitulation beide Arme und verlässt das Büro.

Und, willst du mir jetzt einen Heiratsantrag machen?, fragt Bu.

Sehr witzig.

Sie klappt ihr Laptop auf.

Schau dir das an, sagt sie. Eine Minute, die dir und mir das Genick brechen kann.

Sie drückt auf die Start-Taste. Ein verwackeltes Video ist zu sehen. Darin Bu, nackt, mit halberigiertem Glied in einem Hotelbett liegend; es sieht nach dem von Luisa aus. Er zieht auf einem roten Buchumschlag mit dem Titel *Denken in einer schlechten Welt* mit einem zusammengerollten Geldschein eine Line, eindeutig Kokain.

Scheiße, das habe ich doch gelöscht, sagt Bu.

Hm, sieht nicht so aus.

Verdammt!

Mit freundlicher Empfehlung vom Verfassungsschutz. Krusenberg, der Referatsleiter, hat es mir vertraulich, wie er betonte, zugespielt. Er verlangt, dass wir dich abziehen.

Was?

Ja. Wenn nicht, wird er das Video weiterleiten an die verantwortlichen Stellen, sagt er, dann ist der Ofen ohnehin aus.

Arschlöcher, sagt Bu und fragt, Warum will er, dass ich abgezogen werde?

Ich weiß nicht, vielleicht bist du eine Gefahr für sie.

Eher für mich selbst, denkt Bu und schüttelt ungläubig den Kopf.

Du weißt, was das jetzt bedeutet?

Ja, klar. Bu weiß nicht, ob er traurig oder froh sein soll. Schluss, aus, Ende, finito und ab zurück ins Kloster.

Mechthild sieht ihn entsetzt an. Dann schreit sie, was ihn in dieser Vehemenz doch überrascht, Das würde dir so passen, was? Nee, nee, mein Lieber, mitgegangen, mitgehangen. So einfach kommst du aus der Nummer nicht raus.

Bu wundert sich. Und das erste Mal, beim Blick auf die fast den Tränen nahe Mechthild, nistet sich ein Gedanke bei ihm ein, den er nie zuvor zulassen wollte: Mechthild steht auf mich.

Hör zu, sagt sie, jetzt wieder weniger emotional. Du ermittelst ab jetzt zweifach verdeckt. Offiziell ziehe ich dich ab. Inoffiziell bleibst du dran. Und wir hoffen mal, dass die BKA- und Verfassungsschutz-Ärsche das nicht schnallen. Ach so, und diese Schickse musst du natürlich meiden, klar?

Welche ...

Ach komm, Bu, verkauf mich nicht für blöd.

Spionierst du mir etwa nach?

Nee, das ist gar nicht nötig, sagt Mechthild. Die Thailänderin ist sehr redselig, wenn es darum geht, keine Schwierigkeiten zu bekommen.

Phem?

Nenn sie, wie du willst.

MECHTHILD

Das Video von Bu elektrisiert sie. Auch wenn sie Kühle und Abgeklärtheit simuliert. Das Video haut sie völlig um, zieht ihr den Boden unter den Füßen weg. Als sie es das erste Mal sieht, kribbelt ihr ganzer Körper wie verrückt. Sie ist aufgeregt, zittert, wird in den Knien ganz weich. Es ist das erste Mal, dass sie Bu nackt sieht. Sein mäßig erigiertes Glied, das ihr in diesem Moment unerreichbar schön und trotz der nicht vollständigen Erektion ziemlich groß vorkommt, die schwarze Schambehaarung, der durchtrainierte Körper, dieses lustspendende Stück Fleisch, das sie völlig aus der Bahn wirft und flasht. Immer wieder sieht sie sich das knapp einminütige Video an, das sie zunehmend erregt, vor allem an den folgenden Abenden mit drei Gläsern Rotwein im Blut und halbnackt auf dem Bett liegend, den Laptop neben sich. Es wird von nun an ihre erotische Inspiration, wäre sie ein Mann, würde man Wichsvorlage sagen, auf die sie nach Dienstschluss zurückgreift. Irgendwann genügt ihr das stille Wissen um diese Minute für die Ewigkeit nicht mehr alleine. Sie schickt ziemlich angetrunken mitten in der Nacht Katrin zur Mühlen den Clip mit den großgeschriebenen Worten *TOP SECRET* per Mail. Es dauert keine Stunde, da kommt von ihr eine Mail mit nur einem Wort kleingeschrieben zurück: *wow!*

BRINGFRIED

Mittlerweile freut er sich, wenn sie kommt. Das anfängliche Misstrauen ist weg. Die Angst auch. Die vielleicht zwei Stunden, morgens eine und abends eine, in denen Agnieszka in der Wohnung ist, um seine Mutter zu versorgen, sind seine Höhepunkte des Tages. Meist steht er an der Tür im Flur und beobachtet sie durch den Türspalt, wie sie trotz der Beleidigungen seiner Mutter freundlich und zuvorkommend bleibt. Sie lässt sich durch nichts aus der Ruhe bringen, versucht mit Geduld, Beharrlichkeit, aber auch mit entschiedenen Ansagen, die keinen Widerspruch dulden, der Mutter zu begegnen. Es beeindruckt ihn vor allem, wie sie die Mutter in die

Schranken weist, fast emotionslos, nüchtern, als gäbe es zu ihren Ansagen keine andere Wahl. Was auch die Mutter einsehen muss, die sich jedes Mal motzend, aber resignierend geschlagen gibt. Bei all dieser faszinierenden Vereinnahmung ist sie ihm aber nach wie vor auch unheimlich. Wie ihm die meisten Menschen unheimlich sind. Gleichwohl ist es bei ihr doch ein wenig anders. Bei ihr ist seine Angst kleiner und die Hingabe größer. Seine Schüchternheit kompensiert sie mit offener Herzlichkeit. Wenn er zurückweicht, geht sie einen Schritt auf ihn zu. Als hätte sie keinerlei Berührungsängste, und als hätte er von ihr nichts zu befürchten. Mit der Zeit fasst er immer mehr Vertrauen zu ihr, schlägt sich, wenn seine Mutter ihn zur Unterstützung gegenüber der Altenpflegerin auffordert, auf Agnieszkas Seite, indem er der Mutter den Beistand verweigert und einfach ihre Aufforderungen ignoriert. Was natürlich auch Agnieszka merkt. Ohne es groß zu kommentieren, höchstens indem sie Bringfried kurz mit einem Zwinkern signalisiert, dass er sich nicht zu fürchten braucht, auch nicht vor der Mutter, und alles gut ist, so wie es ist.

BU

Er packt den Koffer. Mehr als drei Monate in dieser ranzigen Ostbettenburg reichen völlig aus, findet er.

Phem scheint etwas traurig, fragt, wohin er geht.

Ins Kloster, sagt Bu, nach Süddeutschland.

Sie lächelt und sieht dabei so aus, als hätte sie Schwierigkeiten, ihn ernst zu nehmen.

Beten und glauben, sagt sie, wie man sagt, Verarschen kann ich mich selber.

Ich schwör's, entgegnet Bu und hebt die rechte Hand zum Schwur.

Er lässt sich mit dem Taxi zum Hauptbahnhof fahren, weil er weiß, dass sich Krusenbergs Leute von seiner Abreise persönlich überzeugen werden. Hin und wieder wirft er einen Blick zum Heckfenster hinaus und bemerkt einen dunklen Wagen, der ihnen mit Abstand folgt. Besonders viel Mühe geben sie sich nicht, denkt er, diese Arschlöcher.

Am Hauptbahnhof lotst er die beiden Verfolger zu REWE ins Untergeschoß, kauft sich Reiseproviant, eine Flasche Wasser, Studentenfutter und zwei Butterbrezeln.

Dann steigt er in den ICE Richtung München.

Durch das Zugfenster sieht er Krusenbergs Lakaien zufrieden, weil die Aufgabe offenbar erfolgreich abgeschlossen ist, auf dem Bahnsteig zurückbleiben.

Eine Station später, am Südkreuz, steigt Bu wieder aus. Von da zum Hotel Estrel in Neukölln ist es nicht weit. Er fährt vier Stationen mit der Ringbahn bis zur Sonnenallee. Von hier aus geht er zu Fuß. Das Estrel hat ihm Katrin zur Mühlen empfohlen.

Das ist ideal für Sie, sagt sie. Groß, anonym und ein wenig ab vom Schuss. Wenn die BKA-Kollegen Sie bis dahin verlieren, finden sie Sie da auf keinen Fall. Wobei ich die nicht unterschätzen würde.

Ach, Sie meinen, Krusenberg hat nichts Besseres zu tun, als mich beschatten zu lassen?

Ich weiß nicht, was Krusenberg zu tun hat. Ich weiß nur, dass die Sie auf dem Kieker haben.

Woher denn?

Sie tippt sich an den Kopf und lächelt.

Was Sie alles wissen!

Ja, lieber Bu, Psychologie hilft, das Leben besser zu verstehen.

Ihres auch?

Sie stutzt. Bu lächelt.

Oder nur meines?

FLORIAN DIETRICHS

Man sagt, du wärst auf dem Weg zurück ins Kloster.

Kaum ist Bu in seiner neuen Herberge angekommen, ruft Dietrichs an.

Das ist nicht dein Ernst, oder?

Mensch, Bu, die Mission ist noch nicht erfüllt.

Hast du Phem bestochen?, fragt Bu.

Was glaubst du?, fragt Dietrichs zurück. Phem unterrichtet mich über alles, was im Hotel vorgeht. Auch darüber, was gegenüber so los ist.

Perfekt.

Auch wenn Phem behauptet, du wärst unterwegs nach Süddeutschland, weiß ich natürlich, dass das nicht stimmt. Ich kenn dich doch, nicht wahr?

Sehr gut.

Hör zu, mit Krusenberg ist nicht zu spaßen. Der Typ ist eklig. Dem ist alles zuzutrauen, wirklich alles. Also, nimm dich in Acht und sag Bescheid, wenn ich dir helfen kann.

Danke. Ach Flo, sag mal, hast du dich auch von ihr massieren lassen?

Bin ich schwul?

HEIDEGLÜHEN, WEDDING

Das ist der Himmel. Ein Stück vom Garten Eden, jetzt und heute mitten in mir, der Stadt, und ganz nahe am Paradies. Ein Schmuckstück. Eine Fata Morgana, die aufblitzt, nomadenhaft, flirrend, wie nicht von dieser Welt. Als wär's kein Teil von mir. Es ist ein wunderschönes Stück Natur mitten im Wedding, fußläufig vom S-Bahnhof Beusselstraße entfernt, das den Tanz, die Feier, den Hedonismus zur opfernden, lobpreisenden Messe, zur geilen Eucharistie, zum weihrauchgeschwängerten und vom Sex umwaberten Gottesdienst erhebt, mit MDMA als bewusstseinserweiternden Hostien. Nur jedes zweite Wochenende wird hier in diesem Club zur Ausschweifung gebeten. Im Glasdach, der gläsernen Kuppel über den Köpfen der Tanzenden, spiegelt sich einerseits die Einzelne in der Masse, geht auf im Wir und bleibt doch er, sie, es. Andererseits verliert sich der Blick in der unendlichen Weite, tagsüber im blauen, von Wolken verzierten Himmel, nachts im sternenglitzernden, der durch nichts begrenzt und beschränkt ist. Schön.

BU

Seit einer Stunde hängt er an seinen Fersen wie Hundekot am Absatz eines Turnschuhs. Er steigt an der Beusselstraße aus, geht zu Fuß, geht über die Brücke und kommt am Heideglühen an. Bu war noch nie hier, kennt es nur vom Hörensagen. Ein magischer Ort soll es sein, einer, der wie aus der Zeit gefallen scheint und einer Träumerei gleich eine Reise bereithält, wohin auch immer, vielleicht auch nur zu sich selbst.

Was will Checker denn hier?, denkt Bu und, Womöglich Drogen verdealen für den Trip in die Parallelwelt aus Tanz, Spaß und Lust.

Der Türsteher sieht aus wie ein General. Er trägt eine Uniform und balanciert ein Zepter in der Hand. Er zwinkert Bu zu, als kenne er ihn. Mehr noch, als gehöre auch er zu seiner Armee der Außererwählten.

Na, auch wieder hier? Er sagt es, als wäre *er* nie weg gewesen.

Bu nickt und bemerkt, dass er neben dem General zu den eher älteren Kämpferinnen der überwiegend jungen, sehr jungen Club-Klientel gehört.

Der General steckt ihm ein fingernagelkleines anthrazitfarbenes Stück zu, das aussieht wie ein Krümel Töpferton. Und schlägt beim Eintritt zwanzig Euro drauf, ohne sich näher zu erklären.

Mit Viel Spaß! entlässt er ihn aus der Wirklichkeit und schickt ihn auf die Reise.

Er winkt ihm verheißungsvoll mit dem Zepter von der Tür aus hinterher.

Bu wirft sich den Töpferton ein, und der Trip beginnt. Dabei kreuzt Checker immer wieder seinen Weg. Sie tanzen fast Schulter an Schulter mit ähnlich ausgeschütteten Hormonen im Körper unter der Glaskuppel und lassen sich forttragen, ohne anzukommen.

Irgendwann, als schon der Morgen wie eine Prophezeiung der bevorstehenden Nüchternheit heraufzieht, treffen sie sich, als hätte es der Gott des Zaubers arrangiert, auf der Außenfläche des Clubs auf einer groben Holzbank. Mit schwerer Zunge und nuschelndem Tonfall fängt Bu an zu sprechen, als wären die beiden längst in einen langen Dialog miteinander verstrickt.

Ich weiß natürlich, dass du für den Verfassungsschutz arbeitest. Weißt du was? Ich kann sie nicht ausstehen, die Schlapphüte. Das sind einfach Arschlöcher, die einen benutzen wie ein Papiertaschentuch und dann wegschmeißen. Auch dich werden sie wegschmeißen, Checker. Das weißt du auch, nicht wahr?

Was willst du von mir? Checker fragt es mit ebenso nuschelndem Tonfall, weniger überzeugt davon, dass ihr Dialog von Dauer sein wird und schon gar nicht von Belang.

Gute Frage. Bu lacht plötzlich laut und ausgiebig, was auch Checker grinsen lässt, ohne genau zu wissen warum. Aber das genau ist ja das Schöne daran: absichtslos, nicht berechnend, einfach so.

Ich weiß, dass du den afrikanischen Dealer auf dem

Gewissen hast. Ich denke, das war Rache für deine zwei gekillten Leute, nicht wahr?

Checker grinst noch immer, schnäuzt dann in die Finger und zündet sich seine letzte Zigarette an.

Gut, vielleicht wolltest du ihn auch nur einschüchtern, und das Ganze ist eskaliert. Vielleicht ist es gar kein Mord, sondern nur Totschlag. Du würdest vielleicht Unfall dazu sagen, oder?

Bla, bla, bla, sagt Checker, und dann lachen beide wieder völlig aus dem Zusammenhang gerissen vor sich hin.

Ganz egal, du wirst deine Strafe noch bekommen, sagt Bu. Vielleicht nicht von der Justiz, wenn du dich weiterhin gut mit den Verfassungsschutzärschen stellst, vielleicht aber von den Afrikanern selbst. Die lassen das nicht so einfach auf sich sitzen, glaub mir.

Ich glaube an Allah und nicht an Worte, die nichts bedeuten, nuschelt Checker. Es klingt wie von einem Blatt abgelesen.

Dein Leben ist gefährlich, Checker. Merkst du, wie die Schlinge sich zuzieht? Das BKA, der Verfassungsschutz, die Afrikaner, der Drogenclan, die Bullen, alle haben dich irgendwie auf der Liste. Und dann ist da noch Habibi.

Was ist mit Habibi?

Sag du es mir.

Checker schweigt, woran Bu erkennt, dass er alles weiß.

Wie bist du eigentlich an den geraten?

Tegel, sagt Checker, JVA. Da kommt zusammen, was zusammengehört.

Sie kichern wieder vor sich hin.

Danach hat er für mich gearbeitet.

Und jetzt arbeitest du für ihn?

Eine Hand wäscht die andere. Checker klatscht in die Hände.

Und was ist dein Part?

Party, sagt Checker und platzt beinahe vor Lachen, in das Bu ähnlich euphorisiert einstimmt.

Party, Party, Party, wiederholt Checker immer wieder, als wäre es ein Mantra.

Mit, Die Party ist bald zu Ende, spielt Bu nun den Spielverderber.

Ihr Lachen endet abrupt.

Ich bin der Weihnachtsmann, sagt Checker, der die Geschenke bringt, Geldgeschenke. Ho, Ho, Ho ... Wieder grinst er übers ganze Gesicht.

Na klar, so ein Anschlag muss ja finanziert werden.

Genau, ho, ho, ho ...

Und du spielst den Geldboten. Und das Geld kommt von den Drogen.

Was? Checker scheint erstaunt. Das Geld kommt aus dem Sack.

Und dann ist er erneut kaum mehr zu halten. Er bringt fast kein Wort über die Lippen, ohne dass es in Lachen untergeht. Bu braucht eine Ewigkeit, bis er Checkers Satz versteht.

Die Arschlöcher machen den Sack voll, wiederholt Bu schließlich, wozu Checker rhythmisch mit dem Kopf wackelt, als halte ihn der Beat, der von drinnen nach hier draußen schwappt, an der langen Leine.

Bu braucht trotz vollgedröhntem Kopf nicht lange, um zu begreifen, was das bedeutet.

Der Verfassungsschutz finanziert den Anschlag. Ich werd verrückt!

Checker nickt noch immer im Takt.

Apropos, Checker, wo wir jetzt so schön plaudern, sag mir doch einfach das, was du dem Verfassungsschutz auch so erzählst.

Bu's Worte wirken auf Checker wie ein Stimmungskiller.

Was bekomme ich dafür?

Na, das klingt doch schon besser, Checker. Bu grinst so ansteckend, dass auch Checker seine Mundwinkel Richtung Wangenknochen schiebt.

Du meinst, vom Verfassungsschutz bekommst du ja auch was? Diese lumpigen Kröten, für die du deine Freunde verrätst? Den verfluchten Judaslohn, nicht wahr?

Jetzt lacht Checker wie vorhin Bu lang und ausdauernd.

Für den du dir bald nichts mehr kaufen kannst, Checker. Wenn nämlich der Drogenclan, deine Chefs, die Dealer wissen, bei wem du noch in Lohn und Brot stehst, reißen sie dir den Arsch auf und stopfen dich da rücklinks rein.

Das erste Mal hat Bu das Gefühl, seine Worte beeindrucken Checker. Er sieht jetzt aus, als hätte er Angst.

Damit sie nichts erfahren, musst du mir was verraten, Checker. Ich will gar nicht alles wissen, behalt die Scheiße einfach für dich oder tisch sie dem Verfassungsschutz auf. Ich will nur Antworten auf zwei Fragen.

Erwartungsvoll blickt Checker Bu an.

Wann? Und wo?

Checker merkt, dass er trotz der Abfederung durch die chemischen Drogen in einer Zwickmühle gelandet ist. Er merkt, dass die Luft dünner wird. Und er hasst diese Veronika Demme. Dagegen wirkt der schlitzäugige Ermittler neben ihm wie ein Kumpel.

Hast du ne Zigarette?

Bu bietet ihm eine an.

Du musst mir nicht glauben, sagt Checker nun ähnlich kumpelhaft, aber ich weiß es wirklich nicht. Ich weiß nur, dass es bald sein wird, dass es ein großes Ding sein wird, dass es irgendwo im Regierungsviertel sein wird und dass die Losung *Schöne Bescherung* heißt.

Checker zieht so gierig an der Zigarette, als wolle er sie aufessen.

Und dass Habibi sich mit Leuten umgibt, die im Bundestag arbeiten. Als Reinigungskräfte, Security und Lieferanten.

Was sind das für Leute?

Handlanger, Gläubige, überzeugte Islamisten.

Hast du Namen?

Viktor, Mechmet, Andreas. Sie beten alle in der Al-Nur-Moschee in Neukölln.

Danke, Checker. Danke. Du hast dir sehr geholfen.

DER GENERAL

Er steht an vielen Türen. Seit Jahren. Er ist die Tür selbst. An ihm vorbeizukommen bedeutet, an sich selbst vorbeizukommen. An sich selbst und an dem Leben hinter der Tür, das wenig mit dem davor gemein hat. Er ist der unverrückbare Fels, mit Seitentaschen voller Strukturformeln, der mit seinem Zepter die Schlangen am Einlass dirigiert, Schlangen, die sich schlangengleich unbedingt am vergifteten Apfel laben möchten, um sich endlich mal wieder jenseits der Anforderungen des eingezwängten Alltags zu spüren. Er hingegen spürt sich schon lange nicht mehr, ist nur mehr Uniform, Mantel, Hülle, Tür zur himmlischen Hölle, in der nicht einmal mehr sein Zepter den Takt angibt, in der alle nur noch nach der Pfeife der Releaser im Zentralnervensystem tanzen, bei dem die endogenen Neurotransmitter Serotonin, Noradrenalin und Dopamin den Ton angeben. Und dabei eine Hymne aus den Klängen von Vögeln, Delphinen, Schmetterlingen und Herzen erklingen lassen, die der hedonistischen Unsterblichkeit im Moment keine Grenzen setzt und alles andere, was über den Augenblick hinausweist, vergessen macht.

KATRIN ZUR MÜHLEN

Als sie das Video mit Bu sieht, weiß sie sofort, dass sie ab jetzt versuchen wird, bei ihm zu landen. Sie ist sich nur noch nicht klar darüber, wie sie es anstellen soll. Sie glaubt auch, dass er nicht abgeneigt sein wird. Zumindest deutet sie seine Blicke so, die zänkischen Rechthabereien und die kleinen Scharmützel, die er immer wieder ihr gegenüber anzubringen versucht. Was Mechthild ziemlich auf die Nerven geht. Apropos, die Vorstellung, es mit ihm und Mechthild gemeinsam im Estrel zu treiben, trägt sie über die nächsten Wochen hinweg. Manchmal macht sie im Dienst Mechthild gegenüber sogar vielsagende Andeutungen, auf die Mechthild sich aber keinen Reim machen kann. Zuweilen wünscht sie sich, dass Bu ihr vor ihren nächtlichen Treffen mit Mechthild im Estrel über den Weg läuft. Wenn er sie dann verwundert fragen würde, was sie hier denn mache, würde sie ihm nonchalant antworten, Mechthild bumsen. Und wenn er dann aus allen Wolken fallen würde, was sie genießen würde, würde sie nachlegen und fragen, Haben Sie Lust? Kommen Sie doch einfach mit.

Sie weiß natürlich mittlerweile, dass Mechthild auf Bu steht. Was sie bestens nachvollziehen kann. Er hat etwas, was bei wenigen Männern anzutreffen ist. Es ist eine Mischung aus Anziehungskraft und Direktheit, Unverbindlichkeit und vor allem Sexappeal, der ihn so unwiderstehlich erscheinen lässt. Sie vermutet außerdem, dass auch er sich zur Kriminalhauptkommissarin hingezogen fühlt. Es ist natürlich kein Zufall und auch nicht nur eine dienstliche Konsequenz, dass die beiden in diesen Fällen, wie schon früher, zusammenarbeiten. Das Wenige, das sie über ihn weiß, reicht aus, um anzunehmen, dass Mechthild ihn nicht nur wegen zwei ermordeter Drogendealer aus dem Kloster geholt hat. Es ist etwas Persönliches, warum er bei seiner Geschichte, die sie nur ansatzweise von Mechthild erfahren hat, nun wieder in Berlin ist. Das macht er für sie, für Mechthild, einzig und allein für sie. Davon ist Katrin überzeugt. Schließlich ist sie Psychologin. Ihre Berufserfahrung sagt ihr auch, dass Bu ziemliche Schwierigkeiten in Beziehungsangelegenheiten hat.

Anders ist sein zeitweiliger Zynismus nicht zu deuten. Zudem scheinen der Hang zum Exzess, seine Abhängigkeiten, sein starkes Suchtpotenzial tief in ihm verankert zu sein. Vielleicht sollte sie seine Nähe suchen, denkt sie. Vielleicht sollte sie ihm zufällig über den Weg laufen.

Vielleicht sollte sie etwas mit ihm anfangen.

BU

Es kommt ihm vor, als wäre der Zufall inszeniert. Manche Zufälle wirken so zufällig, dass ihnen die Zufälligkeit abhandenkommt. Wie dieser Zufall hier. Als er am Abend das Hotel Estrel betritt und auf dem Weg zum Aufzug ist, biegt Katrin zur Mühlen auf dem Flur um die Ecke und gibt sich erstaunt. Dann lächelt sie. Noch bevor er oder sie etwas sagen kann, scannen ihre Augen einander ab wie Magnetresonanztomografen und rasen unendlich viele Nervenimpulse durch ihre Hirne. Archaische Gefühle kommen ins Spiel wie bei Tieren vielleicht, die nichts als die Fortpflanzung sichern und die Art erhalten wollen. Bu's Befund: Das Dekolletee der Bluse ist weiter geöffnet als sonst und gewährt Einblicke, ein Push-up formt die Brüste und hebt sie hervor, die Lippen sind geschminkt und signalisieren rot, die Augen sind getuscht und locken mit Blicken, der Mund lächelt und spricht ...

Er hat Schwierigkeiten aufgrund der ihn überflutenden Schnittbilder, ihre Worte zu verstehen, und fragt, Was machen *Sie* denn hier?

Vielleicht bin ich hier, um Sie zu treffen.

Ach.

Gehen wir an die Hotelbar?

Sie meinen, was trinken?

Genau das meine ich.

Nach drei Gin Tonic ist die Stimmung nahe dem Höhepunkt, und Lockerheit hat sich in ihre Körper geschlichen. Katrin zur Mühlen lacht viel, flirtet, was das Zeug hält, und streicht mit zunehmender Zeit immer öfters über Bu's Unterarme. Auch das Dekolleté ihrer Bluse, so kommt es Bu zumindest vor, vergrößert sich noch mehr. Knöpfe, die vorher noch zu waren, sind plötzlich offen. Er kann die weiße Haut ihrer Brüste ausschnittsweise sehen. Und findet Gefallen daran. Immer mehr Gefallen. Die Hand von Katrin wandert über die Unterarme zu Bu's Hals hoch, dann an die Wangen, bis sie ihren Mund nachrücken lässt, der nun mit seinem, leicht offen stehenden Kontakt aufnimmt. Sie schiebt ihre Zunge an seinen Lippen vorbei in die Mundhöhle und fängt langsam an, um seine Zunge, die das Angebot dankend annimmt, zu kreisen. Er schiebt seine Hand unter ihren Rock, woraufhin sie die übereinandergeschlagenen Beine öffnet und noch näher an ihn heranrückt, um dann so verführerisch in sein Ohr zu flüstern, dass er nicht den Hauch einer Chance hat, sich dagegen zu verwehren, Ich fürchte, wir sollten unsere kleine Begegnung in dein Zimmer verlagern, was meinst du?

HABIBI

Er vertraut ihm immer weniger. Seit geraumer Zeit verhält sich Checker komisch. Er wirkt fahrig, unkonzentriert und so, als sei er nicht hundertprozentig bei der Sache. Als er ihn darauf anspricht, sagt Checker, es seien diese beschissene Geschichte mit dem afrikanischen Drogendealer und die Geschichte mit seinen zwei getöteten Männern, die ihm so zusetzen.

Als er ihn fragt, ob er sich nicht vielleicht aus den Vorbereitungen zum Anschlag rausziehen wolle, lehnt Checker vehement ab. Er besteht darauf, weiterhin dabei zu sein, und will wissen, wann es denn endlich losgehe und wo sie nun zuschlagen wollten.

Wart's ab, sagt Habibi, es wird auf jeden Fall eine schöne Bescherung.

Mehr sagt er nicht, weil er Checker nicht mehr traut. Er ahnt, dass von Checker eine Gefahr ausgehen könnte. Es ist das erste Mal, dass ihm der Gedanke kommt, Checker könnte ein Spitzel sein, angesetzt auf ihn. Er beschließt, ihm von nun an alle Informationen, die er weitergeben könnte, vorzuenthalten.

Vielleicht hat Habibis Misstrauen aber auch mit dem zunehmenden Druck zu tun. Je näher der Anschlag rückt, umso paranoider wird er. Überall entdeckt er Gründe und Ursachen, die den Anschlag scheitern lassen könnten. Überall wittert er Gefahren, jeder wird in seinen Augen zum Kontrahenten, zum Gegner. Alle versuchen ihn, wie er meint, zur Strecke zu bringen.

Er wirft sich eine Amphetamin-Pille ein und hofft auf Entspannung.

LUISA VERHAAG

Sie wundert sich, dass er sie nicht ins Büro bestellt, sondern in den Abendstunden in ein Restaurant einlädt. Und zwar in ein sehr edles mit Sterne-Küche an der Landsberger Allee in Lichtenberg an der Grenze zu Friedrichhain und Prenzlauer Berg. Skykitchen nennt sich das Etablissement in der zwölften Etage eines Hotelhochhauskomplexes mit einem phänomenalen Blick über mich, die Stadt. Der Fernsehturm vom Alexanderplatz funkt Zeichen herüber, und Luisa fragt sich, ob dies hier wirklich ein Arbeitstreffen wird.

Sie speisen vorzüglich, trinken teuren Wein und unterhalten sich bestens. Sie wäre nicht überrascht, wenn Krusenberg ihr am Ende einen Antrag, ein Geständnis oder eine Liebeserklärung machen würde.

Es wird auch Geschäftliches verhandelt, doch Luisa wird das Gefühl nicht los, dass dies nur vorgeschoben ist. Krusenberg schlägt vor, Checker fallen zu lassen, weil der in seinem immer unkontrollierbarer scheinenden Verhalten die ganze Aktion gefährde.

Luisa stimmt zu, da sie Checker ohnehin nicht leiden kann. Sie stoßen an.

Prost.

Auf dich.

Als sie nach dem Essen in der voll verglasten Skybar in sechzig Meter Höhe noch einen Cocktail zu sich nehmen, kann sich Luisa, die inzwischen schon ziemlich angetrunken ist, zum ersten Mal vorstellen, Krusenberg nicht mehr abzuweisen. Dennoch beschließt sie, ihn noch ein wenig zappeln zu lassen. Es gibt bessere Zeitpunkte, denkt sie, und verabschiedet sich nach dem Cocktail mit zwei Wangenküssen. Krusenberg ist zwar enttäuscht, lässt sich aber nichts anmerken und bleibt in der Skybar zurück. Er ist zuversichtlich, Luisa bald endlich flachlegen zu können. Seine aufgestaute sexuelle Erregung lässt er sich nach einem weiteren Cocktail in einem Thaibordell in der Nähe der Landsberger Allee, in dem er Stammkunde ist, wegmassieren.

FLORIAN DIETRICHS

Er hätte es sich denken können. Krusenberg und Luisa Verhaag – wow!

Krusenberg ist ja bekannt dafür, dass er sich gerne junge Verfassungsschützerinnen krallt. Wobei sein Erfolg zweifelhaft scheint. Dietrichs kann sich nicht erinnern, dass Krusenberg jemals bei einer seiner Mitarbeiterinnen langfristig gelandet wäre. Ein paar Affären, eher erzwungen als freiwillig, zieren seine Karriere, das schon. Wobei Machtmissbrauch gegenüber Schwächeren und beruflich Abhängigen oder sexuelle Übergriffigkeit wohl eher den Sachverhalt treffen. Das könnte tatsächlich der Ast sein, über den er am Ende stürzt, denkt Dietrichs. Nicht seine dienstlichen Verfehlungen und seine kriminellen Machenschaften werden ihm das Genick brechen, sondern sein Schwanz. Deswegen interessiert sich Dietrichs seit Längerem dafür, was Krusenberg außerhalb seiner Dienststelle so treibt. Im Thaibordell, so konnte er erfahren, bleibt es nicht bei Massagen und Happy Ends. Krusenberg macht es ab und an auch mal mit einer Transfrau. Das lässt sich sicher alles irgendwann mal gegen ihn verwenden, denkt Dietrichs und beobachtet die beiden, Krusenberg und Luisa, in der Skybar an der Landsberger Allee. Krusenberg scheint bei Luisa tatsächlich kurz vorm Einlochen zu sein. Wobei es ihm nicht in den Kopf will, was diese attraktive und sicher auch intellektuell nicht ganz unterbelichtete Frau mit einem alten Sack wie Krusenberg will. Verspricht sie sich Unterstützung für ihre Karriere? Oder ist es einfach nur Torschlusspanik und der Wunsch, der Forderung der Biologie nach Reproduktion gerecht zu werden, dass sie sich auf Krusenberg einlässt? Aber da gäbe es doch andere, denkt Dietrichs, bessere, mit Genen wie Atombomben besetzte Mittelstreckenraketen, wie Bu zum Beispiel. Gut, der steht in ökonomischer Hinsicht als Erzeuger nicht gerade in der Evolutionsrangliste ganz oben. Aber Krusenberg?

Er kann seiner schmierigen Anmache einfach nicht mehr länger zuschauen, ohne das Kotzen zu kriegen.

Er lässt von ihnen ab und denkt, Was wohl Raimund dazu sagt?

KATRIN ZUR MÜHLEN

Als Bu gegen Morgen eingeschlafen ist, zieht sie sich leise an, schreibt mit ihrem Lippenstift auf den Badezimmerspiegel, *Danke* und *schön*. Dazwischen setzt sie ein Pluszeichen und hinter *schön* ein Gleichheitszeichen. Dann schreibt sie auf die andere Seite der Gleichung eine römische *III*. Was als Rechenaufgabe daherkommt, offenbart sich als Katrins geheimer Masterplan. Für Bu wird es nicht schwer auszurechnen sein, denkt sie, was sich hinter der Addition verbirgt.

Sie verlässt beschwingt Bu's Hotelzimmer. Sie fühlt sich gut, sie fühlt sich befriedigt und riecht seinen Geruch auf ihrer Haut.

Das ist erst die erste Etappe, denkt Katrin und freut sich schon auf den nächsten Schritt.

CHECKER

Er hat Angst. Immer mehr Angst. Er hat auch das Gefühl, verfolgt zu werden. Vielleicht schon wieder das Schlitzauge, denkt er. Was will der nur? Ich habe ihm doch schon alles gesagt. Oder sind es die Arschlöcher vom Verfassungsschutz? Veronika? Oh, Gott, was für ein dämlicher Name, denkt er. Er hasst diese Frau. Er hasst ihre Überheblichkeit, ihr Selbstverständnis. Dagegen war Raimund ein richtiger Kumpel. Abgesehen davon, dass er widerlich aus dem Mund roch, kam er eigentlich gut mit ihm klar. Was er von dieser Schlampe nicht behaupten kann.

Er weiß nicht, was er tun soll.

Scheiße.

Er weiß nur, dass den Schlapphüten alles zuzutrauen ist. Obgleich er davon ausgeht, dass sie ihn noch brauchen. Solange sie mich brauchen, denkt er, wird mir nichts passieren.

Bei diesem Gedanken fühlt er sich wieder stärker, sicherer, obgleich die Angst immer noch wie ein verzerrter Gitarrenakkord mitschwingt.

PEMKE

Holger Pemke, den muss man nicht unbedingt auf dem Schirm haben. Er ist einer dieser unauffälligen, bedeutungslosen Typen, die es hier bei mir, in der Stadt, zuhauf gibt. Und die nur dann im Leben eine zentrale Rolle spielen, wenn sie der Zufall, meinetwegen auch das Schicksal, eines Tages an einen Platz stellt, an dem sie normalerweise nichts verloren haben. Er ist zudem noch ein Langweiler vor dem Herrn. Das halbwegs Interessante an ihm war sein Beruf, den er aber vor knapp einem Jahr an den Nagel gehängt hat. Damals, als die neue Hauptkommissarin seine Dienststelle übernahm und alles anders zu machen begann, wodurch aber nichts besser wurde, nahm bei ihm das Gefühl zu, hier nicht mehr richtig zu sein. Er baute die angehäuften Überstunden auf einmal ab und verabschiedete sich sang- und klanglos in den Vorruhestand. Seither verläuft sein Leben noch langweiliger. Er sitzt zuhause in seinem Einfamilienhaus in Lichtenrade und wird von seiner Frau terrorisiert. Es vergeht kein Tag, an dem sie ihm nicht irgendwelche Schwachsinnsaufgaben, wie er findet, auferlegt, die er möglichst schnell und korrekt zu erledigen hat. Gartenzaun streichen, Gemüsebeete umgraben oder harken, Rasen mähen, Auto waschen, einkaufen, den ganzen familiären Scheiß eben. Manchmal sehnt er sich zurück in den Kripo-Innendienst, der zwar auch ziemlich unspektakulär war, dafür aber entspannt und ruhig. Ab und zu, wenn er es zu Hause bei seiner Alten nicht mehr aushält, setzt sich Pemke in seinen acht Jahre alten VW Polo und fährt los. Meistens ganz früh am Morgen, die Angel und die Köder im

Gepäck. Erst in der Rente hat er seine frühere Leidenschaft, das Angeln, wiederentdeckt. Zuerst hält er die Angel am Großen Müggelsee ins Wasser, als da aber nicht genügend Fische anbeißen und sich seine Frau deswegen über ihn lustig macht, wechselt er, nach einem Tipp eines früheren Arbeitskollegen, zur Rummelsburger Bucht. Gegenüber den aneinandergebundenen Booten, die eine Art Insel bilden, hält er die Angel ins Wasser, noch bevor die Sonne richtig aufgegangen ist. Ab Mittag ist es hier dann zu laut. Die Freaks auf den Booten hören meist, nachdem sie ihren Rausch ausgeschlafen haben, laute Musik, was Fische womöglich nicht gerne mögen. Dennoch steht Pemke oft den ganzen Tag über, manchmal sogar bis in den Abend hinein an seinem Angelplatz. Nicht wegen der Fische, sondern wegen der Freaks auf den Booten. Zuletzt hat er sogar seinen Feldstecher mitgenommen, da allerhand geboten wird. Oft gehen die jungen Leute halbnackt, manchmal sogar ganz nackt auf den Booten herum. Auch die Frauen. Mit dem Feldstecher schaut er ihnen dann auf die Titten, die Ärsche und in den Schritt. Was die nicht zu stören scheint. Wenn er ehrlich wäre, was Pemke aber nicht ist, würde er sagen, dass er letztlich nur wegen der Titten zum Angeln geht. Die Fische interessieren ihn weniger. Wenn er die straffen, festen Brüste der jungen Frauen, die fast noch Mädchen sind, betrachtet, sehnt er sich wieder nach einer geschlechtlichen Vereinigung, nach Sex. Das ist mittlerweile ein Fremdwort für ihn, aus einer Zeit, an die er sich kaum mehr erinnern kann. Mit seiner Frau läuft schon seit vielen Jahren nichts mehr. Auch sonst ist nichts in Sicht. Neulich aber war er von den Brüsten im Feldstecher so aufgegeilt, dass er nach dem Angeln nicht direkt nach Hause gefahren ist, sondern das erste Mal zu einer Thaimassage in Neukölln. Die Adresse kannte er noch aus seiner Dienstzeit, als öfters mal Beschwerden über das Etablissement eingingen und sie dann eine Streife losschickten. Das Happy End bei der Massage war für ihn das Beste. Auf die Massage hätte er verzichten können. Ihm ging es nur ums Happy End.

Jetzt steht er am Ufer, es ist vielleicht kurz nach fünf am Morgen, die Sonne will noch nicht so richtig aufgehen, als er wieder durch den Feldstecher rüber zu den Booten der Freaks schaut, während seine Angel gelangweilt ins Wasser ragt. Auf den Booten scheinen alle noch zu schlafen. Kein Wunder, denkt Pemke, so wie die da die Sau rauslassen. Hin und wieder guckt ein nacktes Bein aus einer Hängematte. Aber Titten, Ärsche und Muschis sind leider nicht zu sehen. Er ist so in seinen Beobachtungen versunken, dass er fast nicht merkt, wie sich seine Angel plötzlich nach vorne biegt und zwar so weit, dass sie fast ins Wasser fällt. Pemke setzt den Feldstecher ab und greift nach der Rute, an der jetzt ziemlich stark aus dem Wasser heraus gezerrt wird.

Herrgott, was ist das denn?, fragt er sich und kann die Angel kaum festhalten.

Er gleitet mit der einen Hand an der Angelschnur entlang bis dahin, wo sie ins Wasser eintaucht, geht auf die Knie und bückt sich hinunter zur Wasseroberfläche. Dann greift er mit der Hand ins Wasser und packt zu. Er bekommt etwas Haariges zu fassen, wundert sich zuerst noch und zieht dann, so stark er kann, daran. Ein Haarbüschel taucht aus dem Wasser auf, ein Kopf, an dem ein Körper hängt.

Scheiße! Pemke zerrt an dem Kopf und reißt ihn näher zu sich heran. Dann langt er mit beiden Händen nach dem Körper und hievt ihn unter Aufbringung all seiner Kräfte ans Ufer. Erschöpft bleibt Pemke neben der Wasserleiche am Boden liegen. Als er der Leiche ins Gesicht blickt, wird ihm klar, dass er das Gesicht, den Mann, kennt.

Verdammte Scheiße, das ist Checker, sagt er vor sich hin. Dann greift er nach seinem Handy und ruft die alten Kolleginnen an.

Sie hat keinerlei Erfahrungen mit Männern. Sie ist zwar schon vierundzwanzig, ist aber bisher über Knutschen und Fummeln nicht hinausgekommen. Nicht weil sie nicht gewollt hätte. Es ist ihr Aussehen, das sie Männern nicht begehrenswert erscheinen lässt. Sie hat alles, was die meisten Männer nicht mögen. Sie ist dick, für ihre geringe Größe hat sie dreißig Kilo zu viel, ihr Gesicht wirkt aufgeschwemmt und sieht aus wie ein Pfannkuchen, die Haare erinnern an Schnittlauch, die Beine und Arme wabbeln, und alles andere an ihr ist ebenfalls alles andere als schön. Seit sie die Mutter von Bringfried pflegt und die Zuneigung von Bringfried spürt – und das ist nicht eingeredet, wie sie findet, sondern Fakt –, kann sie sich vorstellen, sich auf ihn einzulassen. Obgleich sie das Gefühl hat, irgendetwas stimme nicht mit ihm. Zumindest verhält er sich komisch. Was sie aber auf seine Unerfahrenheit zurückführt.

In der Nacht kurz vor ihrem Eisprung kann sie vor Aufregung und Erregung kaum schlafen. Am nächsten Tag hat sie nur diesen einen Termin am Vormittag bei Bringfrieds Mutter. Die anderen Termine bis zum Nachmittag gibt sie an eine Kollegin ab mit der Begründung, sie hätte etwas Wichtiges, sehr Privates zu erledigen. Was ja auch irgendwie stimmt. Als Agnieszka bei der Mutter ist, sie eingecremt, die Windel gewechselt und sie frisch gewickelt hat, mischt sie ihr heimlich noch ein starkes Schlafmittel in den Tee, das schon nach zwei Schlucken wirkt. Die Mutter schläft ein, und sie knöpft sich Bringfried vor.

Sie klopft an seine Zimmertür. Als er nicht antwortet, drückt sie die Klinke langsam nach unten und öffnet die Tür. Er liegt nur in Unterhose, bei zugezogenen Vorhängen, im Halbdunkel auf dem Bett und erschrickt, als er Agnieszka sieht. Sie betritt vorsichtig das Zimmer und setzt sich auf die Bettkante neben ihn, sagt in irgendwie zärtlichem, aber auch bestimmtem Ton, dass seine Mutter schläft, und streicht ihm eine Haarsträhne aus dem Gesicht. Bringfried wirkt starr, wie konserviert, von ihrem kaum zu widerstehenden Geruch eingefangen, und sieht Agnieszka mit großen Augen an, als wähne er sich völlig im Unklaren, was hier gerade passiert. Agnieszka beugt sich zu ihm hinunter und küsst ihn auf den Mund, der spröde und trocken ist. Ihre fleischige Zunge schiebt sich an seinen Lippen vorbei in seine Mundhöhle und trifft da auf seine sich wie tot anfühlende Zunge. Es dauert ein bisschen, bis auch die sich bewegt. Agnieszka beugt sich wieder hoch und zieht sich aus, ganz langsam, ohne Bringfried aus den Augen zu lassen. Er liegt noch immer unverändert wie ein Stockfisch auf dem Bett und schaut sie an. Er sieht, wie Agnieszka ihren Büstenhalter öffnet und die dicken Brüste mit den riesigen Warzenhöfen auf ihren Bauch fallen. Er sieht, wie sie ihre Unterhose auszieht und wie das stark behaarte Geschlecht ihn provokativ anblickt. Nackt beugt sie sich wieder zu Bringfried hinunter und zieht seine Unterhose aus, während ihre Augen ihn fixieren. Wie paralysiert lässt er alles über sich ergehen. Als auch er nackt ist, nimmt sie seinen Penis in den Mund und leckt an ihm, bis er fast die doppelte Größe hat.

Na los, mach's mir, sagt sie streng in ihrem polnischen Tonfall.

Bringfried, der noch immer bewegungslos, aber jetzt mit erigiertem Glied daliegt, weiß nicht, was er machen soll.

Das merkt Agnieszka jetzt auch. Sie spreizt die Beine und setzt sich auf ihn. Sie führt seinen Schwanz in sich ein und bewegt sich auf und nieder, vor und zurück, zuerst langsam, dann immer schneller.

Ich mach's *dir*!, sagt Agnieszka zugleich streng und lächelnd.

Anschließend reitet sie ihn nicht wie eine unerfahrene polnische Altenpflegerin, sondern so, als wäre das ihre eigentliche Berufung, während sie dabei immer lauter stöhnt. Sie nimmt seine schweißnassen Hände und legt sie sich auf die großen Brüste.

Mach! Sie herrscht ihn an, woraufhin seine Hände anfangen zu kneten.

Gut.

Es dauert nicht lange, bis sie mit einem lauten Schrei kommt. Sie wälzt sich erschöpft und schwitzend von ihm herunter, legt sich neben ihn aufs Bett, während er wie gelähmt auf seinen Schwanz blickt, der noch immer steht und jetzt ganz rot ist. Blutrot. Auch seine Schambehaarung, die Lenden, der Bauch – alles ist rot.

W-w-was ..., stottert er. W-was ist d-d-das?

Agnieszka lacht.

Blut, sagt sie, das ist Blut. Mein Blut.

Als legte sich bei Agnieszkas Worten ein Schalter in Bringfrieds Kopf um, springt er auf, noch immer mit Blick auf seine Lenden, auf seinen Schwanz, und geht aufgeregt und orientierungslos im Zimmer umher, während Agnieszka immer lauter lacht. So laut, dass Bringfried die Sicherungen durchknallen. Er stürzt sich auf sie, das Glied noch immer steif, legt seine Hände um ihren Hals und drückt zu. Agnieszka strampelt, läuft rot an, ihre Augen quellen hervor. Sie versucht zu schreien, was ihr aber nicht gelingt. Bringfried lässt nicht nach, im Gegenteil, er drückt immer heftiger zu, bis das Strampeln weniger wird, dann gar nicht mehr ist.

BRINGFRIED

Mehrere Stunden sitzt er neben der nackten Leiche. Er kann keinen klaren Gedanken fassen. Er ist völlig leer. Ausgebrannt. Nur noch Hülle. Auch er ist noch immer nackt. Das

Blut auf seinem Körper ist längst angetrocknet. Es ist früher Abend. Die Mutter schläft noch immer.

Er steht auf, zieht sich, ohne sich zu waschen, an und geht ins Schlafzimmer der Mutter. Bei ihrem Anblick kommt wieder Leben in ihn. Und zugleich Hass, Abscheu und Zorn.

Er sieht seine schlafende Mutter an und weiß in diesem Moment, dass sie es ist, die für alles die Schuld trägt. Ohne sie wäre er nicht, wie er ist. Ohne sie wäre sein Leben ganz anders verlaufen.

Dafür muss sie jetzt büßen, denkt er. Jetzt ist der Zeitpunkt da, um abzurechnen. Bringfried tritt an ihr Bett, nimmt das Kissen, das neben ihrem Kopf liegt und drückt es auf ihr Gesicht. Mit seinem ganzen Körper legt er sich auf das Kissen, sodass die Mutter, die nun doch wach wird, keine Chance hat. Nach ein paar Zuckungen gibt sie auf und stirbt. Bringfried bleibt noch lange so auf dem Kissen und dem Gesicht der Mutter liegen, bis es plötzlich an der Wohnungstür klingelt.

Die Physiotherapeutin ist auf dem Weg nach Hause, nach Friedrichshain. Sie fährt vom Alexanderplatz mit der U5 bis zur Weberwiese. Weniger aus Interesse als aus Langeweile sieht sie hoch zur Videoanzeige des Berliner Fensters, in dem die unterschiedlichsten Kurzmeldungen veröffentlicht werden. Ein Fußballspieler, der aus der Nationalmannschaft zurücktritt. Ein Innenminister, der sich über Abschiebungen freut. Ein ehemaliger Radprofi, der psychische Probleme hat. Ein dringender Suchaufruf der Kriminalpolizei. Man sieht das Foto eines Mannes. Bei der Beschreibung steht außer Größe, Haarfarbe und vermutlichem Alter auch, dass er hinkt und womöglich einen Hüftschaden hat.

Die Physiotherapeutin stutzt. Sie ist sich unsicher, glaubt aber eine gewisse Ähnlichkeit mit dem Patienten zu erkennen, den sie wegen der Unstimmigkeit mit der Krankenkasse gerade aufsuchen will. Der Hüftschaden bestärkt sie in ihrer Annahme, der Gesuchte könnte tatsächlich ihr Patient sein.

Auf dem Weg vom U-Bahnhof zu Bringfrieds Wohnung hadert sie mit sich, ob sie nicht doch besser die Polizei verständigen sollte. Dennoch klingelt sie an der Haustür, und als diese nur angelehnt ist, betritt sie das Haus und geht in den ersten Stock hoch, wo sie vor der Wohnungstür stehen bleibt. Sie horcht. Leise Geräusche sind in der Wohnung zu hören, abgedämpfte Schritte. Sie klingelt an der Tür, aber niemand macht auf.

Der Anruf geht um 18.07 Uhr bei der Polizei ein. Die Anruferin behauptet, den Gesuchten vom Berliner Fenster erkannt zu haben. Er sei ein Patient von ihr, der, nachdem sie bei ihm geklingelt habe, nicht aufmache, obwohl er ganz sicher zuhause sei. Bis die Information zu Mechthild gelangt, dauert es zehn Minuten. Wiederum eine halbe Stunde später stürmt auf Mechthilds Veranlassung hin das schwer bewaffnete SEK die Wohnung. Mechthild und Bu finden eine nackte, unheimlich dicke junge Frau, erwürgt, und eine ebenfalls tote alte Frau, die auch eines nicht natürlichen Todes gestorben zu sein scheint. Ansonsten ist niemand in der Wohnung. Als sie den in Alkohol eingelegten Penis der Transfrau finden, ist ihnen klar, dass sie ihren Täter gefunden haben.

POTSDAMER PLATZ, TIERGARTEN

Neben dem Alexanderplatz ist dies eine meiner weiteren Innenstadt-Leichen. Anders, aber durchaus zu vergleichen. Tagsüber ist hier der Bär los. Klar, die Touristinnen werden angelockt und ausgenommen, Stadtrundfahrten, Berliner Mauerreste, Souvenirshops – jeder versucht an die Kaufwilligen aus allen Herren Länder seinen Scheiß loszuwerden. Nachts hingegen ist hier tote Hose. Hier hängt nicht mal ein Toter über dem Zaun. Kultur spielt sich hier nirgends ab. Leben auch nicht. Einzig der Bahn-Tower ragt als beleuchtetes Grablicht in der Nacht gen Himmel. Darunter ein bemitleidenswerter Friedhof. Stille. Totenstille. Grabesruh.

Bringfried überquert die Potsdamer Straße und geht die Treppen zur S-Bahn hinunter.

BRINGFRIED

Er lässt sich ziellos kreuz und quer durch das U- und S-Bahnnetz der Stadt treiben. Er weiß nicht, wohin er will, er weiß nicht, wohin er soll. Er weiß nur, dass er sich auf das Ende zubewegt. Das Ende, das nicht mehr lange auf ihn warten wird.

Er fühlt sich leer, als wäre alle Energie, alle Kraft aus ihm herausgelaufen. Als hätte ihn jeglicher Antrieb verlassen. Automatisch, wie ferngesteuert, als wäre er eine Marionette, an Fäden einer unbekannten Macht hängend, geht er über die Bahnsteige. Er kommt sich vor wie in einem Tunnel, an dessen Ende kein Licht mehr leuchtet.

Er sieht sich selbst auf der Anzeige des Berliner Fensters. Er sieht sich und erkennt sich nicht. Er erkennt nichts mehr. Die Menschen um ihn herum sind nur noch schwarze Punkte. Sie haben keine Gesichter mehr, kein Leben. Tote, es sind alles Tote. Wie auch er bald ein Toter sein wird.

Er nimmt jetzt die S1 vom Potsdamer Platz in Richtung Gesundbrunnen.

Am Gesundbrunnen steigt er in die Ringbahn um und

fährt bis zur Beusselstraße. Da hat alles begonnen, denkt er, steigt aus und wartet auf dem Bahnsteig, ohne genau zu wissen worauf. Er wartet auf einen Moment, einen Augenblick, der ihn anspringt, womöglich auch hinterrücks, und wegholt von hier, weg aus dieser Welt, in der er sich noch nie wohl gefühlt hat.

Die S41 ist bereits zu sehen. Bringfried tritt mit einem großen Schritt an die Bahnsteigkante heran. Als die Bahn in die Haltestelle einfährt, lässt er sich mit geschlossenen Augen nach vorne fallen und stürzt direkt vor den Triebwagen, der ihn erfasst und unter sich begräbt.

BU

Die Obduktion ergibt, dass Checker ermordet und anschließend in der Rummelsburger Bucht im Wasser versenkt wurde. Waren es die konkurrierenden Drogenclans? Die Afrikaner? Der Verfassungsschutz? Bu traut es allen zu.

Er wartet in einem Leihwagen verborgen am Eingang der Al-Nur-Moschee in der Haberstraße in Neukölln, ohne genau zu wissen, worauf, als sein Handy klingelt. Mechthild ist am Apparat.

Wir haben ihn, sagt sie, noch bevor er sich melden kann.

Er ist tot. Er hat sich vor die Ringbahn geworfen.

Erleichterung klingt aus ihrer Stimme. Auch eine Spur Trauer. Weniger über den Toten als vielmehr darüber, dass sich jetzt ihre Zusammenarbeit dem Ende zuneigt.

Der Fall des Psychopathen ist also gelöst, sagt Bu, ebenfalls unschlüssig, ob er sich freuen soll.

Ja, kommt in dieser indifferenten Mischung aus Freude und Enttäuschung zurück.

Schönen Feierabend dir. Wir sehen uns morgen im Büro zur Abschlussbesprechung, okay?

Okay. Dir auch, sagt Bu.

Was?

Einen schönen Feierabend.

Danke.

Noch bevor er auflegt, kommt noch einmal aus dem Hörer, Bu?

Ja?

Wir haben es geschafft.

Ja.

Danke.

Wofür?

Für deine Unterstützung. Alleine hätte ich das nie hingekriegt.

Quatsch. Wenn nicht ich, dann ein anderer.

Schönen Abend.

Dir auch.

Dass es ein gemeinsamer und gar nicht so schöner werden würde, ahnen beide zu diesem Zeitpunkt noch nicht.

Kaum hat Bu aufgelegt, ruft Katrin zur Mühlen an.

HABIBI

Checkers Tod trifft ihn. Nicht weil er ihn schon so lange kennt. In der letzten Zeit hatten sie sich wenig zu sagen. Checker war ihm immer mehr entglitten, bis er zuletzt das Gefühl hatte, er war nur noch halbherzig dabei. Vielleicht wollte er auch aussteigen. Nicht jeder eignet sich zum Märtyrer, denkt Habibi und weiß, Checker war schwach. Er wusste das vermutlich selbst am besten. Und mit Schwäche ist der Kampf nicht zu gewinnen. Kein Kampf ist mit Schwäche zu gewinnen. Vielleicht musste er deswegen Wasser schlucken und ins Gras beißen. Checkers Tod bedeutet ihm aber noch mehr. Er ist ein Zeichen, denkt er. Der Mord ist eine Ansage an ihn, die da heißt, Die Schlinge zieht sich zu. Die Zeit wird knapp. Er weiß, wenn er die Aktion nicht gefährden will, muss er jetzt handeln.

Er beschließt, den Anschlag vorzuziehen. Er unterrichtet die anderen, dass sie früher als geplant zuschlagen werden.

MECHTHILD

Wieder, wie so oft, eine SMS von Katrin. Dieses Mal ist es allerdings anders. *Wenn dich das Abenteuer reizt, komm vorbei, Estrel Zimmer 655. Wenn nicht, bleib zuhause.*

Wie hätte sie zuhause bleiben können, Abenteuer hin oder her, sie ist dieser Frau verfallen oder besser, dem Sex mit ihr.

Ohne zu zögern bricht sie zum Estrel auf. Als sie an der Zimmertür klopft, öffnet die nackte Katrin und schiebt sie ins dunkle Zimmer. Sie zieht Mechthild wortlos aus, und beide legen sich aufs Bett. Soweit ist alles wie immer. Sie kuscheln, knutschen, dann legt Katrin ihr ein schwarzes Tuch über die Augen und verknotet es am Hinterkopf.

Das Abenteuer beginnt, entspann dich, gib dich hin, flüstert Katrin, und Mechthild denkt, das ist das erste Mal, dass sie in diesem Hotelzimmer redet. Ob das ein gutes oder schlechtes Omen ist? Sie hört, wie die Badezimmertür aufgeht, und sie merkt, dass eine weitere Person tapsend ins Zimmer tritt, näherkommt und sich an ihren Beinen auf dem Bett niederlässt. Während ein Mund an ihren Brustwarzen saugt, saugt der andere an ihrem Geschlecht, bis schließlich ein Penis tief in sie eindringt.

Ja, vögel sie, flüstert Katrin, das ist gut, mach's ihr.

Der Mann über ihr bumst sie jetzt hart, während Katrin

nach wie vor an ihren Brüsten leckt und mit der Hand an ihrer Klitoris spielt.

Es ist unbeschreiblich für Mechthild, in deren Kopf ein Feuerwerk aus Lust, Erregung und Geilheit explodiert. Solange bis das Tuch um die Augen plötzlich verrutscht und sie, am Stoff vorbei, Bildausschnitte sieht, die sie wie ein Blitzschlag treffen.

Über ihr ist: Bu!

Scheiße!!!, schreit sie voller Entsetzen, macht sich frei, springt vom Bett auf, rafft die Kleider zusammen, brüllt, flucht und verschwindet, nackt mit dem Kleidern unter dem Arm, aus dem Zimmer. Katrin versucht noch sie aufzuhalten. Vergeblich.

Bu hingegen liegt wie paralysiert bäuchlings, die Augen noch immer mit einer schwarzen Binde verdeckt, auf dem Bett, schüttelt unentwegt den Kopf und flüstert immer wieder und kaum hörbar ins Laken, Dieses Miststück, vor sich hin. Dieses verdammte Miststück.

Wer das Miststück ist, scheint klar.

Als Mechthild verschwunden ist, nimmt Bu die Binde von den Augen, dreht sich zu Katrin um und sagt, Das kannst du doch nicht machen!

BU

Scheiße, was bin ich denn für ein Arschloch. Was bin ich für ein verdammtes Arschloch! Das ist doch alles krank. Total krank. Ich bin ein Fall für den Seelenklempner. Warum muss ich immer alles kaputt machen? Warum muss ich auch noch die letzten, die mir wohlgesonnen sind, vor den Kopf stoßen? Das ist so traurig, so verdammt traurig.

Bu sitzt in der Hotelbar des Estrel und schüttet sich

sinnlos eiskalten Gin Tonic in den Körper, den besten, den er bisher getrunken hat: *Berliner Brandstifter* steht auf der Flasche, als wäre es ein unmissverständliches Zeichen. Zwischen den Selbstvorwürfen, dem Selbstmitleid und den eigenen Selbstverwünschungen hat er mehrmals versucht, Mechthild anzurufen, die sich aber hartnäckig weigert ranzugehen. Nach einem weiteren Brandstifter bestellt er sich ein Taxi und lässt sich, verzweifelt, wie er ist, ins Sisyphos, einen Club in Rummelsburg, fahren. Um abzuschalten, wie er hofft, und auf andere, vielleicht bessere Gedanken zu kommen. Der Taxifahrer, der mehr die Augen im Rückspiegel hat als auf der Straße, kommt ihm komisch vor. Er denkt sich aber nichts dabei. Im Sisyphos empfängt ihn der General an der Tür, als warte er den ganzen Abend schon auf ihn.

Na, Alter, alles frisch?

Nichts ist frisch, alles ist am Ende.

Der General steckt ihm ein paar Kristalle zu, sagt, dass das nicht aufs Haus, sondern auf die Armee gehe, und klopft ihm auf die Schulter, als wär's ein Ritterschlag und das Ende auch immer ein Anfang.

Nachdem das Zeug in seinem Körper anfängt zu wirken, lichtet sich das Dunkel im Kopf. Und als wäre der Anfang vom Ende tatsächlich gekommen, tritt aus der Helle wie eine Fata Morgana eine Frau auf ihn zu, die so atemberaubend schön ist, dass es ihm beinahe den Atem raubt. Die Schöne fackelt nicht lange, schmeißt sich an ihn ran und legt sich so mächtig ins Zeug, dass es Bu ganz anders wird. Das Helle im Kopf fängt an zu knistern, zu brennen und hinterlässt eindrucksvolle Lust und Gier nach mehr. Nach nicht einmal einer halben Stunde Knutschen und Fummeln flüstert ihm die Schöne, die sich Bianca nennt, ins Ohr, ob er nicht Lust hätte, mit zu ihr zu kommen. Natürlich hat er das. Obwohl das bei Bu weniger mit Lust zu tun hat als mit Abhängigkeit und Ausgeliefertsein. Auch mit einem Krankheitsbild, über das wenig gesprochen wird.

Kurze Zeit später sitzen beide im Taxi in Richtung Friedrichshain. Erst als sie in der Samariterstraße ankommen, merkt Bu, dass es derselbe komische Taxifahrer ist, der ihn zuvor schon zum Sisyphos gebracht hat. Bianca bezahlt wie selbstverständlich, als würde sie es ohnehin von der Steuer absetzen, und zieht ihn hinter sich her die Treppe hinauf in den zweiten Stock, als könne sie es nicht erwarten, von ihm endlich, endlich gebumst zu werden. Er lässt alles mit sich geschehen. Sie sperrt die Tür auf, schiebt ihn wie ein Möbelstück vor sich her in die große Wohnung und schließt hinter sich wieder ab. Spätestens jetzt hätte ihm auffallen müssen, dass dies hier anders abläuft als sonstige derartige Rendezvous.

Geh schon mal durch, ich komme gleich, sagt sie und verschwindet im Bad, während er ein bisschen unschlüssig den langen dunklen Flur entlangwankt und an dessen Ende das Wohnzimmer betritt. Als er das Licht anknipst, was bei seinem vollgedröhnten Zustand ein paar Sekunden dauert, sieht er auf dem Sofa drei Männer sitzen. Jetzt ist auch ihm klar, dass die Bianca-Geschichte nicht den erwarteten Verlauf nehmen wird. Alle drei Männer, von denen ihm zwei beim ersten Bick bekannt vorkommen und die er beim näherem Hinsehen tatsächlich erkennt, stehen gleichzeitig auf, kommen auf ihn zu und zwingen ihn, sich genau dort aufs Sofa zu setzen, wo sie gesessen haben.

Sag mal, haben wir uns so missverständlich ausgedrückt?, sagt einer der Männer. Es ist Krusenberg, den Bu noch von früher kennt und den er damals schon nicht leiden konnte. Krusenberg, der immer die jungen Verfassungsschützerinnen bumsen wollte und nie eine der wirklich Geilen abbekommen hat, denkt Bu, trotz seiner Machtposition. Geschieht ihm recht, denkt er und lächelt schadenfroh in sich hinein.

Der andere ist Raimund, mit dem er ebenfalls noch nie gut Freund war. Der dicke Raimund, der Lakai von Krusenberg, der sein Schicksal von Anfang an an das seines Chefs geknüpft hat und der seitdem von ihm abhängig ist wie ein dicker Hund von seinem Herrchen. Den dritten, einen Schrank von Mann, hat Bu noch nie gesehen.

Solltest du nicht längst in diesem beschissenen Kloster sein?, sagt Krusenberg, dem Bu's Lächeln jetzt schon auf die Nerven geht.

Beschissen ja, Kloster nein, entgegnet Bu und muss nun völlig ansatzlos lachen. Was ein wenig irre klingt. Auf ein kurzes Kopfnicken von Krusenberg hin scheuert der dritte Mann ihm eine. Das Lachen endet so abrupt, wie es begonnen hat.

Hör mal zu, du schlitzäugige Knallcharge, wir machen keine Witze, klar? Und wenn hier jemand lacht, dann sind wir das, verstanden?

Verstanden in den Anden. Bu antwortet fast singend, und bevor er erneut loslachen kann, sagt Krusenberg, wobei er sich zu ihm herunter beugt, Du warst doch lange genug in unserem Verein. Du müsstest wissen, dass es wenig ratsam ist, sich mit uns anzulegen, oder?

Noch immer ist Bu nicht klar, was die drei eigentlich von ihm wollen. Obgleich ihn eine zärtliche Ahnung heimsucht, während die Wohnzimmertür aufgeht und Bianca hereinkommt. Die drei Männer drehen sich gleichzeitig zu ihr um, woraufhin Bianca erschrickt und sagt, Oh, entschuldigt, ich will nicht stören, aber soll ich Kaffee machen?

Raus!, brüllt Krusenberg. Bianca verschwindet, und Bu fragt, Apropos anlegen. Hast du eigentlich bei Luisa angelegt?

Er lächelt wieder. Wohl kaum, oder? Oder steht sie jetzt auf alte Spießer?

Wieder ein Kopfnicken von Krusenberg und eine Ohrfeige vom Schrank.

Der Herbst ist zu Ende, der Winter beginnt, sagt Bu. Die drei Männer schauen sich an, als säße ein völlig Schwachsinniger vor ihnen. Was Bu wieder zum Anlass nimmt, lauthals und irre zu lachen.

Auf ein weiteres Kopfnicken von Krusenberg hin greift der dritte Mann auf das Sideboard neben der Couch und zieht Bu mit einem Schlagstock eins über die Rübe. Was sofort schwerwiegende Auswirkungen hat. Bu sinkt in sich zusammen und bleibt bewusstlos auf der Couch liegen. Alles ist schwarz.

WIR SIND STADT
UND ICH, DIE STADT, BIN
NICHTS

WINTER

Es ist kalt geworden. Es ist Dezember geworden. Grauer Himmel über mir. Nur vereinzelt finden ein paar Sonnenstrahlen eine Lücke in der dichten Wolkendecke und blenden, im Stau auf den Straßen angekommen, die genervten Autofahrerinnen Unter den Linden und an der Goldelse, sodass die sich noch mehr ärgern über das seit Tagen miese Wetter. Schnee liegt in der Luft. Einer Luft, die kontinuierlich schlechter wird, was aber nicht nur an den alten Dieseln und dem Feinstaub liegt, sondern auch am mangelnden Umweltbewusstsein der Politik und der Industrie, das wiederum auf die Menschen abfärbt, die fatalistisch nach dem Motto: Nach mir die Sintflut, weiterhin die Luft verpesten, was das Zeug hält.

Ja, ich habe ein schwerwiegendes Identitätsproblem. Ich fühle mich in meiner eigenen Haut nicht mehr wohl. Ich fühle mich so verändert, mir selbst gegenüber so fremd, dass ich mich bisweilen nicht mehr wiedererkenne. Die Veränderung kommt von außen, ist strategisch und von langer Hand geplant. Man verändert mich. Ich werde zu einer anderen Stadt, zu einer anderen als der, die ich gerne wäre. Ich bin nicht Frankfurt, nicht Hamburg, nicht München, auch nicht New York oder London. Ich bin ich, doch ich werde permanent und immer stärker planungstechnisch und stadtentwicklungspolitisch bearbeitet und in eine Richtung verändert, dass ich den Eindruck nicht los werde, es geht nur noch um die Devise: Kapital! Kapitalvermehrung! Es scheint, dass alles dieser unausgesprochenen, in allen Hinterzimmern der Macht bekannten Maxime untergeordnet wird. Dabei bleiben nicht nur alle anderen, dabei bleibe auch ich auf der Strecke. Ich pfeife aus dem letzten Loch, ich bin dem Kollaps nahe und verrecke bei lebendigem Leib. Das, was sie Stadt nennen, ist nur mehr ein Leichnam, der nicht mehr atmet, der nur noch röchelt, dem langsam, aber sicher die Puste ausgeht.

HABIBI

Fast ein Jahr hat er auf diesen Moment gewartet. Fast ein Jahr hat er hart daran gearbeitet, diesen ebenso ambitionierten wie verrückten und gefährlichen Plan umzusetzen. Gegen alle Widrigkeiten und unter ständiger Beobachtung des Verfassungsschutzes und des BKAs. Fast ein Jahr lang hat er nur noch dafür gelebt. Sein ganzes Leben darauf fokussiert.

Die Stunde der Wahrheit ist endlich herangerückt. Nun wird er die Ernte seiner Anstrengung und der seiner Mitstreiter und Helfer einfahren. Es ist ein erhabenes Gefühl, eines, das ihn in seinen eigenen Augen zu etwas Besonderem macht, eines, das ihn über die anderen erhebt. Es ist eine Position, von der er immer schon geträumt hat. Erhoben auf die anderen herabblickend, gottgleich. Natürlich hat es auch eine Spur von Größenwahn, Arroganz, Hegemonie und Irrsinn, das diesen von sich selbst völlig überzeugten Habibi antreibt. Er sieht sich auserwählt und einer übergeordneten, hehren Sache dienend. Mit Lohn im Jenseits, in dem die Jungfrauen auf ihn warten. Er ist ein zu allem bereiter Überzeugungstäter, der alles dem unterordnet, was für ihn vorbestimmt ist.

Auf den letzten, entscheidenden Metern vor dem Ziel muss er noch einmal alle Kräfte bündeln und vorsichtiger denn je die lang geplanten Vorkehrungen umsetzen.

Die zwölf Ein-Liter-Plastikflaschen für Flüssigseife werden präpariert. Sie werden geleert, mit Sprengstoff gefüllt und mit einem Zeitzünder versehen. Das ist Habibis Aufgabe, auf die er sich akribisch vorbereitet hat. Dann werden die manipulierten Flaschen wieder zurück in den Karton gepackt und zugeklebt, sodass von außen nichts zu sehen ist.

Die Lieferung der Flüssigseife in den Bundestag erfolgt einmal die Woche, zusammen mit anderen Hygieneprodukten wie Putzmitteln und Papierhandtüchern, durch eine Firma, bei der Andreas, ein zum Islam konvertierter Deutscher, arbeitet, der seinen religiöser Sinneswandel allerdings sowohl seinem Arbeitgeber als auch seinen Kolleginnen und Freundinnen verheimlicht.

Mit seinen neuen Freunden hingegen, zu denen auch Habibi gehört, verbindet ihn nicht nur die gemeinsame Religion, sondern auch das Bewusstsein, dass die Aggressoren, wie sie die Andersgläubigen nennen, zu bekämpfen sind, ja vernichtet werden müssen, bevor sie dazu kommen, sie selbst auszulöschen. Der IS ist ein ideales Auffangbecken für dieses Gedankengut und die daraus resultierende Konsequenz. Andreas muss von Habibi nicht erst agitiert werden. Von Anfang an ist er Feuer und Flamme. Plötzlich bekommt sein verkacktes Leben, bei dem er von Kindheit an auf der Verliererseite steht, einen Sinn. Er spürt, dass es sich mit solch einer Aufgabe und Herausforderung wieder lohnt zu leben. Der Glaube versetzt nicht nur Berge, der Glaube macht aus einem belanglosen Außenseiter einen gefährlichen Extremisten. Er hat vor einem Jahr bei dieser

Firma, die den Bundestag beliefert, einzig und allein deswegen angeheuert, um genau diesen Transport durchführen zu können.

Am frühen Morgen gegen vier Uhr bringt Andreas mit seinem Lieferwagen neben der Pappschachtel mit den zwölf getarnten Sprengstoffflaschen noch andere Putzmittel zum Nebeneingang des Bundestags. Seltsamerweise ist er kaum aufgeregt, was vielleicht daran liegt, dass er von der Aktion völlig überzeugt ist. Er empfindet ein angenehmes, bisher nicht gekanntes Gefühl der Anspannung und Erregung.

Die anzuliefernden Waren legt er auf ein Kontrollband, auf dem sie einem Sicherheitscheck unterzogen werden. Einer der Wachmänner der Sicherheitsfirma, die an diesem Morgen Dienst haben, ist Viktor, ein Deutscher russischer Abstammung. Auch Viktor ist von Habibi angeheuert. Kennengelernt haben sie sich in einer Moschee in Neukölln. Auch Viktor musste nicht groß agitiert werden. Auch bei ihm fiel Habibis Werben auf fruchtbaren Boden. Nicht nur dass Viktor sich zeitlebens benachteiligt fühlt. Wegen seiner Abstammung fühlt er sich in Deutschland ausgegrenzt und diskriminiert. Auch widerspricht sein Bild einer idealen Gesellschaft dem, mit dem er tagtäglich konfrontiert wird. Die Freizügigkeit der Frauen, die in seinen Augen abartige und überall in der Öffentlichkeit ausgelebte Homosexualität, die um sich greifende Pornografie, der für ihn unerträgliche Hedonismus sowie die Glaubensverachtung vergrößern seine Wut und seinen Hass kolossal.

Während Andreas den Wagen auslädt und Viktors älterer Kollege ihm dabei zigaretterauchend zusieht, schiebt Viktor zwei Kartons durch die Sicherheitsschleuse. Ein Signal ertönt. Während er die Schachtel mit den Sprengstoff-Plastikflaschen auf der anderen Seite der Schleuse abstellt, nimmt er die andere wieder zurück und fragt auffällig laut, dass es auch der andere Kollege hört, Huch, was haben wir denn da?

Ein hässliches Geräusch, antwortet der Kollege und tritt die Zigarette aus. Beide öffnen, wie in solchen Fällen vorgeschrieben, den Karton. In ihm befinden sich ebenfalls Plastikflaschen, allerdings nicht mit Sprengstoff gefüllt, sondern mit Flüssigseife. Zwischen ihnen zieht Viktor einen Kugelschreiber hervor.

Na da schau her. Wie ist der denn hier reingeraten?

Sie schieben den Karton ohne den Kugelschreiber erneut durch die Schleuse, woraufhin nichts mehr zu hören ist.

Geht doch, sagt Viktor.

Willste den haben?, fragt Viktor den Kollegen.

Bevor du ihn wegschmeißt ... Er steckt den Kugelschreiber ein.

Die Kartons werden in den Aufenthaltsraum der Putzfirma gebracht, die seit Jahren den Bundestag reinigt.

Der bei dieser Putzfirma angestellte Deutsch-Türke Mechmet, mit bestem Führungszeugnis und ausschließlich positivem Feedback von Kolleginnen und Chefinnen, tritt am selben Morgen um kurz nach vier seinen Dienst an. Er ist seit einem halben Jahr mit fünf weiteren Mitarbeiterinnen für die Sanitäranlagen des Gebäudes zuständig. Seit einem Monat sogar als Vorabeiter. Auch Mechmet wurde von Habibi überzeugt, dass man ein eindrucksvolles Zeichen gegen die Ungläubigen setzen müsse. Dabei ist Mechmet von allen der Skeptischste. Ihm ist nicht wohl dabei, womöglich Unschuldige in den Tod zu reißen.

Das sind keine Unschuldigen, sagt Habibi, die, die da im Bundestag sitzen, gehören zu den Aggressoren, da gibt es keine Unschuldigen. Außerdem geht es gar nicht darum, möglichst viele Opfer zu erzielen. Es geht um das Signal, das Zeichen, verstehst du? Es geht darum, die Verletzlichkeit des Systems der Ungläubigen zu zeigen, ihren Hochmut und ihre Überheblichkeit bloßzustellen. Außerdem, wenn es dich beruhigt, gibt es in den Toiletten nicht viele Opfer. Nur Sachschaden, versucht Habibi Mechmets Bedenken zu zerstreuen. Was ihm letztendlich auch gelingt.

Um halb fünf füllt Mechmet die Papierspender der Toiletten um den Sitzungssaal herum auf und setzt dabei auch die Sprengstoff-Flaschen in die Plastikgehäuse. Weil die Flaschen so groß sind, bleibt nur noch Platz für einen kleinen, vielleicht zehn Zentimeter dicken Stapel Papiertücher. Vielleicht hätten wir doch eine kleinere Flasche nehmen sollen, denkt Mechmet kurz und verschließt die Papierspender. Er freut sich, dass alles wie geplant läuft. Durch die Aufregung, aber auch durch die Fokussierung auf die Sprengstoffflaschen vergisst er, auch die Klopapierrollen aufzufüllen und die Spiegel über den Waschbecken zu reinigen.

Scheiß drauf, denkt Mechmet, jetzt gibt es Wichtigeres.

ALEXANDERPLATZ, MITTE

Dies ist eine meiner schlimmsten architektonischen Rumpelkammern. Mein räudiger Mittelpunkt, der die Mitte zum Zonenrand verkommen lässt, empfänglich für alles, was nach Improvisation, Dilettantismus und Kauderwelsch aussieht. Einzig der Fernsehturm ragt aus dieser baulichen Unzulänglichkeit wie ein Stinkefinger heraus und verleiht dem Platz, der sich als kleiner Trost in der Turmkugel spiegelt, einen Hauch von Glanz. Unverständlich eigentlich, warum dieser hässliche Platz einer der beliebtesten in Europa ist. Es ist Touristenmagnet, aber auch Kriminalitätsschwerpunkt. Drogenhandel, Körperverletzungen und Schlägereien gehören hier zum Alltag und liefern verlässliche Schlagzeilen für den Boulevard und die Hauptstadt-Medien. Vor allem nachts verwandelt sich das Gebiet in ein gefährliches Pflaster, das die Verantwortlichen, trotz zusätzlicher Ordnungshüterinnen und Sozialarbeiterinnen, nicht wirklich in den Griff kriegen.

LUISA VERHAAG

Sie hat es Krusenberg gebeichtet. Allerdings nicht sofort, sondern erst, nachdem das schlechte Gewissen ihr die Hölle heiß gemacht hatte. Sie hat ihm gestanden, dass sie Bu in viele ihrer Ermittlungen eingeweiht hat. Aus blödem Größenwahn, aus Überschätzung, aus Eitelkeit.

Es tut mir leid, sagt sie den Tränen nahe, aber ich kann es nicht mehr rückgängig machen. Ich trage auch alle Konsequenzen. Ich quittiere den Dienst.

Spinnst du?! Krusenberg schreit. Bist du jetzt völlig übergeschnappt?!

Zuerst kapiert sie gar nicht, was er meint, denkt, es ist der Verrat, der Krusenberg so wütend macht. Sie begreift erst, als Krusenberg dann weniger brüllt, leiser wird und schließlich leise, ganz leise sagt, Luisa, hör mir zu, hör mir jetzt ganz genau zu. Wem hast du davon noch erzählt?

Niemandem.

Bist du sicher?

Ja.

Gut. Ich kümmere mich darum. Und deine Kündigung kannst du dir in deinen schönen Hintern schieben.

Sie wird bei diesen Worten ein bisschen rot; so hat sie Krusenberg noch nie sprechen hören. Aber wenn sie ehrlich ist, gefällt es ihr auch.

Danke, sie fällt ihm um den Hals, und er drückt sie fest an sich.

Am Abend trifft sie ihn dann erneut und schläft mit ihm. Der Sex mit Krusenberg ist kein Vergleich zu dem mit Bu. Aber mit Krusenberg geht sie auch nicht wegen des Sex ins Bett.

BENEDIKT STADELMAIER

Ihn habe ich noch nicht so lange im Visier, da er erst seit kurzer Zeit hier bei mir in der Stadt ist. Benedikt Stadelmaier ist ein junger CDU-Bundestagsabgeordneter aus Geislingen, einer der Jüngsten im Bundestag überhaupt und seit dieser Legislaturperiode neu im hohen Haus. Er kommt mit großen Erwartungen aus der Provinz und hatte sich den Aufenthalt bei mir in der Hauptstadt anders, besser ausgemalt. Seine Zeit im fernen und auf ihn feindlich wirkenden Berlin, weit weg von der Heimat, scheint er weniger gut zu verkraften, als er sich das vorgestellt und vorgenommen hat. Sein Dialekt, den er ums Verrecken nicht wegbekommt, outet ihn bei jeder Gelegenheit, beim Bäcker, in der Kneipe oder im Fitnessclub, als verhassten Schwaben. Was ihn anfänglich amüsiert, irgendwann aber belastet. Außerdem ist die Arbeit in der Fraktion und im Bundestag gar nicht so spannend wie erwartet. Seit er hier ist, ist er ziemlich anfällig für körperliche, aber auch seelische Beschwerden geworden.

Er hat sich die ganze Nacht über mit Magenkrämpfen in seiner Einzimmerwohnung nahe dem Regierungsviertel herumgeschlagen. Auch in dieser Nacht bereut er wieder den Schritt in die Politik-Karriere gemacht zu haben. Einzig sein verstecktes Schwulsein kann er hier bei mir, in dieser diversen Weltstadt, in der Anonymität der vielen Schwulenbars von Charlottenburg und Schöneberg gänzlich ausleben. Als er daran denkt, an den Schlackekeller im Berghain zum Beispiel, in dem er erst jüngst seine ersten sexuellen Extremerfahrungen gemacht hat, versteift sich sein Glied. Noch ehe er Hand an sich legen kann, klingelt der Wecker. Er wälzt sich aus dem Bett, während ihn neben den Magenkrämpfen jetzt auch noch extremer Durchfall plagt. Dennoch will er unbedingt an der Bundestagssitzung um zehn Uhr teilnehmen. Die Debatte um das geplante neue Asylgesetz interessiert ihn momentan mehr als alle anderen Themen. Vielleicht hat es auch damit zu tun, dass er in einer der Bars vor einigen Monaten einen jungen Syrer kennengelernt hat, mit dem er nicht nur Sex hatte, sondern in den er seither auch ein bisschen verliebt ist.

Deshalb macht er sich, noch immer mit extremem Magengrummeln und zusammengekniffenen Pobacken, um Viertel nach neun von zuhause auf und schleppt sich zum Reichstag. Da angekommen, sucht er, mit kaum mehr auszuhaltendem Drang und Schmerzen im Bauch, zuerst eine Toilette nahe dem Sitzungssaal auf und entleert sich. Die nur halbe Klopapierrolle verbraucht er gänzlich. Danach wäscht er sich am Waschbecken die Hände, sieht sich selbst im Spiegel, ist entsetzt ob seiner blassen Gesichtsfarbe und den dunklen Rändern um die Augen und hofft, dass er die Bundestagsdebatte bis zum Mittag durchhalten wird. Anschließend setzt er sich auf einen der hintersten Plätze seiner Fraktion, während die anderen Abgeordneten, heute in erstaunlich hoher Anzahl, was am Thema liegen mag, den Sitzungssaal von allen Seiten betreten.

Nach nur einer halben Stunde, während der Innenminister seine restriktiven Vorstellungen von einer veränderten Asylgesetzgebung unter zum Teil lautstarkem Protest der Opposition vorträgt, geht das Magengrummeln bei Benedikt Stadelmaier erneut los, sodass er sich kaum auf die Debatte konzentrieren kann, sondern nur noch darauf, die Pobacken zusammenzukneifen. Als der Innenminister bei der rigorosen Zurückweisung von Flüchtlingen an den Grenzen angekommen ist, spürt Stadelmaier, dass es so nicht mehr weitergeht, dass sein Schließmuskel dabei ist zu kapitulieren. Er steht unter den strengen Blicken seiner Fraktionskolleginnen auf und eilt schnellen Schrittes in Richtung Toilette. Dort angekommen, entleert sich Benedikt Stadelmaier an diesem Morgen das zweite Mal. Sofort fühlt er sich erleichtert. Er will zum Toilettenpapier greifen und merkt, dass der Halter leer ist.

Scheiße!

Unschlüssig öffnet er die Kabinentür einen Spaltbreit, horcht eine Weile, ob sich im Raum noch jemand anders befindet, zieht dann die Hose halbwegs hoch, betritt mit offenem Gürtel die andere Toilettenkabine und muss auch da feststellen, dass es kein Klopapier mehr gibt.

Verdammte Scheiße!

Ohne weiter lange nachzudenken, geht er, noch immer mit offenem Gürtel und unzureichend geschlossener Hose, zum Waschbecken und zieht einen dicken Stapel Papiertücher aus dem über dem Waschbecken angebrachten Papierspender. Zurück in der Kabine säubert er sich mit den Tüchern, die ihm erstaunlicherweise und hocherfreut fast noch weicher vorkommen als das Klopapier, den Hintern.

Es ist zwanzig vor elf, als er, ohne Magengrummeln und sehr erleichtert, am Waschbecken steht und sich die Hände wäscht. Als er erneut an den Papiertüchern im Spender zieht, kommen nur noch zwei heraus.

Scheiße, was ist das denn?!, sagt Benedikt Stadelmaier intuitiv und unbedacht, ohne dass er sich der Tragweite dieses Satzes bewusst wird. Einen Moment später wird ihm klar, wie groß die Scheiße wirklich ist.

Am Schlitz des Papiertuchspenders taucht etwas auf, was Benedikt Stadelmaier höchst seltsam findet. Er bückt sich, schaut durch den vielleicht fünf Zentimeter breiten Spalt an der Unterseite des weißen Kastens und sieht darin liegend eine Plastikflasche. Dass an der Plastikflasche ein kleines rotes Licht leuchtet, versetzt ihn plötzlich in höchste Aufregung. Was damit zu tun hat, dass Benedikt Stadelmaier sich schon von Kindheit an für Elektrotechnik interessiert. Schon mit fünf Jahren bekam er einen Fischer-Elektronik-Baukasten zum Geburtstag. Auch als Jugendlicher hat er sich mit Steuerungssystemen und elektronischen Anwendungen beschäftigt. Er lötete in seinem Jugendzimmer an Platinen herum, baute Module für elektrische Geräte zusammen und war auch von der Digitalelektronik fasziniert.

Beim Anblick der rot leuchtenden Diode an der Flasche im Handtuchspender ist Benedikt Stadelmaier sofort klar, dass es sich hier mit größter Wahrscheinlichkeit um einen Zeitzünder handelt. Sofort fluten Horrorszenen, wie er sie nur vom Fernsehen und aus dem Kino kennt, seinen Kopf. Er reißt sich vom Papierspender los, verlässt die Toilette, geht in den Sitzungssaal zurück, überlegt einen Moment und eilt dann mit schnellen Schritten auf den Bundestagspräsidenten zu, der mit dem Schlaf kämpft und den Kopf auf den rechten Arm aufgestützt dasitzt. Vor ihm am Rednerpult doziert noch immer der Innenminister über das, wie er es nennt, Unausweichliche.

Beim Bundestagspräsidenten angekommen beugt sich Benedikt Stadelmaier zu ihm herunter und sagt – so aufgeregt, wie er ist, fallen die Worte unkontrolliert übereinander her –, Herr Bundestagspräsident, ich muss Ihnen, ich muss melden, auf dem Klo im Handtuchpapier, Herrgott, wie heißt dieses Scheißding, im Papierspender ist ein versteckter Sprengsatz ...

Der Bundestagspräsident sieht den jungen Mann an, als wäre der Überbringer der schlechten Nachricht die schlechte Nachricht selbst. Womöglich denkt er aber auch nur an den Schweinsbraten, den er in gut einer Stunde in der Bundestagskantine essen will. Oder er denkt an die Worte des Innenministers vor ihm, der von Transitzentren, Asyltourismus, Abschottung und straffälligen Flüchtlingen redet wie von Sodom und Gomorrha, und weiß, dass das selbst mit seiner eigenen konservativen Einstellung nicht gänzlich kompatibel ist.

Eigentlich ist es auch egal, was der Bundestagspräsident denkt. Benedikt Stadelmaier merkt, dass seine Worte den Bundestagspräsidenten nicht erreichen, zumindest nicht so, wie sie es tun müssten. Also atmet er tief durch, sammelt sich drei Sekunden lang und sagt nun ruhig und deutlich: Herr Bundestagspräsident, ich bin Benedikt Stadelmaier, CDU-Abgeordneter aus Geislingen, und auf dem Klo befindet sich eine Bombe.

Diese Worte versteht der Bundestagspräsident tatsächlich besser. Er dreht sich weg von Benedikt Stadelmaier, beugt sich vors Mikrofon, drückt auf den Sprechknopf und sagt, zum Entsetzen des Ministers, der sich gerade in Rage geredet hat, Verzeihung für diese Unterbrechung, Meine Damen und Herren, bitte verlassen Sie umgehend den Sitzungssaal und das Gebäude. Im Sitzungssaal macht sich sofort Gelächter breit, Unverständnis, Gemurmel, als ob sich so mancher fragt, was nun schon wieder in den Bundestagspräsidenten gefahren ist, ob es vielleicht die unsägliche Rede des Innenminister ist oder ...

Als er merkt, dass seine Worte nicht den gewünschten Effekt erzielen, dass die Abgeordneten ihn stattdessen nur ratlos und befremdet anschauen, als wäre er verrückt geworden, wiederholt er: Alle Anwesenden im Saal, bitte verlassen Sie unverzüglich, sofort, auf der Stelle und in gegebener Eile das Haus. Es liegt eine akute Bedrohung vor. Dies ist bitterer Ernst.

Das Wort Bombe, Sprengsatz oder dergleichen erwähnt er wohlweißlich nicht, um keine Panik auszulösen. Die resoluten Worte des Bundestagspräsidenten zeigen Erfolg. Bewegung kommt in den Saal. Auch auf den Zuschauerrängen stürzen jetzt die Besucherinnen zu den Ausgängen.

Und dann verliert er sich in der Schwärze der Bewusstlosigkeit. Und träumt, auf der unbequemen Couch in Friedrichshain liegend, was das Zeug hält. So viel in so kurzer Zeit hat er noch nie geträumt. So Krudes, Abartiges, Unterschiedliches auch nicht. Er träumt von den Verbrechen der Wehrmacht im Zweiten Weltkrieg, von Menschenrechtsverletzungen in Uganda, von der Flüchtlingsunterkunft am Flughafen Tempelhof, von der ehemaligen DDR, der Mangelwirtschaft in Venezuela, vom Darknet, von den unerträglichen Verspätungen der BVG, von den präpotenten Volksvertreterinnen im deutschen Bundestag, von Florian Dietrichs, der Krusenberg den Arsch aufreißt, und von sich selbst, abgehoben und aufgeblasen in die Sphären neuronaler Schaltkreise, in denen alles durcheinandergeht, hin und her und keinem durchschaubaren Plan folgt. Er träumt so heftig, dass es irgendwann anfängt zu flirren. Alles. Alles flirrt. Alles fließt. Alles ist in gleißendes Licht getaucht. Er schwebt, er fliegt, er fühlt sich völlig schwerelos. Hoch über mir, der Stadt, umgeben von Wolken, blickt er herunter auf die Welt, den Fernsehturm am Alexanderplatz, fliegt Unter den Linden entlang, vorbei an der Staatsoper, über das Brandenburger Tor, den Reichstag. Er sieht die Glaskuppel von oben, sieht schwarze Tiere, Spinnen gleich, die geschäftig an einem Netz weben, dass sich durch den Plenarsaal zieht und alles miteinander verknüpft, als hinge alles zusammen. Dann erkennt er, dass die Fäden des Netzes von schwarz nach rot changieren und zu einer Zündschnur werden, die langsam wie in Zeitlupe abbrennt und zu einem Knall führt, der aber nicht zu hören, nur zu spüren ist. Er sieht, wie der Reichstag in einer feuerspeienden Fontäne in die Luft fliegt, hoch zu ihm, und er zieht die Abgeordneten – es sind doch Abgeordnete, die aber alle Tiermasken tragen – an den Hörnern, sofern sie welche haben, tritt ihnen in den Arsch, sodass sie wieder hinunterpurzeln auf die Erde, als er durch ein Geräusch, eine Erschütterung erwacht.

Er blinzelt, schlägt die Augen auf und sieht blendende Helligkeit. Er sieht eine Wohnung, ein Sofa und sich selbst darauf liegend. Er weiß nicht, wie lange er schon auf diesem Sofa in dieser Wohnung liegt. Außer ihm scheint niemand da zu sein. Er erinnert sich. Krusenberg, Raimund, der dritte Mann und auch Bianca sind verschwunden. Bianca, denkt er, was für ein bescheuerter Name. Hätte er seine Sinne noch beieinander gehabt, hätte er allein daran merken müssen, dass an dieser ganzen Nummer einiges falsch war. Bianca! So eine Frau heißt nicht Bianca. Sie heißt Veronique, Kira oder Madeleine. Aber Bianca? Das können sich nur Verfassungsschutz-Ärsche ausdenken, denkt er und greift sich an den Kopf. Er hat Schmerzen. Die vielleicht fünf Zentimeter lange Wunde an der Stirn ist verschorft, das Blut angetrocknet. Er steht auf, ein wenig wacklig auf den Beinen, wirft einen Blick in die beiden anderen Zimmer, die aussehen, als würde hier niemand wohnen, guckt ins Bad und geht dann in die Küche. Er setzt sich einen Espresso auf, findet in seiner Jackentasche eine zerknautschte American-Spirit-Zigarettenschachtel, holt eine Kippe heraus, zündet sie an, inhaliert den Rauch und freut sich, dass er noch lebt.

Nachdem er die ganze Kanne Espresso ausgetrunken hat, geht es ihm besser, wird er klarer. Erneut wählt er mehrmals hintereinander Mechthilds Nummer. Wieder geht sie nicht dran. Eigentlich ist der Fall für mich beendet, denkt er. Das sollte der kurze Aufenthalt in dieser Friedrichshainer Wohnung offensichtlich eindrucksvoll verdeutlichen. Ich könnte jetzt meine Koffer packen und wieder abhauen. Dahin, von wo ich im Frühling hergekommen bin. Ich hätte längst abhauen müssen. Nein, ich hätte erst gar nicht hierher reisen sollen. Er steckt sich noch eine verbogene American Spirit an, zieht den Rauch abermals tief ein und freut sich nicht mehr ganz so begeistert, dass er lebt.

Gleichzeitig fasst er den Entschluss, nicht abzureisen. Das Kloster kann warten. Es hat lange genug gewartet, da kommt es auf ein paar Tage mehr nicht an. Er bleibt hier, in der Stadt, bei mir. Ob es die Abhängigkeit ist? Wohl kaum. Es ist vielmehr dieses Scheiß-Verantwortungsgefühl, würde er jetzt sagen, wenn ihn jemand danach fragen würde. Er ist noch nicht fertig hier. Die Sache mit Checker nagt an ihm. Sein Tod geht ihm kurioserweise nahe. Und die Sache mit Habibi lässt ihn nicht los. Und dann ist da noch dieser Traum, der so klar und deutlich war, dass er ihn nicht ignorieren kann. Das war ein Zeichen, denkt Bu, das Unterbewusstsein weiß mehr und will etwas. Kopfschmerzen bereitet ihm auch das abrupte unglückliche Ende seiner Zusammenarbeit mit Mechthild, dass er nicht einfach so auf sich beruhen lassen kann. Nachdem er sie nun schon seit gestern nirgends erreichen kann, ruft er noch aus der Friedrichshainer Wohnung Katrin zur Mühlen an. Sie beruhigt ihn, sagt, Mechthild brauche Zeit und er solle sie erst mal in Ruhe lassen. Sie werde sich um sie kümmern und ihn auf dem Laufenden halten.

Vertrau mir.

Er weiß nicht, ob er ihr vertrauen kann.

MECHTHILD

Sie weiß nichts mit sich anzufangen. Sie entzieht sich, ist für niemanden zu erreichen. Kapselt sich ab, will die Welt aus sich aussperren. Und mit ihr alles, was sie belastet. Natürlich weiß sie, dass diese Hotel-Performance auf Katrins Mist gewachsen ist. Womöglich wusste Bu gar nichts davon.

Bestimmt wusste er nichts davon, sonst hätte er sicher nicht mitgemacht. Einzig Katrin ist so etwas zuzutrauen. Das Schlimme ist, findet Mechthild, dass sie das nicht einmal aus Bosheit macht. Nein, Katrin macht so etwas, weil sie es geil findet und glaubt, dass auch sie, Mechthild, es geil finden würde. Mechthild aber hat gar nicht die Distanz dazu, um es nicht als Vertrauensbruch zu verstehen. Sie fühlt sich hintergangen, benutzt, selbst wenn Katrin ihr nur Gutes tun wollte. Da wirkt Gutes ziemlich schlecht.

Erst mit der Zeit löst sie sich von der Wut und den Vorwürfen gegenüber Katrin und Bu. Sie versucht es nüchterner zu sehen, mit dem Blick von außen. Sie öffnet sich wieder, kriecht heraus aus ihrer Höhle, holt mich, die Stadt, zu sich, bricht wieder auf in die Welt, wird die Welt selbst und schaut auf sich herab. Und muss lachen, laut lachen.

BU

Seit drei Stunden sitzt Bu in einem angemieteten Drivenow-Auto in Lichtenberg vor dem Plattenbau, in dem Habibi wohnt, und wartet. Er denkt an Mechthild, an Katrin und plagt sich nach wie vor mit einem schlechten Gewissen herum. Wie ihm diese ganze Scheiße so entgleiten konnte, ist ihm nicht ganz klar. Er weiß natürlich, dass ich, die Stadt, ihn mittlerweile wieder völlig vereinnahmt habe. Dass er wie ein Junkie von mir abhängig ist, dass er wie ein Junkie von mir zugrunde gerichtet wird. Und dabei andere mit zugrunde richtet.

Was bin ich bloß für ein Arschloch, murmelt er, raucht vor sich hin und bläst den Rauch durch den Seitenfensterschlitz nach draußen in den trüben Morgen.

Er weiß, dass Habibi zuhause ist, und er weiß auch, dass

es nicht mehr lange dauern wird, bis er das Haus verlassen wird. Er vermutet, dass die Anschlagsvorbereitungen abgeschlossen sind und Habibi, wenn er Checkers Informationen richtig einschätzt, sehr bald zur Tat schreitet. Nur wo und wann genau, das weiß er nicht.

HABIBI

Um zehn Uhr verlässt Habibi die Wohnung. Wie immer schaut er sich auffällig um, macht aber einen selbstbewussten und sicheren Eindruck. Er geht zum S-Bahnhof Lichtenberg. Bu lässt den Wagen stehen und folgt ihm in sicherem Abstand zu Fuß.

Der überfüllte Bahnsteig lässt nichts Gutes erahnen. Wegen einer Signalstörung kommt es zu erheblichen Verspätungen, versucht eine metallisch klingende Stimme aus den Lautsprechern der S-Bahn die Wartenden zu beruhigen. Habibi wird sichtlich nervös. Als nach zwanzig Minuten die Bahn dann doch noch einfährt, steigt Habibi zu. Bu folgt ihm.

Am Bahnhof Wedding steigt Habibi in die U-Bahn um und fährt bis zur Friedrichstraße. Immer verfolgt von Bu. Vom Bahnhof Friedrichstraße folgt Bu Habibi in sicherem Abstand an der Spree und am Reichstagsufer entlang in Richtung Bundestag. Schon von Weitem ist ein ungeheurer Auftrieb vor dem Gebäude zu erkennen. Habibi stutzt, er schaut auf die Uhr, es ist zehn vor elf. Er ahnt, dass sich etwas Unvorhergesehenes ereignet haben muss. Die Zeitzünder sind genau auf elf Uhr gestellt. Er ist hergekommen, um das Spektakel, auf das er und seine Mitstreiter nahezu ein Jahr lang hingearbeitet haben, mit eigenen Augen anzusehen. Und sollte etwas Unvorhergesehenes passieren, könnte er die Sprengsätze auch über eine Zahlenkombination auf seinem Handy zünden.

Vor dem Reichstag angekommen, es ist acht Minuten vor elf, wird Habibi klar, dass die Sprengsätze in den Papierspendern des Bundestags entdeckt worden sind. Nur das kann der Grund für die noch immer aus dem Gebäude strömende Menschenmenge sein.

FLORIAN DIETRICHS

Er liegt gerade auf der Couch, die Hosen an den Fesseln, vor sich sein Laptop, auf dem ihn ein Youporn-Gay-Clip zielsicher zum Höhepunkt treibt, als sein Telefon klingelt.

Scheiße, flucht er. Als auf dem Display Bu's Konterfei erscheint, geht er trotzdem ran.

Ohne Begrüßungsfloskel fällt Bu mit der Tür ins Haus.

Komm zum Reichstag, schnell, ich glaube, da steigt gleich die Party.

Was für 'ne ..., weiter kommt Dietrichs nicht.

Mann, schaff deinen fetten Arsch her, wenn du ein investigativer was auch immer sein willst.

Was? Du meinst, der Anschlag ...?

Das hat jetzt aber gedauert. Bist du am Fummeln? Bu lacht in den Hörer, nur kurz, dann fährt er fort.

Hör zu, ich bin an Habibi dran, und ich glaube, der lässt gleich die Bombe platzen. Also, mach deinem Schwanz Beine und schaff dich hierher, mein alter Wichser ...

Noch ehe Dietrichs etwas sagen kann, hat Bu aufgelegt.

Scheiße.

Dietrichs packt seinen noch immer erigierten Penis in die Hose, verlässt die Wohnung und rennt auf die Straße. Nicht weit von seiner Haustür entfernt in der Torstraße ist ein Taxistand. Er öffnet die Tür, hechtet auf die Rückbank und sagt, in einem Ton, dass der Taxifahrer glaubt, die Kanzlerin wäre auf Ecstasy, Bundestag, schnell, gib Gas, Mann!

BU

Bu ist jetzt ganz dicht, höchstens noch zwei Meter hinter Habibi. Auch ihm ist jetzt beim Anblick der zum Teil panisch flüchtenden Abgeordneten und Besucherinnen klar, dass der Anschlag entweder schon im Bundestag stattgefunden hat, was unwahrscheinlich ist, da niemand verletzt zu sein scheint. Oder gleich stattfinden wird.

Er sieht, wie Habibi in die Hosentasche greift und sein Handy herausholt. Es ist fünf Minuten vor elf. Keine zwei Meter von Habibi entfernt, springt Bu mit einem Mawashi-Geri, einem klassischen Karate-Fußtritt, Habibi an. Habibi ist völlig überrascht. Er wird zu Boden geschleudert und lässt das Handy wie eine abzuschießende Tontaube durch die Luft segeln. Einige Meter weiter schlägt es auf dem Asphalt auf. Bu stürzt sich auf Habibi. Sie rangeln und kommen dann gleichzeitig wieder auf die Beine. Im Augenwinkel glaubt Bu plötzlich ein Gesicht zu erkennen, das ihm bekannt vorkommt: Luisa Verhaag. Er stutzt, die kurze Ablenkung nutzt Habibi aus, um Bu mit einem harten Faustschlag mitten ins Gesicht das Licht auszulöschen. Bu stürzt wie ein gefällter Baum zu Boden und schlägt mit dem Kopf auf dem Asphalt auf. Er bekommt nicht mehr mit, wie Sicherheitsbeamtinnen des Bundestags Habibi überwältigen. Auch nicht, wie Punkt elf Uhr an unterschiedlichen Stellen im Reichstag heftige Detonationen zu hören sind.

RAIMUND

Seine Loyalität Krusenberg gegenüber ist spätestens dahin, als er erfährt, dass sein Chef Luisa Verhaag aus der Schusslinie nimmt. Gleichzeitig fängt Krusenberg mit ihr, das steckt ihm Florian Dietrichs, ein Verhältnis an.

Gerade mit der, denkt Raimund. Er ist auf Luisa ohnehin nicht gut zu sprechen. Er konnte sie noch nie leiden, er hält sie für berechnend und intrigant. Sie ist immer auf ihren Vorteil aus, spielt schon mal Kolleginnen gegeneinander aus und geht, wenn es sein muss, über Leichen. Natürlich ist da auch Eifersucht im Spiel, wenn Raimund nun Krusenberg in den Rücken fällt. Auf ihn konnte sich Krusenberg immer verlassen, seit zwanzig Jahren. Er war seine rechte Hand, mit ihm ist er durch dick und dünn gegangen. Und jetzt behandelt er ihn, als sei er Luft, nicht mehr wichtig. Als Krusenberg ihm nach dem Anschlag auch noch die Hauptschuld zuschieben will, indem er ihm vorwirft, Habibi nicht korrekt observiert zu haben, läuft das Fass für ihn über. Krusenberg wirft ihm vor, er hätte schneller und effektiver und noch bevor das Schlitzauge in Erscheinung getreten ist, zugreifen müssen. Nicht Luisa Verhaag bekommt die Vorwürfe ab, was dem wahren Sachverhalt entspräche, sondern er soll den Sündenbock spielen.

Ich soll den Kopf für diese Schlampe hinhalten, denkt Raimund, nur weil Krusenberg jetzt seinen Pimmel in sie steckt. Ohne mich, sagt er sich und steckt Florian Dietrichs brisante Informationen über Krusenberg zu, die seine Karriere ins Wanken bringen könnten. Dabei macht er es nicht nur aus Ärger und verletzter Eitelkeit, sondern auch weil er sich erhofft, nach Krusenbergs Sturz dessen Position einzunehmen.

FLORIAN DIETRICHS

Er hat ihn einfach angerufen und wie immer damit gerechnet, eine Abfuhr zu erhalten. Doch dieses Mal kommt es anders. Entweder ist er sich zu sicher, denkt Dietrichs, oder er ist so angeschlagen, dass ihm gar nichts anderes mehr übrig bleibt.

Sie treffen sich in einem Restaurant in der Rosa-Luxemburg-Straße. Krusenberg hat sich nur auf das Treffen eingelassen, weil er herausfinden will, was Dietrichs überhaupt weiß. Der Journalist, dem er schon lange etwas anzuhängen versucht, leider bislang vergeblich, gibt sich selbstbewusst.

Am Telefon hatte Dietrichs nur gesagt, Entweder Sie treffen sich mit mir inoffiziell, oder Sie erfahren meine Vermutungen aus dem neuen Magazin.

Normalerweise hätte Krusenberg ihn noch an der Strippe verbal abgewatscht und gesagt, er könne sich seine Vermutungen in den Allerwertesten stecken und sein Magazin interessiere ihn einen Scheißdreck.

Jetzt sagt er, Okay warum nicht, schauen wir mal, was Sie so haben. Er weiß, seine Position ist nicht mehr die beste.

Dietrichs bestellt Wein, Krusenberg trinkt Kaffee. Dann taxieren sich beide. Dietrichs redet nicht lange um den heißen Brei herum, nimmt einen großen, gierigen Schluck und sagt, Es sind Stimmen laut geworden, dass das BKA längst auf Habibi hätte zugreifen können.

Krusenberg fixiert ihn, sein Mund verzieht sich zu einem gekünstelten Lächeln.

Woher wollen Sie das wissen?

Dietrichs tippt auf eine Mappe aus Schweinsleder, die neben ihm auf dem Stuhl liegt.

Das Lächeln verschwindet aus Krusenbergs Gesicht. Er ist sich unsicher, ob der Journalist blufft oder ob er tatsächlich verwertbares Material in der hässlichen Schweinsledertasche mit sich führt.

Das ist Schwachsinn, sagt Krusenberg. Wenn die Beweislage ausreichend gewesen wäre, hätten wir ihn festgenommen, glauben Sie mir.

Jetzt schmunzelt Dietrichs.

Die Informationen, interne übrigens, die ich habe, sagen aber etwas ganz anderes, lieber Herr Krusenberg.

Was sagen sie denn?

Sie sagen, dass verdecke Ermittlerinnen längst wussten, was Habibi vorhatte und wann er zuschlagen wollte.

Und das glauben Sie? Warum hätten wir ihn dann nicht festnehmen sollen?

Krusenberg gibt sich entspannt.

Vielleicht weil eine Panne die andere jagte.

Von welchen Pannen sprechen Sie?

Verdeckte Ermittlerinnen, die Informationen ausplaudern zum Beispiel.

Jetzt wirkt Krusenberg doch wieder etwas angespannt. Dietrichs lächelt.

Wie wollen Sie das wissen?

Der Journalist tippt wieder auf die Schweinsledermappe.

Aber unfähige Ermittlerinnen interessieren mich nicht, sagt Dietrichs, mich interessiert, warum Sie, Krusenberg, versagt haben.

Habe ich das?

Sie meinen etwa, alles lief nach Plan?

Krusenberg reagiert nicht.

Das BKA und der Verfassungsschutz, lieber Herr Krusenberg, haben sich in den letzten Jahren nicht gerade mit Ruhm bekleckert. Der NSU-Komplex – eine Ausgeburt an Versagen und Inkompetenz. Das ist ihnen nicht entgangen, oder?

Noch immer keine Reaktion von Krusenberg.

Wobei ich mich frage, lieber Herr Krusenberg, und das ist das wirklich Spannende an diesem wie auch an den zurückliegenden Fällen – ich frage mich, ob diese Koordinaten von Überwachung, Kampf gegen den Terrorismus, Sicherung der Nation heute so noch stimmen. Ob sie jemals gestimmt haben. Oder ob sie nur Mittel zum Zweck sind.

Worauf wollen Sie hinaus?

Krusenberg gewinnt wieder die Überzeugung, dass von diesem aufgeblasenen Journalisten keine Gefahr ausgeht.

Der Staat beruft sich auf strategische Imperative, um das Gesetz aufzuheben und bestimmten Menschen des Schutzes zu berauben, den es eigentlich bieten sollte, sagt Dietrichs und nimmt erneut gierig einen Schluck Rotwein.

Geht es etwas genauer?

Oh ja, der Kampf gegen den Terrorismus, der Schutz der nationalen Sicherheit haben eine Schwächung der verfassungsgemäßen Rahmenbedingungen zur Folge. Oder noch einfacher und jetzt auch für Sie zum Verständnis: Willkür der Macht. Ihrer Macht, Herr Krusenberg.

Oh, ich sehe, Sie haben offenbar zu viel von diesen französischen Linksintellektuellen gelesen, sagt Krusenberg nun amüsiert, dass Ihnen jetzt offenbar die Gäule durchgehen.

Die Gäule gehen nicht mir durch, lieber Herr Krusenberg, sondern Ihnen und Ihren Organisationen, wie es scheint. Denn anders ist eine derartig dilettantische Meisterleistung beim Reichstagsattentat nicht zu erklären. Die im Übrigen in ihrer Stümperhaftigkeit nicht nur fatal an den Anschlag auf den Weihnachtsmarkt am Breitscheidplatz erinnert, sondern bei der man erneut anfängt, an diesem ganzen Verein, dem Sie angehören, zu zweifeln.

Während er spricht, hält Dietrichs sein Weinglas in der Hand, aus dem er nun erneut einen Schluck nimmt.

Aber dieses Mal, Krusenberg, sind Sie fällig. Dieses Mal werden Sie Ihren Kopf nicht mehr aus der Schlinge ziehen können, das verspreche ich Ihnen.

Ohne ein Wort zu sagen und ohne seinen Kaffee überhaupt angerührt zu haben, steht Krusenberg auf.

Ach, noch was, Krusenberg, bevor ich es vergesse, fährt Dietrichs fort. Nur noch eine Frage.

Krusenberg bleibt stehen.

Es wird getuschelt, dass Sie wieder liiert sind. Stimmt das?

Arschloch, denkt Krusenberg und verlässt das Restaurant.

BU

Erst nach zwei Wochen wacht Bu in der Charité aus dem Koma wieder auf. Er kann sich an nichts erinnern. Zuerst auch nicht mehr an sich selbst. Erst nach einer weiteren Woche kommt die Erinnerung an seine Identität langsam zurück. Physisch ist er, von ein paar Kratzern und Verstauchungen abgesehen, wiederhergestellt. In seiner Psyche bleibt allerdings ein Knacks. Er fühlt sich antriebslos, müde und depressiv.

HABIBI

Habibi sitzt in Untersuchungshaft und schweigt. Keine zwei Stunden nach dem Anschlag reklamiert der IS die Tat für sich und bekennt sich über die sozialen Medien dazu. Es werden weitere Verdächtige, Mechmet, Viktor, Andreas und andere, festgenommen.

Nur durch das beherzte Eingreifen von Bu, das eine frühere Zündung der Sprengkörper verhinderte und somit allen Menschen die Flucht aus dem Reichstag ermöglichte, ging der Anschlag so glimpflich aus. Hätte Habibi die Sprengladungen ein paar Minuten früher zünden können, wären vielleicht zahlreiche Menschen im Gebäude verletzt oder gar getötet worden. So entstanden durch die Wucht der Explosionen nur erheblicher Sachschaden und einige kleinere Verletzungen beim eiligen Verlassen des Gebäudes. Darüber hinaus erlitten leider einige Abgeordnete durch die Lautstärke der Detonationen vorübergehende Hörschädigungen.

BENEDIKT STADELMAIER

Er geht neben Bu, der darauf aber gar keinen Wert legt, zudem die Öffentlichkeit und die Medien kompromisslos meidet, als eigentlicher Held aus dem Anschlag hervor. Er scheint dies auch zu genießen. Nicht nur in Talkshows ist er das Gesicht des vereitelten Terroranschlags, wie es heißt und nicht wirklich stimmt. Auch das Volk feiert ihn, als wäre er nicht ein unbekannter CDU-Bundestagsabgeordneter mit homophiler Neigung aus Geislingen, sondern der Erfinder eines bahnbrechenden Medikaments gegen Demenz. Auch politisch ist er seit dem Anschlag auf der Gewinnerseite. In seiner Fraktion wird er mit interessanteren Aufgaben betraut und darf auch häufiger eine Rede halten.

KATRIN ZUR MÜHLEN

Sie quittiert ihren Dienst bei der Kriminalpolizei und kümmert sich als einzige um Bu. Sie überredet ihn, nicht sofort ins schwäbische Kloster zurückzukehren, sondern sich zumindest vorübergehend seinen psychischen Problemen in einer stationären Einrichtung zu widmen. Mit ihrer Hilfe lässt er sich in eine Kriseninterventionsklinik einweisen, in der auch Katrin zur Mühlen nun wieder als Psychologin arbeitet.

BU

Er ist verändert. Ob es der Schlag auf den Kopf ist, der Aufprall auf dem Asphalt oder das zweiwöchige Koma, generell vielleicht die Zeit hier bei mir in der Stadt, die ihm zusetzt – es bleibt unklar.

Sein Blick auf die Realität verschiebt sich. Er gerät in eine Art Schleife, bei der er zuvörderst nicht die eigene Wirklichkeit, sondern die der anderen wahrnimmt, die sich, als wäre es ein Kaleidoskop, um ihn herumschlängelt. Die Wirklichkeit der Amsel auf dem Fensterbrett der Klinik zum Beispiel. Oder die Wirklichkeit der Pappel im Klinikgarten.

Die Wirklichkeit von mir, der Stadt. Er zieht in mich ein und haust von nun an in mir, wie ich noch zuvor in ihm.

FLORIAN DIETRICHS

Na, erkennst du mich?

Bu nickt halbherzig, wobei Dietrichs davon ausgeht, dass er ihn tatsächlich als den sieht, der er ist.

Na immerhin, sagt er und dann, Das ist ja 'ne schöne Scheiße, Mann. Ein Held am Arsch quasi.

Er tätschelt Bu's Hand und fragt, Kannst du auch was sagen, oder funktioniert das auch nicht mehr?

Ich komme mir vor, sagt Bu, als wäre ich du.

Lieber nicht.

Man kann es sich nicht aussuchen.

Sind das die Medikamente oder ...

Bin das ich oder du? Oder sind wir, also wir alle, ich?

Dietrichs weiß nicht, ob er lachen oder weinen soll.

Oh Scheiße, Mann, sie haben mich ja schon gewarnt, dass du ein bisschen gaga bist. Aber so?

Jetzt lacht Bu. Was Dietrichs zum Anlass nimmt, etwas näher ans Bett heranzurücken und ihm leise, als solle es niemand anders hören, sagt, Hör mal zu, Bu, ich glaube dir nicht. Ich glaube nicht, was du hier abziehst. Dafür kenne ich dich zu gut. Das machst du doch nur, weil du hierbleiben willst, weil es dir hier gefällt. Zumindest besser als da draußen. Was ich gut verstehen kann. Ehrlich, das verstehe ich nur zu gut. Wer will da draußen schon sein, in dieser beschissenen Stadt.

Bu lächelt.

Wusste ich es doch.

Nichts weißt du, gar nichts, sagt Bu ebenso leise, So wenig wie ich.

Jetzt lächeln beide.

Apropos Wissen, habe ich dir eigentlich schon verraten, dass ich bereits in der Schulzeit auf dich gestanden habe?

Bu's Lächeln verschwindet.

Ich habe meine Typen immer nach der Ähnlichkeit mit dir ausgesucht.

Bu's Gesichtsausdruck verdüstert sich.

War'n Witz, Mann!

LUISA VERHAAG

Weil sie den Anschlag trotz monatelanger Observation der Verdächtigen nicht verhindern konnten, geraten auch das Bundeskriminalamt und der Verfassungsschutz in die Kritik. Ein Untersuchungsausschuss im Bundestag, der von Benedikt Stadelmeier geleitet wird, soll die Versäumnisse lückenlos, wie es heißt, aufklären. Luisa Verhaag wird aus der Schusslinie genommen, was sicher auch damit zu tun hat, dass sie ein Verhältnis mit Krusenberg beginnt und kurze Zeit später von ihm schwanger wird.

MECHTHILD

Auch Mechthild ist schwanger. Es kann eigentlich nur von Bu sein, denkt sie. Einen anderen sexuellen Kontakt zu Männern hatte sie in den letzten Monaten nicht. Sie hat sich noch nicht entschieden, ob sie das Kind behalten oder abtreiben lassen will. Sie lässt sich erst mal von ihrer Psychiaterin einen Burnout diagnostizieren und krankschreiben. In einem altehrwürdigen Sanatorium im Harz wird sie die nächsten Wochen bei Liegekur, Tai Chi und Psychotherapie verbringen. Sie hat sich mit Katrin zur Mühlen ausgesprochen und versöhnt und unterhält weiterhin ein loses Verhältnis zu ihr.

Bu fühlt sich hier in der Klinik, nach genau 204 Tagen bei mir in der Stadt und davon einigen wenigen in der Psychiatrie, nicht unwohl.

Katrin zur Mühlen kann sich mittlerweile ein Leben zusammen mit Mechthild und Bu vorstellen.

Mechthild will das Kind nun doch auf jeden Fall auf die Welt bringen, ganz egal, ob es von Bu ist oder nicht.

Im Untersuchungsausschuss stellt sich heraus, dass nicht nur Checker, sondern auch Habibi zeitweilig vom Verfassungsschutz als V-Mann geführt wurde.

Krusenberg wird, nachdem ein kompromittierender Artikel im *Spiegel* erscheint, in den vorzeitigen Ruhestand versetzt.

Der Winter droht härter und kälter zu werden als erwartet. Der erste Schnee fällt dieses Jahr früher als sonst.

Mitte Dezember wird im Tiergarten erneut ein sich prostituierender Flüchtling aus Afghanistan ermordet aufgefunden.

STADT

Stadt sind Zahlen. Fakten. Statistiken. Haushaltspläne.
Und Menschen. Ach ja, auch Menschen.
Ich habe 3,6 Millionen Einwohnerinnen. 32,5 Prozent davon haben Migrationshintergrund. 8,1 Prozent ist die Arbeitslosenquote. 13 Millionen Touristinnen kommen im Jahr.
Ein Bruttoinlandsprodukt von 130 Milliarden. Schulden von 57 Milliarden.

Stadt ist aber auch Gefühl, gutes wie schlechtes.
Ist Stimme, Sprache, Ausdruck und Eindruck.
Ist Geruch. Gestank. Ist Luft, Wasser, Bäume, Erde.
Ist Gefahr und Faust in die Fresse.
Fremdheit und Heimat.
Hass und Liebe.
Stadt ist Tat und Untat, imaginär und real.
Ist Lachen und Weinen.
Schmerz und Leid. Freude und Glück.
Undurchschaubarkeit und Absurdität.
Illusion und Utopie.
Enttäuschung und Hoffnung.
Untergang und Auferstehung.
Traum und Albtraum.
Himmel und Hölle.
Alles und nichts.
Stadt sind auch Plattitüden und Klischees.
Pathos und Peinlichkeit.
Stadt ist Leben.

Stadt ist Stadt.
Die Stadt bin ich. (Und natürlich die ganze Scheiße,
die dranhängt.)